I0732833

SERATA TRA RAGAZZE NON È MAI STATA COSÌ PICCANTE!

Figo & Fiocco di Neve

BEEF CAKE INC.

JUDI FENNELL

La serata tra ragazze non è mai stata così gustosa!

Se questa era la sconfitta, allora era stato stupido a combattere la battaglia.

Gina Taormina aveva una cotta per Darien Foster da sempre, fino al giorno in cui lui l'aveva umiliata a scuola. Quindici anni dopo, la sua vista la lascia ancora di ghiaccio.

Lo spogliarellista Darien è tornato in città per rimettere a posto un po' di cose. Una di queste è il pasticcio che aveva combinato con Gina durante l'adolescenza... e magari riaccendere la fiamma di un tempo.

Capitolo Uno

«Ci risiamo.»

Gina Taormina non l'avrebbe neanche guardato, *quello*, l'ennesimo cesto gigante pieno di cose che *lui* aveva scelto. «Rimandalo indietro», disse a Candy, la sua migliore amica nonché receptionist della sua spa, The Gilded Lily.

«Dai, Gina. Quel ragazzo vuole solo farsi notare.»

Gina afferrò invece la pila di bollette. Il che era tutto dire. «Rimandalo indietro.»

«Ma, Geen, è un bellissimo—»

Gina picchiò il bordo delle bollette sul bancone di granito della reception. «Non mi importa cosa sia, Candy.»

«Ne sei sicura?»

Eccome se ne era sicura. «Rimandalo indietro.»

«Oh, andiamo, Gina. Dagli una possibilità.»

Gina roteò gli occhi e scosse la testa mentre si chiudeva la casacca da lavoro e aggirava il bancone della reception per raggiungere il lato di Candy, dove si trovava il cuore operativo della spa: agenda degli appuntamenti, lettore di carte di credito, computer, stampante e le ricevute del giorno prima. «Non vado con gli spogliarellisti.»

«Beh, questo è un gran peccato. Io ci andrei con uno spogliarellista. Senza pensarci due volte.»

E l'attimo dopo se ne sarebbe andato. Gina l'aveva imparato a sue spese. Le eccezioni erano rare e sporadiche, e dato che era amica di un'eccezione e parente di un'altra, le sue possibilità di trovarne una terza erano quasi inesistenti. Ci aveva provato e, *wow*, le si era ritorto contro.

Grazie a Dio non aveva mai dato seguito alla sua cotta per Gage, il socio in affari di suo cugino Bryan. Specialmente ora che Gage stava con Lara. Nessuno l'aveva mai saputo, e le cose con Bryan non erano mai diventate strane, cosa che sarebbe potuta succedere. Sì, a parte quelle due eccezioni, aveva decisamente chiuso con gli spogliarellisti. Anzi, aveva chiuso con gli *uomini*. Nella sua esperienza, avevano sempre un secondo fine. Be', adesso, anche lei ne aveva uno. E non includeva niente che avesse un pene.

Aprì di scatto un cassetto in cerca di una penna. «Ri-man-da-lo. In-die-tro. Candy. Subito.»

Candy posò il cesto — erano sempre cesti molto belli — sull'agenda degli appuntamenti. Probabilmente perché Gina non potesse non vederlo. «Posso tenerlo io?»

«No, perché poi penserà che l'ho tenuto *io* e questa è l'ultima pompata di ego di cui Froggy ha bisogno.»

Chiuse il cassetto con un colpo di coscia e uscì da dietro il bancone come se il cesto fosse fatto di kryptonite.

Per lei, lo era.

«Va bene, ma che mi dici di tutte le altre pompate di cui ha bisogno? E per quale cavolo di motivo chiami quel pezzo d'uomo con il suo nomignolo delle medie?»

Perché era così che aveva conosciuto Froggy, alias Darien Foster, ai tempi, e tutti quegli anni di umiliazioni subite da lui non le avevano dato motivo di considerarlo meno rospo di allora. Anche se ora sembrava il modello di copertina di un romanzo rosa. Non sarebbe mai dovuta andare a quella rimpatriata. Sarebbe rimasto solo un brutto ricordo.

Gina si scostò i ricci dal viso e guardò fuori. Altri cinque centimetri di neve erano caduti durante la notte. Doveva tirar fuori il resto delle decorazioni natalizie e iniziare ad addobbare. «Sbarazzatene, qualunque cosa sia. Forse capirà finalmente che non sono interessata.»

Candy picchiettò con un'unghia rosso mela sul vistoso fiocco natalizio rosso e di pizzo del cesto. «Forse dovresti dare un'occhiata prima di fare la disinteressata. È carino.»

Era quello il problema; i piccoli "regali" di Froggy, ehm, Darien, stavano diventando sempre più carini. Aveva iniziato quando era tornato in città per la loro rimpatriata del liceo. Fiori, poi cioccolato, poi una singola rosa con il cioccolato, ma poi si era fatto furbo e aveva iniziato a mandare prodotti da regalare nel suo salone.

Quella era un'arma a doppio taglio; al momento non poteva permettersi di regalare prodotti perché doveva investire i suoi soldi nell'attività per *rimanere* in attività. Era al punto critico in cui le sue dipendenti avevano bisogno di più ore, ma se i clienti non c'erano, non sarebbe stata in grado di pagarle. Purtroppo, il centro commerciale stava perdendo inquilini, quindi l'afflusso di clienti senza appuntamento non era più quello di due anni prima, quando aveva avviato l'attività, e aveva investito troppi soldi per allestirla per potersi permettere di trasferirsi in un'altra sede. Finché fosse riuscita a pagare l'affitto, il padrone di casa non poteva cacciarla. Ma senza un aumento del giro d'affari, non sapeva per quanto tempo ancora sarebbe riuscita a farcela. I prodotti gratuiti non erano la risposta.

Ma Darien aveva iniziato a lasciare cesti pieni di quella roba. Assortimenti, come se li stesse regalando a *lei*, ma una donna poteva usare solo una certa quantità di lozioni, e tre cesti di lozioni e oli di profumazioni diverse avrebbero richiesto a quella donna più vite di quante ne avesse Gina.

Odiava che stesse cercando di arrivare a lei attraverso la sua attività.

Odiava che stesse cercando di arrivare a lei, punto. «Rimandalo indietro e basta, Candy.» Lontano dagli occhi, lontano dal cuore, e prima era, meglio era. Non aveva bisogno di pensare più a Darien Foster. Era già abbastanza grave che lavorasse per suo cugino, Bryan, ma non si sarebbe avvicinato di più. «E diamo un'occhiata agli appuntamenti della prossima settimana. Credo che dovremmo essere a posto con il personale che abbiamo ora.»

«Ehm...» Candy si attorcigliò un lungo boccolo biondo intorno alle dita, con quell'aria da oca giuliva che la ragazza aveva perfezionato per ottenere ciò che voleva. O per dare cattive notizie.

Peccato per Candy che Gina sapesse che, dietro l'apparenza da bionda stereotipata che Candy assumeva per i suoi scopi, si nascondeva il cervello di un membro del Mensa. Ecco perché Candy era lì; aveva messo in moto quel cervello e aveva fatto una fortuna in borsa. Lavorava per Gina perché voleva qualcosa di divertente da fare durante il giorno, non perché avesse bisogno di soldi. L'unica ragione per cui Gina poteva permettersi una receptionist a tempo pieno.

«Ehm, cosa?»

«Abbiamo una festa di addio al nubilato prenotata per il diciassette. Per un trattamento spa completo.»

Normalmente, una festa di addio al nubilato sarebbe stata una buona cosa. Le permetteva di utilizzare la spa di domenica, il giorno in cui apriva solo per eventi speciali, e un evento di queste dimensioni le avrebbe garantito l'affitto mensile. Ma dato che le settimane tra il Ringraziamento e Natale non si stavano rivelando un focolaio di richieste di massaggi, Gina aveva approvato le ferie per ciascuna delle sue massaggiatrici. Non capiva il motivo di questo rallentamento; il freddo sembrava il momento perfetto per farsi ungere e massaggiare — per non parlare di un ottimo modo per alleviare lo stress delle feste — ma le prenotazioni scarseggiavano. Le donne non programmavano forse le fatiche dello shopping natalizio?

«Di quante persone stiamo parlando?»

«Dodici.»

«*Dodici*? Chi organizza un addio al nubilato per dodici persone?»

«La sorella di Sophie Cavanaugh.»

«*La* Sophie Cavanaugh?»

«C'è solo una Sophie Cavanaugh.»

Verissimo. Sophie Cavanaugh era una conduttrice del telegiornale locale che si era guadagnata i riflettori nazionali durante la copertura di un'alluvione locale, quando aveva salvato un bambino dall'essere travolto da una strada allagata, il tutto a telecamere accese. Non guastava che la donna fosse stupenda, avesse un cervello funzionante nel suo corpo da far invidia a Barbie e che nessuno fosse riuscito, finora, a trovare uno scheletro nel suo armadio da quando la storia era diventata di dominio pubblico. E ora stava venendo alla spa di Gina per la festa di addio al nubilato di sua sorella. Se a Sophie fosse piaciuto...

Il solo passaparola poteva valere più di quanto Gina avrebbe mai potuto *sperare* di spendere in pubblicità. E poteva essere la spinta economica di cui The Gilded Lily aveva bisogno.

«Ok, inizia a chiamare. Possiamo far ruotare le invitate tra tutte le postazioni, quindi ho bisogno di almeno altre due massaggiatrici qui.»

«Già fatto.»

Certo che l'aveva fatto. Perché Candy non era così stupida come le piaceva far credere. «Chi hai trovato?»

«Beh...»

«Cosa, Candy?»

«Nessuno.»

«Cosa intendi con *nessuno*? Noi due non possiamo gestire dodici donne da sole.»

«Lo so.» Candy si prese una ciocca di capelli tra le mani. «Il biondo viene da una bottiglia, ricordi?»

«Non stavo dicendo che sei stupida.»

«È quello che sembrava.»

«Possiamo concentrarci sul problema? Sai che ti voglio bene e ti stimo.»

«E quando la mia scorta di trattamenti spa gratuiti finirà, mi pagherai quello che valgo, sì, sì, ho capito.» Candy emise un sospiro esasperato e lasciò cadere i capelli. «L'elenco delle massaggiatrici locali è esaurito. Sono tutte prenotate.»

«Ma i nostri appuntamenti non sono nemmeno pieni, come mai non c'è nessuno disponibile?»

«Ma dove sei stata? Abbiamo riempito il resto dell'agenda di tutte sabato. Quell'annuncio che hai fatto il mese scorso deve essere diventato virale o qualcosa del genere. Era quello che stavo per dirti stamattina, prima che ci distraessimo con il signor Casanova.»

Fantastico. Froggy, ehm, Darien, stava sconvolgendo anche le sue operazioni commerciali adesso. Non era bastato che lo avesse fatto con la sua vita sociale a scuola.

«Sai una cosa, Candy? Non rimandare il suo regalo dove l'ha comprato. Rimandalo a lui. Con un biglietto che dice che non sono interessata.» Gina tamburellò con le dita sul bancone della reception. «Oh, e che ne dici di mandare un biglietto al coordinatore dei soci della camera di commercio? Vedi se qualche massaggiatrice freelance si è iscritta di recente. La scuola di specializzazione locale non ha diplomato un gruppo da poco?»

Candy si sfilò una matita da dietro l'orecchio, una testimonianza del suo spessore il fatto che Gina non l'avesse nemmeno vista lì. E nemmeno gli orecchini pendenti a forma di bastoncino di zucchero. «Ricevuto. Un biglietto in cui dici che non sei interessata, e un altro in cui lo sei.»

«Basta che non li confondi.»

«Oh, capo, farei mai una cosa del genere?» E riecco Candy con l'aria svampita e l'arricciarsi i capelli che aveva perfezionato.

Gina le diede un colpetto sul naso. «Non se sai cosa ti conviene.»

Candy le scacciò il dito con un gesto secco. «Oh, fidati. So cosa conviene a tutti.»

Che era *esattamente* il motivo per cui Candy scambiò i biglietti.

* * *

Dare fissò il cesto sul suo portico.

Dannazione, come avrebbe fatto a convincere Gina anche solo a *parlargli* se continuava a restituirgli le sue offerte di pace? Certo, capiva perché potesse nutrire del rancore, ma le medie risalivano a vent'anni prima. Non poteva serbare rancore per tutto questo tempo, vero? Erano ragazzini. L'incertezza della pubertà, oltre al tentativo di integrarsi. E poi c'era stato quel nomignolo di merda che gli era rimasto appiccicato. Froggy. Come se il cambio di voce fosse stata colpa sua. Ma i ragazzini delle medie non facevano sconti a nessuno, e una volta che quel soprannome gli era stato affibbiato, era rimasto.

E da allora Gina non aveva più voluto avere niente a che fare con lui.

Ok, ok, poteva avere qualcosa a che fare con quel commento che aveva fatto sulle sue, ehm, grazie, con la sua caratteristica voce gracchiante durante la lezione di geografia, subito dopo che il signor Nester aveva mostrato loro una diapositiva dei monti Grand Tetons.

L'intera classe era scoppiata a ridere, il signor Nester era diventato rosso prima di mandarli entrambi nell'ufficio del preside Dilworth. Il che aveva solo aggiunto la beffa al danno, perché Gina era stata costretta a camminare con lui — il suo aguzzino — fino all'ala successiva per arrivarci. Lui, naturalmente, aveva cercato di far finta di niente, ma Gina non ne aveva voluto sapere. Da una prospettiva di vent'anni dopo e con una certa comprensione delle ragazze adolescenti (grazie ai racconti di Bill, suo compagno di college e socio in affari, sulle sue gemelle di tredici anni), capiva che il seno di Gina era l'ultima cosa su cui voleva che si attirasse l'attenzione, ma, cavolo, era un ragazzo adolescente. Aveva una prospettiva di prima mano su *quello*.

E, sì, la sua mano aveva avuto molto da dire sul seno di Gina quando era un adolescente.

Si mosse a disagio. A quanto pare, qualcos'altro lo aveva ancora.

Era incredibile: uno sguardo a lei alla rimpatriata, a quei meravigliosi ricci neri e ai suoi occhi scurissimi in cui avrebbe voluto perdersi anche ai tempi della scuola, ed era come se fosse di nuovo lì, seduto dietro di lei, a sentire il suo profumo o shampoo o qualunque cosa fosse che lo teneva sveglio la notte. E intendeva *sveglio* in tutti i sensi.

Nulla era cambiato.

E lei *ancora* non lo degnava di uno sguardo.

Raccolse il cesto e una busta cadde fuori. Con il suo nome sul davanti.

O forse sì...

Girò la busta e fece scivolare un dito sotto il lembo. Era la prima volta che Gina gli rispondeva direttamente. Gli altri sei cesti erano stati restituiti al negozio di articoli da regalo dove li aveva comprati, senza alcun biglietto.

Forse stava riuscendo a fare breccia.

«La spa è straprenotata. Conosci massaggiatori che potrebbero dare una mano?»

Per essere un biglietto, era personale quanto Titti, il gatto randagio che l'aveva adottato sei minuti dopo che si era trasferito nella sua casa in affitto, che gli esprimeva una sorta di affetto lasciandogli un coniglio morto sul portico. Anche se aveva pensato che potesse essere perché aveva affibbiato al gatto il nomignolo di un uccellino — denunciatelo pure per il suo senso dell'umorismo contorto — il veterinario aveva detto che in realtà era un gesto significativo, quindi Dare l'aveva accettato a malincuore. Prima di gettare il cosiddetto "regalo" nella spazzatura, si intende.

Era questo il coniglio morto di Gina?

Ok, l'espressione non suonava bene per così tante ragioni, gli veniva in mente *Attrazione Fatale*, oltre al fatto che "la morte del coniglio" fosse un eufemismo per la gravidanza — entrambe cose che rientravano marginalmente nel suo interesse per Gina, ma in modi che gli piaceva pensare fossero mentalmente sani e che sarebbero progrediti secondo una normale linea temporale.

Scosse la testa. Il suo cervello stava andando in cortocircuito, come succedeva da quando l'aveva vista alla rimpatriata sei mesi prima.

Anche il suo doveva essere in cortocircuito, se gli stava chiedendo di massaggiatori.

D'altra parte, chi era lui per guardare in bocca a un coniglio donato?

Lui sapeva fare massaggi. Dopotutto, ai suoi tempi era noto per fare dei bei massaggi. Di giorno e anche di notte.

Qualcosa che voleva che Gina scoprisse.

In prima persona.

Capitolo Due

«Pensavo avessi detto che la bionda veniva dalla boccetta.» Gina sibilò l'accusa mentre chiudeva la porta del suo ufficio, prima ancora che Candy avesse avuto la possibilità di sedersi.

Cosa che Candy fece prendendosela con tutta calma. E impiegò ancora più tempo per rispondere, assicurandosi che le pieghe dei suoi pantaloni di lino color crema fossero perfettamente allineate al centro delle ginocchia, con le unghie blu reale abbinate alla camicetta di seta. «Infatti.»

Gina cercò di contare fino a dieci prima di replicare.

Sfortunatamente, arrivò solo a tre. «E allora perché *diavolo* hai assunto proprio Froggy per lavorare qui?»

Candy accavallò le gambe e scrollò le spalle con una noncuranza che Gina avrebbe voluto levarle a schiaffi. «Perché era l'unico disponibile.»

«Non è nemmeno un massaggiatore autorizzato.» Gina indicò il ragazzo mentre usciva dal corridoio delle sale massaggi per entrare nella reception.

Dannazione, stava un gran bene con la polo color pesca che indossavano tutti i massaggiatori. Anche se gli fasciava il corpo in un modo in cui non lo faceva alle ragazze.

Avrebbe dovuto ripensare alla divisa maschile.

No, avrebbe dovuto ripensare alla questione maschile, punto e basta. Non voleva che nessun uomo invadesse il suo spazio — a meno che non fossero clienti — e soprattutto non *quel* ragazzo.

Candy riaccavallò le gambe, i suoi tacchi a spillo di cristallo — che solo Candy sapeva portare — scintillavano sotto l'unica luce del soffitto. «Vero. Ma è iscritto a un corso e, quindi, non dobbiamo pagarlo. In cambio ottiene crediti formativi. Ci guadagniamo tutti.»

«Da quanto tempo è iscritto?»

La facciata di Candy mostrò la prima crepa. «La scuola non ha voluto dirmelo.»

«E come ha saputo che avevamo bisogno di un massaggiatore?»

«Qualcosa riguardo al biglietto che ho mandato alla camera di commercio.»

«E non c'era nessun altro che si potesse assumere?»

La facciata crollò e lo sguardo tagliente di Candy la fulminò. «Gina, ho messo annunci su tutti i siti. Non ha *chiamato* nessuno tranne Darien e ci serve *un po'* di tempo per far ambientare chiunque sia alla spa prima che Sophie e sua sorella portino il loro entourage. Vuoi davvero che lo lasci andare perché non ti piacciono i *regali* che ti manda?»

«No, certo che no.» Certo che sì. Darien Foster era una spina nel fianco. L'aveva umiliata a scuola. Non avrebbe potuto essere più rumoroso con quel gracidio proprio quando tutti avevano smesso di parlare. «Grand Tetons, G.T., Gina Taormina. Ti hanno dato il nome giusto, Grandi Tette.»

Dio, che umiliazione. *Grandi Tette* le era rimasto appiccicato addosso finché suo cugino, Bryan, non aveva picchiato Darien e altri tre ragazzi e si era beccato una settimana di punizione, tutte cose per cui non avrebbe mai perdonato Darien. E ora se lo ritrovava a lavorare per lei.

«Almeno non dobbiamo pagarlo.» C'era una sorta di giustizia poetica nel fatto che lavorasse per lei gratis. Diamine, avrebbe dovuto farlo per il resto della sua vita per ripagarla delle conseguenze sociali della sua battuta. Il povero signor Nester non era più stato in grado di guardarla in faccia dopo. In quella materia aveva preso il massimo dei voti perché era sicura che lui avesse pensato che il modo più semplice per uscire dalla situazione fosse promuoverla a pieni voti.

Non le era importato; voleva solo finire la scuola e andare avanti con la sua vita. Lontano da *lui*.

Eppure, con lui di nuovo qui, aveva chiuso il cerchio.

Sbirciò fuori dalla finestra accanto alla porta del suo ufficio. Eccolo lì, che si chinava per sfilare un bicchiere di carta dal distributore attaccato al refrigeratore d'acqua.

Perché diavolo doveva essere un perfetto stronzo?

Forse perché ne ha *uno?*

«Se non fosse per la sorella di Sophie Cavanaugh...»

«Non avremmo bisogno di altri massaggiatori. Non puoi avere la botte piena e la moglie ubriaca, Geen.»

Cosa che, quando lui si rialzò, inclinò la testa all'indietro e si versò l'acqua in gola, le fece venire in mente immagini di glasse di torte da leccare via dai muscoli tesi del suo collo massiccio e, beh... Dannazione. Sarebbe stato un mese dannatamente lungo.

Poteva sentire il suo sguardo da quasi cinque metri di distanza.

Bene.

Dare inclinò la testa all'indietro e trangugiò l'ultima goccia dal bicchiere di plastica. Che guardasse pure a lungo. Di solito guadagnava un paio di centinaia a sera da donne che guardavano, ma se Gina Taormina voleva guardare gratis, non si sarebbe lamentato.

Sorrise alla parrucchiera quando lei lo salutò dalla sua postazione. I suoi capelli viola erano carini. Si adattavano alla sua personalità, da quel che aveva capito dalle sei o sette frasi che si erano scambiati quando era arrivato, ma non era interessato. Non a lei, comunque.

Si raddrizzò quando la porta dell'ufficio di Gina si aprì.

«Allora, esattamente, quanti massaggi hai fatto?» Candy — sì, era quello il suo vero nome; aveva controllato — strinse i suoi occhi blu elettrico come se fosse un criminale, mentre usciva.

«Non sapevo di doverli contare.» E, inoltre, quelli li aveva fatti *molto* prima di lunedì sera, quando aveva letto il biglietto di Gina, che a sua volta era prima di martedì, quando si era iscritto al corso di massoterapia.

«Dammi una cifra approssimativa.»

«Più di uno, meno di mille?» Sfoderò il suo sorriso più affascinante e piegò un fianco. Le donne tendevano a dimenticare le domande difficili quando venivano distratte dal suo corpo.

Candy, però, per quanto il suo aspetto da bomba sexy bionda e il suo nome fossero stereotipati, non ci cascò. Si limitò a inarcare un sopracciglio. «Faresti bene a sapere cosa stai facendo, o è il mio di culo a rischiare.»

Un tempo, le avrebbe già squadrato il culo. Ma il suo non gli interessava. Non gli interessava quello di nessuna. Tranne quello di Gina.

Non riusciva a togliersi Gina dalla testa dalla rimpatriata. Aveva avuto una cotta colossale per lei a scuola e pensava a lei ogni volta che qualcuno menzionava quei giorni. In realtà, pensava a lei anche se nessuno menzionava la scuola, ma quando la scuola veniva fuori, i suoi ricordi erano tinti di rimpianto per l'incubo sociale che le aveva creato. Era stato stupido e sventato, non cattivo, anche se capiva perché lei non lo sopportasse allora. Ma erano passati quindici anni dal liceo ed erano cresciuti entrambi. Poteva almeno riconoscere che stava cercando di fare ammenda. Dopotutto, era stata lei a mandargli il biglietto per il lavoro.

«Il tuo culo starà benissimo.» Dare scosse la testa. «Scusa, è uscita male. Ma non preoccuparti, so quello che faccio.»

«Non sei tu a preoccuparmi,» borbottò Candy mentre tornava alla reception.

Quella sì che era un'osservazione interessante e su cui avrebbe voluto indagare, se Gina non stesse uscendo dal suo ufficio.

«Uh, ehi.» Fece una smorfia, poi sospirò. «Potrei parlarti un momento?»

La prima volta che voleva parlargli... Pensava davvero che avrebbe detto di no? Erano quattro mesi che cercava di parlarle. Era a quello che servivano tutti i cesti.

«Certo.» Accartocciò il bicchiere e lo gettò nel cestino.

Si diresse verso il suo ufficio, notando come lei si ritraesse per non stargli vicino quando si spostò dalla soglia per farlo entrare. Cavolo, gliel'aveva fatta proprio grossa nella classe di Nester. Doveva chiederle scusa per quello — di nuovo, da adulto — ma aveva la sensazione che non fosse di questo che lei volesse parlargli. «Che succede?»

«Voglio sapere cosa ci fai qui.»

«Uhm... faccio massaggi?» Cercò di non far trasparire sarcasmo nella voce — non avrebbe aiutato — ma non era sicuro di dove volesse andare a parare con quella domanda. Pensava che fosse lì per aggirare il problema dei cesti?

Il che sarebbe stato vero, ma comunque... sarebbe stato piuttosto patetico, no? Frequentava la scuola di massoterapia; voleva il tirocinio. Beh, per quanto ne sapeva lei. Il che non spiegava perché gli avesse mandato un biglietto per chiedergli se conoscesse qualcuno interessato a lavorare lì, ma non aveva intenzione di guardare in bocca a caval donato.

Wow, non suonava per niente bene.

«Sul serio? Tra tutti i lavori del mondo, ti ritrovi a fare proprio quello di cui ho bisogno? E, dopo tutti i cesti che mi hai mandato e che ho rispedito al mittente, pensi davvero che io creda alle coincidenze?»

«Forse i cesti erano il mio modo per convincerti ad assumermi?» Sì, poteva funzionare. Aveva la scusa perfetta; sapeva che era arrabbiata con lui per la scuola, quindi aveva cercato di ammorbidirla perché lo assumesse. «Voglio dire, dopotutto, mi hai mandato quel—»

«Aspetta. Mettiamo subito in chiaro una cosa. Non ti ho assunto io. L'ha fatto Candy.»

«È la tua socia?»

Gina incrociò le braccia sotto il seno — e lui cercò seriamente di non guardare. «Non ho soci. Questa è la *mia* attività.»

Ooookkkkaaayyyy...

«Beh, uh, ok, ma se mi ha assunto Candy e lei lavora per te, allora, tecnicamente, mi hai assunto *tu*, no?» E c'era quel biglietto. Ma aveva la sensazione che ricordarglielo non sarebbe stata una buona idea in quel momento. Invece, inarcò il sopracciglio sinistro e sfoderò un sorriso extra per far spuntare la sua fossetta. Le donne non riuscivano mai a resistere alla sua fossetta quando cercava di essere affascinante.

«Sei incredibile.»

Detto con un tono diverso, Dare avrebbe sorriso, ma dato che era Gina a dirlo con tanto disprezzo... Aveva di nuovo fatto un casino.

«Sul serio, non funzionerà. Non posso averti intorno così... così...»

Cosa? Affascinante? Attraente? Figo? Sexy? Cosa pensava esattamente che fosse?

«...insolente con i clienti.»

«Insolente? Io?» Bella parola. E non una che lo avesse mai descritto. Lui era il mattacchione. Cercava sempre di far sorridere tutti. Di rallegrare la loro giornata. Da qui, il problema nella classe di Nester. Tutti tranne Gina — e il signor Nester — erano piegati in due dalle risate.

«Sì, tu. Dico sul serio. Non posso permettermi che tu offenda nessun cliente.»

Offendere? *Lui* era offeso. Certo, era stato un ragazzino stupido quando l'aveva insultata, ma non era più un ragazzino. Sapeva essere professionale. «Non sono più quel ragazzo, Gina.»

Lei sollevò un sopracciglio. Se il suo sopracciglio su di lui era sexy quanto quello di lei sul suo viso, capiva perché le donne gli cadevano ai piedi.

Ma Gina non era neanche lontanamente vicina a cadere. A spingerlo, forse. Giù da un dirupo, se ne avesse avuta la possibilità, a giudicare dal suo sguardo.

«Sul serio, Gina, giuro che non insulterò i tuoi clienti. Dopotutto, i tuoi clienti sono i miei clienti, no?» Sfoderò la fossetta per abitudine.

Lei si limitò a inarcare l'altro sopracciglio. «Senti, Frog... ehm, Darien. Hai una sola possibilità. Una lamentela, e sei fuori. Capito?»

Sì, aveva capito. Annuì.

E quel soprannome... Avrebbe dovuto aspettarselo, ma comunque. Già era abbastanza brutto che i suoi amici lo prendessero ancora in giro, odiava sentire quel nome uscire dalla sua bocca.

Le guardò la bocca.

E lei se ne accorse. Lo sapeva perché le sue labbra si socchiusero. Appena un po'. E la sua lingua guizzò fuori per un secondo — prima che le sue labbra si serrassero, assottigliandosi fino a diventare quasi invisibili.

Gesù. Forse non era stata una buona idea. Lui aveva una voglia matta di lei e lei, ovviamente, non provava niente di neanche lontanamente simile per lui. Non poteva finire bene.

Capitolo Tre

«Sento dire che lavori per mia cugina». Bryan Lassiter lo disse con noncuranza mentre riponeva l'ultimo asciugamano nell'armadietto, ma Dare lo conosceva abbastanza da sapere che niente di ciò che riguardava Gina era detto con noncuranza.

«Ho appena iniziato».

«Cosa?» Markus entrò nello spogliatoio, sfilandosi la felpa dalla testa. «Non guadagni abbastanza mance qui? Potresti provare a fare quell'ondeggiamento di bacino come Samps laggiù. Gli frutta qualche banconota in più ogni volta». Colpì il sedere di Dare con la maglietta mentre si dirigeva verso il suo armadietto.

«Tutti si credono esperti». Dare si tolse la polo che aveva indossato alla spa e si avvolse attorno alle spalle e al petto il laccio di cuoio che portava sul palco, che era solo leggermente più piccolo del suo perizoma.

Tirò fuori *quello* dalla sua borsa da palestra, si sfilò i pantaloncini e infilò il secondo, e ultimo, capo d'abbigliamento che gli restava addosso durante la sua esibizione.

«Da quando vuoi fare il massaggiatore?» Bryan si appoggiò all'armadietto e incrociò le braccia. «Pensavo che stessi facendo questo lavoretto finché non fosse saltata fuori la proprietà perfetta e tu potessi tornare a essere un rampollo del settore immobiliare».

Dare non sarebbe sfuggito a quell'interrogatorio tanto presto.

«Beh, non è ancora successo, e nel frattempo ho le giornate libere. E si dice *massaggiatore*; massaggiatrice è per le donne. Anche se, in realtà, oggigiorno, si dice massoterapeuta. Che è un lavoro buono come un altro finché non avrò finito qui». Già, ballare non era il suo obiettivo finale. Lui e il suo socio, Bill, avevano posseduto un condominio finché Bill non aveva perso la sua battaglia contro il cancro. Dato che la vedova di Bill aveva due figlie di cui preoccuparsi, non era stata interessata a mantenere la società, quindi lui aveva venduto la proprietà ed era tornato a casa, con l'intenzione di prendere un nuovo socio questa volta: suo padre. La pensione non era la cosa migliore per papà. Ma prima, gli serviva la proprietà giusta.

«Andrai presto in pensione?» Bryan inarcò un sopracciglio. «Hai intenzione di mettermi al corrente o pensavi di sganciare la bomba subito dopo che avremo completato l'acquisto della nuova sede?»

Dare sospirò. *Ah, che casino si crea quando si inizia a mentire.* O qualcosa del genere. «Manca ancora un po', Bry. Non preoccuparti. Sarò ancora qui».

Lo sguardo di Bryan lo trafisse. «Ah-ah». Si raddrizzò e si ficcò le mani nelle tasche posteriori. «Basta che tu non faccia niente che io non farei. E dato che Gina è mia cugina...»

Sì, quello sarebbe stato sbagliato. Dare ricevette il messaggio, forte e chiaro.

«È solo un lavoro, Bry». Si girò e prese dal suo armadietto i pantaloni da intervento dei pompieri che completavano il suo costume, poi si chinò per infilarli.

«Anche questo. Non darmi un motivo per licenziarti».

«Non lo farò». Si alzò mentre Bryan se ne andava e sbatté la testa contro lo sportello superiore dell'armadietto. Maledizione. Non aveva pensato bene a quella parte del suo piano. Il suo obiettivo principale era stato convincere Gina a parlargli. Il lavoro da lei era la ciliegina sulla torta.

Se non avesse mandato tutto all'aria.

«Evvai, evvai, evvai!» Jace, imitando alla perfezione Matthew McConaughey, entrò quasi di corsa nello spogliatoio dal palco, sfregandosi le mani. Al ragazzo piaceva calcare il suo accento del Midwest, e lo sfruttava al massimo con la clientela. «Le signore sono incandescenti stasera».

Era ancora abbastanza nuovo da apprezzare l'attenzione. Sarebbe durata altre due settimane e poi sarebbe diventato un lavoro, come per il resto di loro. Le urla erano piuttosto inebrianti all'inizio, ma poi l'attenzione diventava una routine. Certo, essere l'oggetto delle fantasie delle donne non era un lavoro duro, ma Dare faceva sul serio riguardo al lasciare il ballo per tornare nel settore immobiliare. E, si sperava, mettere su famiglia. In quest'ordine. Non sarebbe stato un buon argomento di conversazione all'associazione genitori-insegnanti se suo figlio fosse andato in giro a dire a tutti che suo padre si spogliava per le donne al lavoro.

Poi aveva rivisto Gina... Ora, i due più grandi desideri della sua giovinezza erano su una traiettoria convergente, se solo fosse riuscito a convincerla almeno a *parlargli*.

Non capiva; perché gli aveva chiesto se conosceva un massoterapeuta disponibile se non voleva il suo aiuto? Certo, forse non si aspettava che si presentasse *lui* al lavoro, ma comunque, glielo aveva chiesto.

«Che te ne pare, Dare? Accenderai qualche fuoco là fuori così potrai divertirti a spegnerlo?» Jace fece roteare i suoi gambali sopra la testa. «Le donne adorano un uomo in uniforme».

«Vorrai dire *senza* uniforme». Markus lanciò l'asciugamano contro la testa di Jace. «Ma sai che non si fraternizza con le clienti».

«Come possono i capi aspettarsi che rispettiamo quella regola se loro non lo fanno?»

Questa volta, il resto dei ragazzi gli lanciò contro gli asciugamani. «Perché sono loro a firmare i nostri stipendi, quindi obbediamo. Vero, Dare?» Markus disse l'ultima parte a voce abbastanza bassa da essere sentito solo da lui, ma Dare colse l'avvertimento nella voce di Markus abbastanza forte.

Merda. Non aveva davvero pensato alle implicazioni della sua infatuazione sul suo lavoro. Certo, lui e Bryan avevano avuto una discussione sull'«incidente delle tette» quando Dare aveva fatto domanda per lavorare lì mesi prima, ma si era scusato, così come Bryan per averlo picchiato ai tempi della scuola, e la cosa era finita lì.

La posta in gioco, però, poteva essere un po' più alta ora, dato che Dare voleva conoscere tutta Gina, non solo le sue tette.

Si sedette rapidamente sulla panca di fronte al suo armadietto. Quel maledetto perizoma non gli avrebbe permesso di nascondere nulla, il che, normalmente, non l'avrebbe infastidito, ma dopo quella discussione con Bryan, e con lui nella stanza accanto... già, non era ottimale.

Dare afferrò una bottiglia d'acqua e se la versò addosso per raffreddare un po' le cose là sotto, per non diventare lo zimbello dello spogliatoio. Il suo numero stava per iniziare, quindi doveva darsi una calmata... ehm, darsi una regolata.

Afferrò la sua manichetta, quella che usava nel suo numero, quella di *plastica*, e si diresse verso il palco.

«Maledizione, Candy, voglio andarmene». Gina si alzò quando l'ultimo ballerino lasciò il palco. *Non* sarebbe rimasta lì per il numero di Froggy, specialmente non in prima fila.

I «seduta!» delle donne dietro il suo tavolo la fecero scivolare di nuovo al suo posto.

«Non ti lasceranno andare via». Candy inclinò la testa verso le donne.

«L'hai fatto apposta».

Candy inarcò le sopracciglia. «Io? Come se avessi abbastanza influenza da farti avere posti in prima fila? Hai fatto tutto da sola, signorina Mio-Cugino-È-Il-Proprietario».

«Sapevo che non avrei dovuto lasciarti convincere a venire qui».

«Oh, ti prego. Come se fosse una tortura». Candy si mise in bocca la ciliegina al maraschino del suo drink. «Inoltre, non sai mai che tipo di conversazione può saltar fuori a un evento per spose. Potrebbero proprio essere in cerca di suggerimenti per l'addio al nubilato».

«Potrei indirizzarle a BeefCake, Inc. senza dover rivedere i ballerini».

«Sì, ma che divertimento ci sarebbe?» Candy sputò un gambo di ciliegia annodato alla perfezione. Bellezza *e* talento; non c'era da stupirsi che avesse frotte di uomini che le correvano dietro. «Inoltre, hai detto che dovevi comunque parlare con Gage, ed è *proprio* sulla via di casa. E dobbiamo cenare». Spinse verso di lei il bordo del piatto con le loro quesadillas di pollo. «Stiamo prendendo un sacco di piccioni con una fava».

«Conosco un piccione che vorrei ammazzare...» Gina lo borbottò a bassa voce mentre allungava la mano per l'ultimo pezzettino di tortilla al formaggio. Il suo piano era stato quello di lasciare l'ultimo assegno che doveva a Gage per l'armadietto che aveva costruito per la spa, «menzionare» che Darien lavorava per lei, e poi levare le tende prima di imbattersi nell'uomo in persona.

Ma Candy aveva insistito per entrare, poi aveva lasciato intendere, in modo tutt'altro che sottile, che aveva fame, e un attimo dopo, Bryan aveva dato loro il posto «migliore» del locale e lei si sarebbe trovata a fissare Froggy da una prospettiva da cui non avrebbe mai voluto trovarsi.

Finì la quesadilla e si pulì le mani sul tovagliolo. «Andiamo, Cand, usciamo di qui».

Candy la guardò, le sue labbra naturalmente carnose si curvarono. «Okay. Va bene. Hai vinto tu. Sarà una notte di casta zitellaggine. Lasciami prendere la borsa». Candy si chinò per afferrare la borsa dal pavimento e... «Oh, no».

Sollevò la sua borsa.

La sua borsa vuota.

«Mi è caduto tutto».

Ah-ah. Col cavolo che le era caduto tutto.

«Che tu sia maledetta, Candy...»

«Oh, no. Non c'è bisogno che tu mi aiuti, Geen. Aspetta un secondo mentre raccolgo tutto».

E con ciò, Candy scomparve sotto il tavolo.

E si prese tutto il tempo del mondo per il suo «raccogliere tutto».

Abbastanza tempo perché la musica del numero successivo iniziasse.

«L'hai fatto apposta!» sibilò Gina quando Candy si riaccomodò sulla sedia, con nemmeno un capello fuori posto.

«Sì, perché mi piace che i miei trucchi e il mio portafoglio finiscano sul pavimento di uno strip club. Sul serio, Geen, non tutto gira intorno a te, sai».

In questo caso, sì. Candy aveva le sue ragioni per volere che Gina fosse lì, quali che fossero, e Gina aveva le sue per *non* volerci essere. Sfortunatamente, l'orda di donne assatanate di uomini dietro di loro era più efficace dei drink gratis nel tenerla inchiodata alla sedia.

Ma... forse *non* così efficace come l'uomo sexy e attraente che ballava attraversando il palco.

«Santa Vergine Maria...» Lo stupore di Candy era sincero.

Froggy era cresciuto.

E, caspita, sapeva muoversi.

No, non *muoversi*. Lui... incedeva. No, strisciava. No... faceva qualcosa su quel palco che *doveva* essere illegale in più di uno stato.

Santo cielo, quell'uomo poteva imitare l'atto sessuale con una sola torsione dei fianchi.

E si stava torcendo parecchio.

Doveva andarsene da lì. Subito.

Gina scivolò giù dalla sedia. Se fosse rimasta abbastanza bassa, le donne avrebbero dovuto lasciarla passare, giusto? Non avrebbe ostruito la loro vista...

Lanciò un'occhiata al palco. Santo cielo, che vista.

«Dove credi di andare?» Candy riuscì ad afferrare il braccio di Gina e a farle la domanda all'orecchio senza staccare gli occhi dal palco. «Vedi cosa ti perderesti?»

Certo che vedeva. E non voleva vederlo.

«Andiamo, Geen. Non sei morta. Dimentica solo chi è e goditi lo spettacolo. Voglio dire, mio Dio, chi non si godrebbe questo?» Candy si fece vento con il tovagliolo da cocktail, stringendo nel frattempo la presa sul braccio di Gina.

A meno di non fare una scenata, Gina non aveva altra scelta.

Scivolò di nuovo sulla sedia.

«Scelta saggia». Candy le lasciò il braccio. «Ora siediti lì e comportati da brava bambina».

Non si sentiva affatto una brava bambina guardando Darien lassù.

Era sbagliato. Era quasi... voyeuristico, guardarlo muoversi in quel modo...

Oh. Buon. Dio. I suoi fianchi erano pazzeschi.

Così come i suoi addominali.

Neanche il suo sedere era niente male.

Oh, ma chi voleva prendere in giro? Quello era il sedere più bello che avesse visto da... be', da sempre.

E poi si strappò via i pantaloni con le bretelle.

Un perizoma.

Darien Foster indossava un perizoma.

Sul palco.

Di fronte a lei, no, *sopra* di lei.

Oh, santo cielo, avrebbe dovuto distogliere lo sguardo.

Come avrebbe fatto a guardarlo in faccia al lavoro?

Come avrebbe fatto a distogliere lo sguardo?

Cercò a tentoni il suo drink fruttato-con-qualcosa e si portò alla bocca la minuscola cannuccia.

Ne tirò fuori circa due gocce di liquido.

Al diavolo. Gina gettò via la cannuccia e tracannò l'intero drink.

«Quello era mio» mormorò Candy.

A Gina non importava. Aveva la bocca così secca che avrebbe avuto bisogno di una caraffa di quella roba per inumidirla.

Le sue cosce, d'altra parte...

Si agitò sulla sedia. No, non avrebbe pensato alle sue cosce.

O alle sue.

O al modo in cui si muovevano.

O a cosa c'era in mezzo a loro...

Tracannò l'altro drink dal tavolo. Era stata Candy a insistere per rimanere per il primo spettacolo, quindi poteva anche fare a meno di bere.

«Stai vedendo quello che vedo io?» C'era stupore nella domanda di Candy e Gina sapeva che era sincero. C'erano poche cose al mondo che potevano mettere quel tono nella voce della sua amica disillusa, ma, ancora una volta, Darien Foster stava facendo l'inaspettato.

«No. Non lo sto vedendo. Perché sto guardando da un'altra parte».

E lo fece.

Beh, con una rapida occhiata con la coda dell'occhio mentre si esibiva su quella pertica da pompiere...

«Beh, al diavolo, se non lo vuoi tu, ci vado io. Non credo di aver mai visto un uomo capace di fare...» Candy deglutì e strappò il bicchiere dalle mani di Gina per le ultime gocce «... *quello*».

Sì, *quello* era piuttosto incredibile. Se avesse potuto fare quella mossa con una donna...

Dannazione. Questo non era per niente giusto.

Gina girò la testa questa volta. *Non* avrebbe guardato altro. Doveva lavorare con quel ragazzo, per l'amor del cielo. Non avrebbe dovuto vederlo in meno della sua biancheria intima.

Sfortunatamente, non guardare non cancellò l'immagine dalla sua mente. Darien in quel perizoma non era qualcosa che potesse *non* vedere più.

E, a dire il vero, non voleva davvero. Poteva non piacerle quel ragazzo, ma era femminile come una qualsiasi di quelle donne urlanti... aspetta, quella donna stava *davvero* per lanciare le sue *mutandine* sul palco? E Darien era decisamente qualcosa da guardare.

«Uh, Geen?»

Quel tono nella voce di Candy non prometteva niente di buono.

Gina girò leggermente la testa.

Candy fece un cenno verso il palco. «Uh, forse dovresti girarti».

«No, non voglio». Di questo, Gina era sicura.

«Uhm, no, davvero. Forse dovresti girarti».

«No, sono assolutamente certa di non volerlo».

«Sì, invece». Candy aveva un'espressione strana sul viso. «Ti conviene».

Con una sensazione di terrore, Gina si girò lentamente verso il palco.

Darien era in ginocchio, con le ginocchia *divaricate*, una rosa in bocca, entrambe le mani tese.

Verso di lei.

E il suo bacino teneva il tempo con il battito della musica.

Merda merda merda merda.

Poi arricciò le dita a tempo di musica, come per invitarla a salire sul palco con lui.

Forse, quando l'inferno si sarebbe ghiacciato.

Scosse la testa e si sedette più indietro possibile sulla sedia.

Il che non era molto lontano.

Darien scivolò più vicino al bordo del palco.

Gina spinse indietro la sedia.

Darien avanzò con le ginocchia, *giù* dal palco.

Cosa stava facendo?

Gina spinse indietro la sedia ancora un po', facendo forza sul tavolo.

Il che lo avvicinò al palco.

Darien scivolò sul tavolo.

Faceva sul serio?

E poi le donne dietro Gina spinsero la sua sedia *di nuovo* verso il tavolo.

Oh. Santo. Dio.

Il sorrisetto di Darien si arricciò sopra lo stelo della rosa.

Anche il suo bacino si sollevò di più, a tempo.

Stirò le braccia sopra la testa, rendendo ancora più tesi gli addominali già contratti. Gina cercò di concentrarsi su quelli perché quello che stava facendo il suo bacino *proprio lì* davanti a lei, beh... Non voleva guardarlo.

Dopotutto, quello era *Froggy*.

Si tolse il cappello da pompiere dalla testa e lo lanciò sul palco. Poi scosse i suoi capelli castani piuttosto lunghi, in cui una ragazza avrebbe adorato affondare le dita, e alcune gocce di sudore le caddero addosso.

Normalmente, questo le avrebbe fatto schifo, ma...

Si tolse di scatto la rosa da tra i denti, scuotendo leggermente le spalle a tempo con la musica.

Santo cielo.

Le sue labbra si mossero. Gina lo vide ma non riuscì a sentire cosa avesse detto perché c'era una quantità spropositata di urla intorno a lei...

Oh. Giusto. Era nel locale con lui. E dozzine di donne. Messa alla berlina...

Gina spinse indietro la sedia. Non aveva lavorato sodo per costruire la sua attività e permettere di diventare qualcuno di cui la gente potesse sparlare. Tutti sapevano che lei e Darien, ehm, Froggy, avevano un passato terribile. Quando si fosse sparsa la voce su come si stava comportando e lei era seduta lì, affascinata come ogni altra donna in quel posto...

No. Non sarebbe stata solo un'altra donna che ansimava dietro di lui.

Sì, ma, dannazione, donna, è uno schianto.

Basta. Gina spinse più forte, costringendo Darien a lasciarla andare o a rischiare di caderle in grembo a faccia in giù.

Ecco un'immagine interessante.

Scosse la testa.

«Sei fuori di testa, donna?» le urlò qualcuno nell'orecchio da dietro. «Torna lì e goditelo per il resto di noi, vuoi?»

No. Assolutamente no. Aveva finito di essere l'oggetto degli scherzi di Darien. Dalla rimpatriata, aveva ricominciato a tormentarla. Non sapeva cosa gli prendesse, ma non si sarebbe fatta umiliare pubblicamente da lui di nuovo.

«È tutto tuo». Si alzò di scatto dalla sedia e fece un gesto verso di essa. «Prego, accomodati».

Afferrò la borsa, poi si fece strada tra le sedie e i tavoli, ignorando quella che pensava fosse la voce di Candy. Candy poteva rimanere e godersi Darien che faceva eccitare qualcun'altra. Almeno quella donna sarebbe stata *parte* dello spettacolo e non *lo* spettacolo come l'aveva fatta sentire lui. Cos'era, una specie di vendetta per averlo fatto andare nell'ufficio del preside? Avrebbe pensato che a quest'ora l'avesse superata. Soprattutto perché era stata *lei* quella a essere umiliata.

«Geen, tutto bene?» Bryan la afferrò per un braccio mentre stava praticamente correndo davanti al bar.

«Uh, sì, sto bene. Faceva solo troppo, uh, caldo... cioè, era affollato e soffocante lassù. Ho bisogno di un po' d'aria».

Per fortuna, la presa di Bryan non era troppo stretta e lei riuscì a liberarsi e a correre fuori dalla porta.

L'aria gelida della notte la colpì come una sferzata. Maledizione, aveva lasciato il cappotto sullo schienale di quella sedia.

Un'altra colpa da addossare a Darien Foster.

Anche se, l'aria fredda era davvero piacevole. Non aveva mentito a Bryan; *faceva* caldo e c'era afa vicino al palco. Certo, quella era l'atmosfera che i ballerini cercavano di creare, ma non era esattamente quello che voleva quando Darien era proprio di fronte a lei.

Stava ballando *per* lei.

Apposta per lei.

Gesù, era sexy.

E lo sapeva, anche.

Arrogante.

Narcisista.

Egocentrico.

Le parole le rimbalzavano nel cervello, immagini di lui a scuola, che rideva di lei, con un sorrisetto stampato in faccia anche mentre camminavano verso l'ufficio del signor Dilworth.

Lui l'aveva trovato divertente. Ma d'altronde, non era stato lui a doversi portare dietro il soprannome di *Miss Tettone* per il resto delle medie *e* delle superiori. Diavolo, la gente lo tirava *ancora* fuori. Lo trovavano divertente. Pensavano che il suo imbarazzo dovesse essere passato, dato che, sai, erano solo ragazzini.

Certo, era così che appariva a tutti gli altri, ma lei se le portava ancora dietro, le ragazze. E dato che viveva ancora nella stessa città, c'erano buone probabilità che chiunque le chiedesse di uscire avesse sentito il suo soprannome. E con quel soprannome erano arrivate certe supposizioni...

Era stufa e stanca di dover tenere a bada le mani indiscrete. Solo perché una donna aveva un seno grande non significava che volesse le mani di tutti dappertutto. Avrebbe potuto lottare con una piovra dopo tutti gli appuntamenti unici che aveva avuto con i ragazzi nel corso degli anni. E poi era arrivato John, e poi se n'era andato, in un disastro fiammeggiante. Era nuovo in città, quindi aveva infranto la sua regola sugli spogliarellisti e lo aveva fatto entrare. E, per un po', era stato *quel* ragazzo, quello che sperava di trovare, che l'avrebbe amata per quello che aveva dentro.

E l'aveva fatto: l'interno del suo conto in banca, ecco cosa.

Quando se ne era resa conto, i suoi risparmi e la sua autostima erano stati gravemente ridotti, insieme al naso perfetto di John (che lei aveva pagato), grazie a Bryan e a un paio dei suoi amici.

C'era una certa soddisfazione in questo, ma perché nessuno poteva desiderarla al di là dell'aspetto fisico? Di certo non sarebbe stato per alcun incentivo finanziario in quel momento, dato che aveva racimolato ogni centesimo per avviare la sua attività e renderla un successo. Sapeva che era possibile trovare qualcuno. Bryan e un paio dei suoi ragazzi, spogliarellisti, tra l'altro, erano riusciti a trovare brave donne e a innamorarsi. Non tutti gli uomini erano dei porci.

Ma sembrava che tutti quelli interessati a lei lo fossero. Fino a Froggy, il porco più grande di tutti.

A quel pensiero sbuffò, una rana che era un porco. Ma, sì, ecco chi era Darien e niente le avrebbe fatto cambiare idea.

Nemmeno vederlo ballare.

Capitolo Quattro

«Che *diavolo* è stato?» Bryan fece irruzione nello spogliatoio, puntando dritto su Dare. «Cosa hai fatto a mia cugina?»

«Fatto? Non ho *fatto* niente. Ho ballato. In modo intimo e personale, come facciamo sempre. Ma senza toccarla. Come al solito. Come potevo sapere che è una b...» Si interruppe. Non era una buona idea definire la cugina del capo una bacchettona. «Uh, riservata? Voglio dire, le donne vengono qui per godersi lo spettacolo, no?»

Bryan lo fulminò con lo sguardo, ma Dare non aveva fatto niente di male. Anzi, aveva sperato di aver fatto tutto nel modo *giusto*, ma non si sarebbe mai aspettato che lei scappasse dal locale solo per una lap dance sul tavolo. Cavolo, le faceva di continuo. Era il suo marchio di fabbrica.

«Beh, devi aver fatto qualcosa, perché Gina non se ne sarebbe andata senza motivo.»

«Bryan, giuro, non ho fatto niente che non abbia già fatto altre volte. Forse doveva rispondere a una telefonata. Un'emergenza o qualcosa del genere.» O un'avversione per lui più forte di quanto avesse creduto possibile.

Oppure...

Forse... era il contrario.

Forse quello che stava facendo le era piaciuto *troppo*. Dopotutto, era venuta qui. Nessuno l'aveva trascinata. E sapeva che avrebbe ballato; era sulla scaletta affissa vicino all'ingresso.

Dare si sforzò al massimo per non sorridere. Voleva vederlo in azione. Stava facendo breccia. *Doveva* essere così.

«Senti, le parlerò domani alla spa. Sono sicuro che non è niente. Ha detto qualcosa quando se n'è andata?»

Bryan inclinò la testa, socchiudendo gli occhi. «Niente. Ha detto che stava bene. Che aveva bisogno di un po' d'aria. Che c'era afa o qualcosa del genere.»

O qualcosa del genere.

Aha. Gina si era accaldata e turbata per lui.

Bene. Il suo piano aveva funzionato. Voleva che lei pensasse a lui finché non fosse riuscita a toglierselo dalla testa. Proprio come lui non riusciva a togliersi lei dalla sua.

Tornò verso l'armadietto e afferrò l'asciugamano. Se si fosse tolto il perizoma in quel momento, si sarebbe tradito, quindi, invece, si avvolse l'asciugamano intorno alla vita, prese il sapone e lo shampoo, e fece un respiro profondo per dare una fottuta calmata al suo arnese e non sogghignare come un idiota.

Si voltò. «Domani mi assicurerò che sia tutto a posto, Bryan. Non preoccuparti.»

«È meglio per te. Piaci alla folla, Foster, ma tutti possono essere sostituiti.»

Dare annuì, poi si diresse verso le docce. Doveva lavarsi e tornare a casa, perché aveva la sensazione che quella notte non avrebbe preso sonno tanto facilmente.

* * *

Gina non riusciva a prendere sonno. Tre bicchieri di vino e la sua adrenalina era ancora a mille.

Perché aveva lasciato che Candy la convincesse ad andare al club? Avrebbe potuto benissimo lasciare l'assegno a casa di Gage. O avrebbe potuto andarsene dopo il primo ballerino.

Forse perché eri curiosa. Dopotutto, avevi una cotta per quel ragazzo, ai tempi della scuola.

27

Sì, *prima* dell'incidente delle Grandi Tette. Quello aveva ucciso sul nascere ogni sentimento adolescenziale che aveva provato per lui.

Certo. Quel ragazzo è ancora un gran bel vedere.

Sì, beh, quel che è bello è come si comporta, e quello che aveva fatto lui non era stato poi così bello. Da allora aveva dovuto convivere con le conseguenze.

Si alzò dal divano e raccolse la bottiglia di vino vuota e il bicchiere dal vassoio sul pouf. Bere da sola non era un buon segno.

Né lo era il bussare alla sua porta alle... strizzò gli occhi verso l'orologio sulla mensola del camino... due e ventisette del mattino.

Si trascinò fino alla porta — tre bicchieri di vino non erano il massimo per una ragazza alta un metro e cinquantasette — poi posò la bottiglia e il bicchiere sulla consolle dell'ingresso. «Chi è?»

«Sono io. Possiamo parlare?»

Io? Inteso come *Darien Foster?* «Non voglio parlarti. Mai più.»

Lui ridacchiò. «Sarà un po' difficile, visto che lavoriamo insieme.»

«Si può sempre rimediare.» Candy l'avrebbe uccisa e avrebbe potuto dire addio all'addio al nubilato, ma ne sarebbe valsa la pena.

O no?

«Non mi licenzierai. Hai bisogno di me.»

Spalancò la porta e lo fulminò con lo sguardo. «Chiariamo una cosa, Foster. Io *non* ho bisogno di te.»

Accidenti, era uno schianto tutto vestito bene.

Soprattutto quando sai com'è senza vestiti...

Darien appoggiò un braccio in alto sullo stipite della porta, poi inclinò la testa quel tanto che bastava per fare quegli occhi fumosi da camera da letto che facevano i modelli sulle pagine delle riviste. I suoi occhi nocciola erano perfetti per quello sguardo. «Lascia che mi corregga.» Il suo mento si sollevò di un centimetro, così quegli occhi da camera da letto si piantarono nei suoi. «La tua attività ha bisogno di massaggiatori e io sono l'unico disponibile in zona.»

«Una coincidenza piuttosto conveniente, non trovi?» Si appoggiò allo stipite della porta e incrociò le braccia.

I suoi occhi scivolarono sul petto di lei.

Maledizione.

Ancora più maledetto, sentì i capezzoli indurirsi.

Perché diavolo si era tolta il maglione pesante per indossare quella camicia da notte?

Perché non si aspettava visite alle due del mattino, e soprattutto non *questa* visita alle due del mattino.

Lui si riprese abbastanza in fretta che, se lei non fosse stata abituata a ricevere squadratine al petto dagli uomini, non se ne sarebbe accorta. Ma lo era e se n'era accorta.

L'angolo della sua bocca si contrasse. «Stai dicendo che sono *io* il responsabile del fatto che la tua attività sia arrivata al punto di dover assumere un altro massaggiatore? Perché, se così fosse, penserei che dovresti ringraziarmi, non minacciare di licenziarmi.»

«Tu non hai niente a che fare con lo stato della mia attività. Mi sono fatta un mazzo così per costruire questa spa e sono io il motivo dell'afflusso di clienti. Non tu.» La giusta indignazione era una panacea straordinaria contro tre bicchieri di vino e tormentatori d'infanzia presuntuosi.

«Hai bevuto?»

«Non sono affari tuoi.»

«Beh, sto solo cercando di capire se il fuoco nei tuoi occhi è per causa mia o dell'alcol.»

Aveva quel maledetto sorrisetto arrogante che lei odiava.

Sì, certo. Odi il fatto che lo renda ancora più sexy.

Sì. Odiava che lo rendesse più sexy.

Aspetta, cosa?

«Il gatto ti ha mangiato la lingua?» Ora c'era una maledetta fossetta sulla sua guancia.

Lo colpì con un dito sul petto. «Stammi a sentire, Ranocchio. Nessuno mi ha mangiato la lingua e nessuno se la prenderà.»

«È una sfida, Gina?»

Lo disse così a bassa voce che le parole non giunsero al cervello finché le sue labbra non furono sulle sue.

E poi *se la prese*, la sua lingua.

Beh, questo si chiama vivere pericolosamente...

Le labbra di Darien si inclinarono sulle sue. Sì, era pericoloso, ma in un modo assolutamente delizioso su cui si era interrogata per troppo tempo tanti anni prima.

Proprio come si era chiesta come sarebbe stato avvolgergli le braccia intorno al collo e sentirlo contro di sé...

L'immaginazione non aveva *niente* a che vedere con la realtà.

Soprattutto quando le sue mani le scivolarono intorno alla vita, coprendole la schiena e mandandole brividi lungo la spina dorsale.

Le fece vacillare le ginocchia. Le fece fremere lo stomaco.

La lasciò con il fiato corto, ansimante, gemebonda...

«Hai un sapore buono *quanto* il tuo aspetto.» Darien lo ringhiò contro l'angolo della sua bocca mentre tracciava una scia di baci fino all'incavo sotto il suo orecchio.

Il suo respiro caldo le fece cedere le ginocchia. Grazie a Dio la stava premendo contro lo stipite, e il suo corpo snello e duro — una parte in particolare — la teneva in piedi.

Ehm, tesoro? La situazione ti sta sfuggendo di mano.

Sapeva bene cosa le sarebbe piaciuto avere *tra* le mani...

«Ehm, Darien, no.» La sanità mentale, finalmente, si fece strada attraverso le sue difese abbassate dal vino e lei districò le dita dai suoi capelli per spingere le sue spalle davvero, davvero larghe e forti. Maledizione, non voleva che lui la toccasse. Mai. «Lasciami.»

«Perché?»

Le parole fremettero sulla parte sensibile del suo orecchio.

«Perché...» Dovette sforzarsi per trovare un motivo per cui non fosse una buona idea. Dopotutto, erano entrambi adulti. E single.

Sì. Lei era single. Perché gli uomini erano dei porci. E questo era il più grande di tutti.

«Lasciami!» Lo spinse con forza sufficiente da farlo mollare la presa, ma questo la fece anche staccare dal suo appoggio contro la porta e cadde nell'ingresso.

Sul sedere.

Dio, che umiliazione. Sembrava che fosse tutto ciò che provava quando era vicino a lui.

«Oh, cavolo, Gina. Stai bene? Ecco. Lascia che ti aiuti ad alzarti.» Ranocchio le tese una mano (forte, muscolosa).

Non l'avrebbe toccata nemmeno con un bastone di tre metri, figuriamoci con una parte del suo corpo.

Gattonò all'indietro, cercando di rimettersi in piedi. «No, no. Sto bene.»

Ma poi urtò la consolle dell'ingresso, e la bottiglia di vino e il bicchiere caddero.

Ovviamente si frantumarono sul pavimento di ardesia dell'ingresso.

«Stai ferma, Gina. Non muoverti.» Ranocchio entrò in azione, o forse dovremmo dire *saltò*?

A quella battuta avrebbe riso, ma le sue parole le penetrarono nella mente. «E dove pensi che possa andare?» C'erano schegge di vetro tutt'intorno a lei; non era un'*idiota*, conosceva il potenziale disastro.

Peccato che non ci hai pensato prima *di ricambiare il suo bacio.*

Giusto. Come se avesse potuto sapere che sarebbe caduta e avrebbe rotto il vetro. La sua coscienza doveva andare a dormire.

Ecco, questa è un'idea.

Da sola.

Guastafeste.

Accidenti, quella parte di lei *non* ricordava cosa le aveva fatto passare quel ragazzo?

Non lo so. Vediamo esattamente *di cosa è capace.*

Il suo subconscio aveva bisogno di un serio riavvio su come fossero gli uomini, se smaniava per una replica.

«Dove tieni la scopa?» Darien fece un altro passo nell'ingresso, il vetro che scricchiolava sotto i suoi piedi.

«Non hai bisogno di restare, Darien. Posso cavarmela da sola.»

«Gina, anche se non avessi bevuto, non sarebbe comunque una buona idea cercare di muoverti con tutto questo vetro intorno. Lascia che lo tolga di mezzo e poi potrai alzarti.»

«Io *non* sono ubriaca. E tu non sei il mio capo.»

«Non puoi averlo detto davvero.»

Perché l'aveva detto? La faceva sembrare una bambina petulante, o una trentatreenne che aveva bevuto troppo vino e non voleva che il ragazzo dei suoi sogni adolescenziali (lo stesso che li aveva anche infranti) la vedesse al suo punto più basso.

Troppo tardi.

Sospirò. «Va bene. È nell'armadio della dispensa in cucina. Proprio lì.» Inclinò la testa a destra.

«'kay. Torno subito. Non muoverti.»

«Non avevamo stabilito che non l'avrei fatto?»

Lui sorrise di nuovo, la fossetta che lampeggiava sulla sua guancia. «Accidenti, donna, quella tua boccaccia ti metterà nei guai.»

Ce l'aveva già messa. Ma, saggiamente, la tenne chiusa e non spiattellò quel piccolo dettaglio.

Lo sentì in cucina e fece un rapido inventario mentale. Aveva svuotato la lavastoviglie e messo via pentole e padelle. Niente di cui vergognarsi se l'avesse visto.

A parte lei seduta per terra...

Oh, *assolutamente* no. Non sarebbe rimasta lì come una sbronza incapace di prendersi cura di sé. Poteva certamente riuscire ad alzarsi in casa sua senza fare altri danni.

Scostò le schegge, poi si tirò i piedi sotto di sé. Per fortuna, aveva tenuto le pantofole; le suole di gomma le avrebbero protetto i piedi da eventuali pezzi rimasti.

«Ehi, non ti avevo detto di stare ferma?» Darien appoggiò la scopa al muro e allungò una mano verso di lei.

«Sto bene. Posso farcela.» Lo scacciò via e appoggiò le mani sul pavimento per spingersi su...

Trattenne il respiro.

«Ti sei infilata un pezzo di vetro nella mano, vero?»

Imprecò sottovoce e si lasciò ricadere sul sedere.

Per circa un secondo. «Ahi!» Balzò in piedi, perché il pezzo di vetro su cui si era seduta faceva più male di quello nella mano.

Darien la prese in braccio e si diresse a grandi passi verso la cucina. «Maledizione, donna. Riesci a essere meno testarda per il tuo bene?»

«Mettimi giù!» Scalciò con le gambe, e le sue pantofole volarono via.

«Neanche per sogno. Sei un pericolo per te stessa.» Rafforzò la presa finché non arrivarono in cucina.

La mise in piedi. Lei trattenne il respiro mentre i suoi glutei si contraevano intorno a più di un pezzo di vetro.

Trattenne un altro respiro quando lui si inginocchiò dietro di lei e le sollevò la camicia da notte.

«Cosa credi di fare?» Cercò di scacciare le sue mani e di coprirsi.

«Gina, smettila. Ti tolgo il vetro.»

«Posso farlo benissimo da sola, grazie mille.»

«Come hai fatto *benissimo* ad alzarti da sola dal pavimento?» Tirò la camicia da notte più forte verso destra. «Stai ferma e lascia che li tolga.»

Gina voleva morire di vergogna. Era appoggiata al bancone della cucina con la camicia da notte sollevata sul sedere, le sue mutandine striminzite che non lasciavano nulla all'immaginazione, e la sua nemesi era a stretto contatto con una parte della sua anatomia che non avrebbe mai voluto far vedere a *nessuno* — tanto meno a *lui* — mentre le estraeva schegge di vetro.

Avrebbe avuto bisogno di un'altra bottiglia di vino per affrontare l'umiliazione di quella notte.

«Mi passi un tovagliolo di carta umido?» chiese lui. «Stai sanguinando.»

Aggiungi una terza bottiglia al conto.

Soffocò un gemito mentre si sporgeva a sinistra per prendere un foglio dal rotolo, poi aprì il rubinetto.

Glielo porse senza dire una parola. Perché, in fondo, cosa poteva dire?

Soffrì in silenzio e si concentrò sull'estrazione della scheggia dalla mano. Per fortuna, anche lui era silenzioso. Era già abbastanza brutto passare attraverso tutto ciò; sentirlo prenderla in giro lo avrebbe reso insopportabile. E, Dio solo sapeva, lei aveva esperienza diretta in *materia*.

Lui passò il tovagliolo su entrambe le guance, poi lo premette lì. «Credo di averli tolti tutti, ma dovrai tenere la pressione per fermare il sangue. Dove tieni l'alcol?»

«Nel mobile bar in salotto.»

Lui sbuffò. «Non quel tipo, genio. Alcol denaturato. Voglio pulire meglio quei tagli.»

«Non ti verserai dell'alcol su delle ferite aperte.»

«Vuoi ritrovarti con un'infezione?» Le diede un colpetto sul sedere. «Qui?»

Ottima osservazione.

Sospirò. «In bagno sotto il lavandino.»

«Torno subito.»

Sentì il suo calore mentre lui si alzava alle sue spalle e la sua mano sostituiva la sua, e l'immagine di come doveva apparire quella scena le si impresse nel cervello.

Soprattutto quando lui non si mosse...

C'era qualcosa nell'aria. Qualcosa di pesante, carico di aspettativa, ma poi lo sentì espirare mentre si girava e si allontanava.

Lasciò andare un respiro che non si era resa conto di trattenere. Non aveva un attimo di tregua con quel ragazzo...

Oh, diavolo. Era nel suo bagno e i suoi reggiseni stavano asciugando sull'asta della tenda della doccia. Quelli di pizzo perché non li metteva in lavatrice.

Fantastico.

«Ecco qua.» Tornò in cucina.

Gina non si voltò.

«Ho trovato anche dei cerotti e una pomata antibiotica.»

Meraviglioso. Aveva frugato lì dentro. Stava cercando di ricordare cosa avesse sotto il lavandino.

Grazie a Dio il suo vibratore era nel cassetto in fondo al comodino. Almeno non avrebbe dovuto subire l'umiliazione che lui trovasse *quello*.

«Questo brucerà un po'.» Darien si lasciò cadere di nuovo in ginocchio dietro di lei.

Usò il dolore dell'alcol come scusa per trattenere il fiato. Non riusciva a togliersi dalla testa l'immagine di lui dietro di lei con il suo sedere seminudo a pochi centimetri dal suo viso.

E, *ovviamente*, il suo corpo avrebbe reagito in un modo su cui non aveva alcun controllo.

Ti prego Dio ti prego Dio ti prego Dio fa' che Darien non se ne accorga.

Le sue dita indugiarono sulla sua pelle dopo aver applicato il secondo cerotto. «Dovrebbe...» Si schiarì la gola. «Dovrebbe essercene un altro.»

«Okay.» Maledizione, la sua voce tremò.

Il suono della confezione del cerotto che si strappava sembrò rimbombare nella stanza. Il tocco delle sue dita mentre glielo applicava sembrò più pronunciato, il suo respiro più forte.

Il suo... più superficiale.

Il fruscio del cotone contro la sua pelle sembrò come il clangore di piatti mentre lui le rimetteva a posto la camicia da notte.

«Ecco fatto.» La voce di Darien le suonò più profonda. «Finito.»

Aveva proprio ragione.

Gina si aggrappò al bancone e cercò di fare un respiro profondo senza darlo a vedere.

Poteva ancora sentire il calore di lui alle sue spalle.

Poi un brivido, quando si allontanò.

«Vado a pulire l'ingresso.» Lui non si mosse da dietro di lei. «Puoi per favore restare qui?»

«Assolutamente.» Per più di una ragione.

I loro sguardi si incrociarono nel riflesso della finestra della cucina. Gina giurò a se stessa di non essere la prima a distogliere lo sguardo, ma poi il momento divenne troppo carico di tensione e dovette cedere.

Non alzò lo sguardo mentre lui usciva dalla stanza.

Con le gambe deboli, cercò lo schienale di una sedia al tavolo e vi si lasciò cadere.

Ahi! Maledizione, non poteva sedersi.

Gina si trascinò fino al frigorifero. Aprì lo sportello, sventolandosi l'aria fresca sul viso.

Beh, questo era un bel pasticcio. Non c'era modo che potesse affrontarlo al lavoro domani. Diavolo, non voleva nemmeno affrontarlo *adesso*.

«Dov'è il tuo cestino?»

Sembrava che non avesse scelta. Così Gina si stampò un sorriso in faccia e si voltò. «A destra del lavandino.»

Darien gettò via la spazzatura, poi le porse la scopa prima di afferrare una manciata di tovaglioli di carta. «Asciugo il Merlot così non ti macchia il pavimento.»

«Grazie...» Si schiarì la gola. «Grazie.»

Naturalmente, perché lo stesse ringraziando era un mistero. Se non l'avesse baciata, niente di tutto questo sarebbe successo. Era tutta colpa sua, in primo luogo.

Raddrizzò le spalle. Sì. Era tutta colpa sua. Non sarebbe mai dovuto succedere. E non sarebbe successo mai più. Si sarebbe assicurata di questo. Niente più situazioni compromettenti che potessero anche solo permettere la *possibilità* che accadesse di nuovo.

Doveva andarsene. Adesso.

Uscì dalla cucina. Prima lo faceva uscire dal suo appartamento, meglio era.

Ovviamente, gli sbatté contro mentre lui stava tornando.

Lui le afferrò un braccio. «Maledizione, donna. Riesci a seguire anche una sola direttiva?»

Lei si liberò con uno strattone. «Posso camminare nel mio appartamento senza il tuo permesso, Foster.»

Lui si passò una mano tra i capelli. «Sai, un 'grazie' non sarebbe fuori luogo qui.»

«Grazie? *Grazie*? Per cosa? Per essere piombato qui a tarda notte e avermi fatta cadere a terra?»

Quel suo maledetto sorrisetto apparve. «Ti ho stesa, eh?»

«Non darti troppe arie. Non sono esattamente entusiasta che qualcuno mi baci contro la mia volontà.»

«Contro la tua volontà?» Fece un passo verso di lei. «Oh, questa è bella, Gina. Ci stavi dentro quanto me. Non c'era nessun 'contro la tua volontà'.»

Lei fece un passo indietro. «Non illuderti.»

«Non ce n'è bisogno. So che effetto ti faccio.»

Lo sguardo che le lanciò diceva che non stava parlando del bacio.

Non riuscì a trattenere un rossore. «Penso che tu debba andartene.»

«Perché? Non ti fidi di te stessa quando ci sono io?»

«Sei davvero un caso, non è vero?»

«È quello che mi dicono.»

Gina si rifiutò di abboccare all'amo. «Senti, Foster, grazie per aver ripulito il danno che hai causato, che non avrebbe avuto bisogno di essere ripulito se non fossi passato. A proposito, perché sei venuto?»

Lui la guardò per alcuni secondi, poi si passò di nuovo una mano tra i capelli. La mano indugiò a massaggiargli la nuca. «Io, uh, sono venuto per assicurarmi che stessi bene.»

«Bene? Perché?»

«Beh, hai lasciato il club di fretta e volevo vedere...»

«Ho lasciato il club perché non volevo far parte del tuo spettacolo.» Lo colpì con un dito sul petto. «Non sono un oggetto di scena che puoi tirare fuori per ottenere una reazione ogni volta che vuoi.»

«Di che stai parlando? Non eri un oggetto di scena.»

«Davvero? Stai dicendo che non ti sei comportato di proposito come... come un...»

«Come cosa? Un ballerino esotico che si esibisce per la folla? Ho una notizia per te, tesoro. Faccio la stessa routine tre sere a settimana e due volte nel weekend. Non ti ho presa di mira; eri seduta al tavolo su cui ballo di solito.»

Oh, Dio, che il pavimento la inghiottisse subito. Era *lei* quella che stava ingigantendo una cosa che non era poi così importante.

«Ora chi è che ha un'immagine di sé troppo alta?»

Gina distolse lo sguardo dai suoi occhi ridenti. Era fin troppo attraente quando la prendeva in giro.

Diavolo, era fin troppo attraente, punto. Doveva ricordarsi che gli uomini erano dei porci. Anche quelli che portavano il nome di un anfibio. «È inappropriato. Lavori per me.»

«Sei venuta nel *mio* posto di lavoro e dici a *me* che sono inappropriato? Non puoi dirmi che non sapevi che tipo di posto fosse prima di arrivare. O ti è sfuggito durante le altre esibizioni prima della mia?» Scosse la testa e si avvicinò di un passo. «Penso che ti sia piaciuto lo spettacolo e non vuoi ammetterlo.»

Lei lo fulminò con lo sguardo. «Scendi dal piedistallo, Foster.»

«Smentiscimi.» Si chinò e scandì molto chiaramente, le sue labbra che formavano le parole...

Non avrebbe guardato le sue labbra. «Oh, ti piacerebbe, vero? Andare a dire ai tuoi amici che Gina Taormina non ha saputo resisterti.»

«Non ci riesci? Sembra promettente.»

La sua voce era come seta mentre le scivolava addosso e Gina dovette reprimere un brivido contro la sensualità del suo tono. «Penso che sia meglio che te ne vada, Foster.»

«Ho un'idea migliore.»

Ooh, che bello!

Neanche per sogno. «Meno male che non do alcun peso alle tue idee.»

Le sue labbra si assottigliarono e lui fece un (benedetto!) passo indietro. «Okay. Bene. Come vuoi. È tardi e siamo entrambi stanchi.» Le tese una palla di tovaglioli di carta. «Tieni.»

Lei prese la cartaccia ma non si mosse finché lui non fu oltre la porta.

«Ci vediamo al lavoro tra qualche ora.»

Quel maledetto occhiolino che le fece mentre si voltava la fece volare per i due metri che attraversavano l'ingresso e quasi sbattere la porta. Poi chiuse a chiave la serratura e mise il catenaccio. Non avrebbe più aperto quella porta stanotte, a meno che non ci fosse un incendio.

Dare inspirò una mezza dozzina di boccate d'aria fredda per calmarsi. Non sarebbe dovuto venire. Perché torturarsi? Cosa aveva sperato di ottenere?

Beh, il bacio, per esempio. Doveva ammettere che quello gli era balenato in mente. Ed era meglio qui che alla spa...

Diavolo. Come avrebbe fatto a lavorare con lei e a prendere ordini da lei, ora che sapeva che sapore aveva? Come si sentiva tra le sue braccia.

Quanto fosse sodo, tonico e formoso il suo sedere.

Come sapeva che lei si era eccitata...

Sì, quest'ultima era micidiale. Non era stata immune a lui, e ci era voluto ogni briciolo di autocontrollo che si era stupito di possedere per *non* toccarla in modo più intimo di quanto avesse fatto nella sua cucina. Quei sentimenti adolescenziali che aveva provato per Gina erano decisamente cresciuti.

Controllò l'ora sul telefono. Doveva tornare a casa se sperava di dormire un po' prima di rivederla tra qualche ora.

Dove la tortura sarebbe ricominciata da capo.

Capitolo Cinque

«Hai una faccia da schifo.»

«Beh, ti ringrazio tanto, Candy. Soprattutto perché è colpa tua.» Gina sistemò la ghirlanda di agrifoglio sulla porta a vetri della spa prima di chiudersela alle spalle.

«Mia? E come avrei fatto?»

Una musica natalizia suonava dolcemente in sottofondo mentre Gina indicava il suo cappotto appeso all'attaccapanni vicino alla porta. Doveva averlo portato a casa Candy. «Mi hai trascinata al club ieri sera.»

«Ah, già. Come se ti avessi torto un braccio e puntato una pistola alla testa. È tutta colpa mia se hai potuto rifarti gli occhi con dei bei fusti e passare una notte di sogni erotici. Fammi causa.»

Gina si sfilò la sciarpa, contenta che il gesto le nascondesse il viso da Candy. Il rossore avrebbe probabilmente rivelato tutto. «Non ho fatto sogni erotici.» Ma solo perché non era riuscita a dormire abbastanza a lungo per poterne fare.

Per fortuna. L'ultima cosa di cui aveva bisogno era sognare Froggy.

O di baciarlo, se è per questo.

Candy inarcò un sopracciglio. «Niente? Sul serio? Non dirmi che hai cambiato sponda adesso, perché è l'*unica* ragione che mi viene in mente per cui non ti saresti goduta sogni piccanti per tutta la notte. Io l'ho fatto. Mi ha dato una certa carica stamattina.»

«Troppi dettagli, Candy.» Gina fece ruotare l'agenda degli appuntamenti per vedere il programma della giornata. Doveva dimenticare la sera prima e concentrarsi sugli affari.

Il che era un po' difficile con un giovane Michael Jackson che cantava di mammà che baciava Babbo Natale.

«Forse dovremmo provare un po' di musica strumentale invece di questa roba pop. Per rendere questo posto un po' più elegante.»

Candy tamburellò con una lunga unghia verde smeraldo sul bancone della reception, in tinta con la sua camicetta. Era la migliore cliente di Maria, la manicurista. «Seriamente, Geen, che ti prende? È successo qualcosa che dovrei sapere?»

Quella domanda colpì un po' troppo nel segno. Gina prese l'agenda e si diresse verso il suo ufficio. «Certo che no. Cosa sarebbe potuto succedere?»

Un sacco di cose, se solo glielo avessi permesso...

«Oh mio Dio. Qualcosa *è* successo.» Candy la seguì nel suo ufficio e chiuse la porta, scivolando sulla sedia di fronte alla scrivania di Gina. «Sputa il rospo.»

«Non è successo niente.» Gina spostò di lato la propria sedia – sedersi era fuori questione – e appoggiò l'agenda e la borsa sulla scrivania. «Sono tornata a casa. Fine della storia.»

Sentiva gli occhi di Candy puntati addosso.

Bastò contare fino a sei prima che Candy si lanciasse. Era questo il problema di lavorare con gli amici; ti conoscevano troppo bene per riuscire a nascondere qualcosa.

«Cos'è successo, Geen? Sei tornata al club dopo che me ne sono andata?»

Gina sbuffò. «Neanche per sogno.» Aprì l'agenda sulla scrivania. Okay, forse l'aveva sbattuta aprendola. «Te l'ho detto. Ho lasciato il club e sono tornata a casa. Ho bevuto un bicchiere» o tre «di vino. E sono andata a letto.» Ed era rimasta sveglia fino alle prime ore del mattino, prima di tirare fuori il vibratore dal comodino solo per riuscire a dormire un'ora o due.

Candy inclinò la testa, i lunghi ricci biondi le caddero sulla spalla in un disordine sexy e del tutto inconsapevole che attirava gli uomini come un raggio traente. «Sei sicura di non essere andata da nessuna parte ieri sera?»

«Sicura al cento per cento di essere rimasta nel mio appartamento tutta la notte.»

«Mmm.» Candy si picchiettò l'angolo della bocca con una matita, i braccialetti rigidi che le scivolavano lungo la manica. «Beh, c'è qualcosa che non va. Non mi darò pace finché non ne verrò a capo.»

Gina finse di essere impegnata. «Fantastico. Vediamo se nel frattempo riesci a preparare le sale trattamenti, ok, Sherlock?»

Lo sguardo di Candy indugiò qualche battito di cuore di troppo. «Va bene. Vado a prepararle.» Si voltò per andarsene, poi tornò indietro. «Ha chiamato Darien.»

Gina si sforzò di non guardarla. «Si licenzia?»

Candy espirò. «Accidenti, Geen, dacci un taglio. Abbiamo bisogno di lui. So che va contro tutto ciò in cui credi, ma finché non avremo finito con l'addio al nubilato di Amalie Cavanaugh, devi essere gentile con lui così non si licenzia. Capito?»

«Cosa ha detto?» Non poté fare a meno di alzare lo sguardo.

«Ha detto che arriverà a mezzogiorno con una nuova cliente.» Candy si gettò i capelli dietro le spalle, rivelando un pizzo bianco e vaporoso nella profonda scollatura, con delle piccole palline di Natale appuntate sopra. Solo Candy poteva far sembrare una camicetta a tema natalizio un capo d'alta moda. «Non male per il nuovo arrivato, porta già nuovi affari.»

«Caspita, una nuova cliente e già gli canti le lodi.» Sì, era stata acida, ma Candy aveva così poca lealtà?

«Ma ti senti? Che importa chi porta gli affari? Gli affari sono affari. Che pagano l'affitto, se posso aggiungere.» Candy sbuffò. «Senti, questo dovrebbe essere il periodo più felice dell'anno, ma non si direbbe, con la Grinch Gina nei paraggi. Puoi semplicemente mandare giù il rospo e sopportarlo per le feste?»

Gina *non* aveva alcuna intenzione di pensare a succhiare alcunché in relazione a Darien. Già abbastanza che lui lo avesse fatto con la sua lingua la sera prima—

«Sì. Va bene. Posso.» Aprì il cassetto della scrivania per prendere... qualcosa, poi lo richiuse con un colpo secco.

«Dovevi avere proprio bisogno di quella chiavetta USB.»

«Eh?» Gina si guardò la mano. «Oh. Sì. Io, ehm, devo fare il backup di alcuni file.» Si chinò per prendere il portatile dalla borsa appoggiata alla scrivania. «Allora, chi abbiamo stamattina?»

«Sei *tu* quella con l'agenda degli appuntamenti.»

Ci vollero un paio di secondi perché le parole le arrivassero, poi Gina guardò la sua scrivania. Giusto. L'agenda.

«Oh. Okay. Sì.» Si appoggiò con una mano mentre faceva scorrere un dito dell'altra lungo la pagina. «Charlotte ne ha due stamattina e il pomeriggio è pieno. Anche Stacey ha appuntamenti consecutivi per tutto il pomeriggio. E ci sono le mie clienti abituali, quindi quasi al completo.» Grazie a Dio. Questo avrebbe coperto una buona parte delle bollette del mese. E con l'addio al nubilato... Le finanze sembravano buone per questo mese.

«E Darien ne ha uno a mezzogiorno e un altro alle tre. La calma prima della tempesta della prossima settimana, anche se Debby e Kaya sono prenotate questo pomeriggio per i capelli, e Maria ha chiesto di far venire sua nipote ad aiutarla con qualche manicure e pedicure anche se è il suo giorno libero. Ho pensato che fosse un bene per gli affari.»

«Assolutamente. Sappiamo se viene il tecnico del riscaldamento?» Gina era dovuta stare addosso alla società di gestione per farlo venire. Con la maggior parte dei negozi del centro commerciale che chiudevano, la direzione non voleva investire molti soldi nella manutenzione. Ma Gina aveva bisogno della manutenzione; lei *non* sarebbe fallita.

«Sì. Dovrebbe essere qui verso le dieci.»

«Bene.» Gina chiuse l'agenda e incrociò le braccia. «Affari come al solito.»

«Continua a ripetertelo», borbottò Candy uscendo dalla porta, portando con sé lo spirito natalizio incarnato dai suoi pantaloni bianchi e dai tacchi rosso-naso-di-Rudolph.

Erano affari come al solito. Un'altra giornata alla spa. La notte scorsa era passata.

Finché *lui* non varcò la sua porta.

«Ehi, capo. Come va?» Le fece un saluto militare come se non le avesse ficcato la lingua in gola la sera prima.

E tu la tua nella sua.

Salutò con un rapido sorriso impersonale, poi prese un fascicolo dalla scrivania e finse di guardarne la fattura.

Ma l'unica cosa che *vide* fu la splendida donna che seguiva Darien in una delle sale trattamenti.

Quella era la cliente che aveva portato? La donna sembrava una che lavorava al club, e lui si sarebbe chiuso in una stanza con lei mentre era nuda? Quanto stupida pensava che fosse Froggy?

Che te ne frega con chi fa cosa?

Non le importava. Solo che non voleva che si spargesse la voce che nelle sale trattamenti si consumavano scappatelle sessuali. Aveva lavorato troppo duramente e investito troppo per lasciare che le dicerie le uccidessero l'attività, per non parlare del fatto che la società di gestione avrebbe poi trovato un modo per rompere il suo contratto di locazione. O, Dio non voglia, il dipartimento di sanità avesse deciso di fare un salto per un controllo mentre Darien faceva chissà cosa a porte chiuse.

Rimase lì per un po', battendo il piede. Non avrebbe fatto nulla sul serio, vero?

Gina lasciò cadere la cartellina. Con Darien, non sapeva mai cosa aspettarsi.

Si strinse nel maglione e si diresse decisa verso la porta della sala trattamenti numero tre. «Frog—»

La testa della donna si sollevò di scatto dal foro del lettino mentre Darien alzava lo sguardo dal suo braccio destro, su cui stava lavorando.

«Qualcosa non va, capo?», domandò.

Non con la scollatura di quella donna, no—

Oh, al diavolo. Gina stava praticamente a bocca aperta. E si stava decisamente rendendo ridicola. «Uhm, non l'ha segnata sull'agenda.»

«Oh. Beh, vede...» Lui si raddrizzò e coprì il braccio della donna con il lenzuolo. «Io, uhm, pensavo di fare a Michelle un trattamento omaggio, così potrà tornare al club e dire a tutti quanto è fantastico, e questo porterà più clienti.»

«Un omaggio?» Perché suonava così illecito?

«Sì. Sa, pubblicità col passaparola?»

Finché usava solo la sua bocca per quello...

Michelle portò un braccio sotto il mento. «Va bene, non è vero?»

Gina si morse la lingua. Se stavano facendo *solo* quello, andava bene. E doveva ammettere che, a giudicare dalle apparenze, era *proprio* quello che stavano facendo.

Voleva uscire da quella stanza subito. Con un po' di dignità intatta. «Sì, ma Fr— ehm, Darien, l'idea non è quella di regalare i nostri servizi.»

«Okay, nessun problema. Pago io.»

Certo che l'avrebbe fatto, facendola passare per la spilorcia di fronte a una potenziale cliente abituale.

«No, per questa volta va bene.»

«Sono più che felice di parlare bene di questo posto. Voglio dire, chiunque sarebbe pazzo a pensare che questo Foster non sappia fare un buon massaggio. E dato che l'ha assunto lei, anche il resto del suo staff deve essere al suo livello, giusto?» Michelle, l'oh-così-servizievole bellezza sul lettino, sfoggiò un gran sorriso perfetto.

Certo, con le mani di Darien Foster sul suo corpo nudo, anche Gina avrebbe sorriso.

Non che tu sia gelosa o altro.

«Vero.» Gina ingoiò il ringhio che avrebbe preferito emettere. «La ringrazio per la buona raccomandazione.»

«Piacere mio.» Michelle sospirò e riaffondò il viso nel lettino. «Fa' del tuo peggio, Foster.»

Darien sogghignò e ammiccò a Gina. «Ha sentito la signora. Ho i miei ordini.»

Gina si girò sui tacchi e uscì da quella stanza il più velocemente possibile.

* * *

«Mi stai almeno ascoltando?» I braccialetti d'oro e d'argento al polso di Candy tintinnarono mentre agitava una mano davanti al viso di Gina, intenta a impilare delle lenzuola piegate nell'armadietto shabby chic che Gage aveva installato la settimana prima. «Devi concentrarti, Geen.»

Gina scacciò la mano di Candy. «Ti sto ascoltando. Vuoi organizzare un incontro con Amalie Cavanaugh.»

«Non un *incontro*. Una visita. La facciamo venire, le mostriamo come intendiamo organizzare la giornata spa per il suo addio al nubilato, esaminiamo il menu—»

«Menu?» Gina scosse un morbido asciugamano color pesca, poi iniziò a piegarlo.

Anche Candy prese un asciugamano. «Sì. Cibo. Cioè, stuzzichini, tramezzini, dessert, cose del genere.» Punteggiò ogni parola con una piega dell'asciugamano. «Staranno qui almeno tre ore perché tutte possano godersi ogni esperienza, quindi probabilmente dovremmo dar loro da mangiare.»

Gina abbassò l'asciugamano, le pieghe scomparse. «Esperienza?»

Candy sospirò e glielo prese. «Sì, *esperienza*. Non puoi continuare a chiamarli trattamenti, e 'massaggio', 'trattamento viso', eccetera sono così comuni. Se vuoi che The Gilded Lily si distingua, devi creare un'atmosfera diversa da qualsiasi altra spa là fuori.» Appoggiò l'asciugamano piegato su uno scaffale. «A partire dalla terminologia. Ho fatto qualche ricerca e dovremmo cambiare la lista dei servizi. Chiamarla menu e offrire diverse *esperienze*. La Coccole Quotidiana, La Rigenerazione, La Detossinazione, cose del genere. Potremmo anche avere L'Unione come giornata di coppia. Che ne pensi?»

Gina si diede una scossa mentale. Candy aveva ideato tutte quelle idee per la *sua* spa mentre lei... mentre lei sognava *lui*. Afferrò un altro asciugamano e lo piegò con la stessa precisione di Candy. «Penso che sia un'ottima idea.»

«Quale parte, la visita con Amalie Cavanaugh o i servizi?»

«Entrambe, in realtà.» Gina drappeggiò l'asciugamano sul bordo della cesta, poi salutò con la mano la signora McMonagle, che era lì per la sua tinta mensile. «Posso contattare Lara di Carvallo's Cups & Cakes per preparare un pacchetto di dessert. E ho ancora dello champagne avanzato dall'inaugurazione che posso stappare.»

Candy prese l'asciugamano e lo mise sullo scaffale superiore con i suoi. «E Lara può esporre le sue brochure, così è pubblicità anche per lei.»

Gina le diede il cinque. «Potere alle donne. Adoro quando noi donne facciamo squadra.»

Candy abbassò la mano e inclinò la testa, i suoi occhi azzurri fin troppo acuti. «Uh oh. Sei di nuovo nella tua fase di odio per gli uomini. Che ha fatto?»

«Chi?»

Candy sbuffò. «Certo. Se prima stavo solo sondando il terreno, questo mi ha appena confermato il perché.»

«Darien non ha fatto niente.» Gina prese qualche asciugamano. «Come avrebbe potuto? È stato là dentro per cinquantasei minuti, a fare un massaggio a Michelle.»

«Cinquantasei, eh?» Candy si picchiettò il labbro. «Non 'quasi un'ora', o 'mancano cinque minuti', ma 'cinquantasei minuti'.»

«Smettila, Candy.» Gina scosse l'asciugamano. «Darien non c'entra niente con il mio commento sulle donne. Sai che sono tutta per l'emancipazione femminile, per prendere in mano le nostre vite e non dipendere da un uomo per renderle complete.»

Candy alzò le mani. «Okay, mi ritiro dalla discussione su Darien. E dalla discussione sugli uomini. Torniamo al nostro piano.» Entrò nell'area della reception. «Pensavo di far fare dei menu eleganti in cartoncino imbottito, come quelli dei ristoranti a cinque stelle, invece di una lista di servizi appesa al muro. Magari cambiare alcune luci qui con lampadari e applique di cristallo. Metterli con un regolatore di intensità. Aggiungere una piccola panca imbottita qui e un sacco di cuscini. Farlo sembrare un po' più lussuoso in modo che le ospiti – non le clienti – si sentano coccolate.»

Gina fece un complimento a Gretchen Walker per la scelta del colore dello smalto prima di seguire Candy. «Perché fai questo? Perché ti importa dell'aspetto di questo posto?»

Candy si mise le mani sui fianchi. «Perché tengo a te. Voglio che la spa si distingua in modo che tu abbia successo. Voglio che tu sia così sicura della tua attività che la cosa si estenda ad altri ambiti della tua vita, così non starai per sempre a struggerti per un certo qualcuno che ti ha fatto un torto.»

«Non mi sto struggendo per Froggy.»

«Darien? Io parlavo di John.» Candy inarcò un sopracciglio. «Ma c'è stata tutta quella storia dei 'cinquantasei minuti'. E sei *stata* nervosa da quando è entrato. E non parlo di oggi, anche se oggi sei particolarmente nervosa e non riesco a credere che sia solo perché» abbassò la voce, grazie a Dio, «hai visto il pacco di quell'uomo esibirsi in una bella coreografia ieri sera. Certo, questo dovrebbe agitarti, ma per una ragione completamente diversa. Di cui avresti potuto occuparti ieri sera nella privacy della tua camera da letto e oggi saresti arrivata tutta rilassata e radiosa. Invece, sembra che tu sia pronta a scappare da un momento all'altro e sei distratta. Abbiamo forse la cliente più importante che avrai per un po' che sta per arrivare eppure tu ti concentri sulla porta numero due.»

Gina non aveva nemmeno intenzione di *iniziare* la questione John. «Tre.» Sistemò l'espositore degli smalti che Maria aveva da offrire.

«Cosa?»

Armeggiò con i biglietti da visita nel loro supporto. «È nella sala trattamenti tre.»

«Vedi? Non dovresti saperlo così in fretta.»

Gina tirò fuori le brochure dal loro espositore e le sbatté sul bancone, raddrizzandole come se fossero un mazzo di carte. «È la mia attività, devo sapere quali stanze sono occupate.»

Candy sospirò. «Okay, va bene. Come vuoi. Non sei distratta, sei imprenditoriale. E davvero, davvero anale-ritentiva riguardo al bancone della reception.» Borbottò l'ultima frase mentre prendeva le brochure da Gina e le rimetteva dove erano appena state. «Ma cominciamo a chiamarle suite, non sale trattamenti.»

Gina si mise le mani sui fianchi. «Le suite di solito hanno più di una stanza, da cui il termine 'suite'.»

«Non fare la pignola con me. Sto cercando di creare un'atmosfera qui, in modo che quando Amalie e Sophie e le loro dieci amiche si presenteranno, se ne andranno parlando di questo posto sotto ogni aspetto. Dall'ambiente all'esperienza, al relax e alla bellezza, fino al cibo. Voglio dire, il posto è carino così com'è, ma *è* quello che è. Una day spa. Rendiamola un po' diversa dal resto del gruppo. Bastano poche modifiche per portare The Gilded Lily a un livello superiore. E, guarda. Ti ho appena risparmiato la parcella di un arredatore. Puoi ringraziarmi ora.»

Il finto entusiasmo ad occhi spalancati non riusciva a mascherare il sarcasmo di Candy, e Gina dovette ridere. Il che era una buona cosa. Doveva lasciarsi alle spalle la notte scorsa e dimenticarla. Perché, per quanto fosse stato fantastico quel bacio, la realtà era che Darien stava facendo quello che faceva sempre con lei e lei era stanca di essere lo zimbello dei suoi scherzi.

Fece una smorfia. Il sedere le faceva ancora un po' male.

«Stai bene?»

«Sì, sto bene. Grazie.» Gina cercò la mano di Candy. «Ti sono davvero grata, Candy. Mi dispiace se sono stata scontrosa, e lavorerò decisamente sul mio atteggiamento quando c'è lui. Ma solo finché l'addio al nubilato non sarà finito. Devi continuare a cercare altri massaggiatori, perché se le sorelle Cavanaugh saranno soddisfatte, la voce si spargerà e dovrò assumerne altri. Non posso avere Darien che lavora qui per sempre.»

Dare si appoggiò al muro prima di svoltare l'angolo verso l'area della reception. Sentì l'asprezza nelle parole di Gina. Dannazione, pensava davvero che avessero fatto un passo avanti la notte prima. Ovviamente il suo bacio non le era *dispiaciuto*, perché era eccitata. Su quello, non c'era alcun dubbio.

Avrebbe dovuto agire quando ne aveva avuto la possibilità.

«Stai bene, Foster?» Michelle Weber tirò fuori la sua lunga coda di cavallo nera dal retro del colletto mentre usciva dalla sala trattamenti. «Non ti ho sfinito, vero? Te l'ho detto che i miei muscoli erano tesi.»

Le sue parole potevano essere interpretate in un paio di modi, ma sapendo che a lei non piacevano gli uomini, sapeva cosa intendesse. «Sì, sto bene. Ho fatto tardi ieri sera. Pensavo che mezzogiorno mi avrebbe dato abbastanza tempo per dormire, ma avremmo dovuto fissare il tuo appuntamento per le due.»

Lei gli diede un colpetto sul petto. «Ah, ma ho sentito dire che sei bravo per i pomeriggi di sesso.»

«Cosa?» Non ne faceva uno da molto tempo, e decisamente non da quando era tornato in città.

Lei afferrò il davanti della sua giacca e camminò all'indietro, trascinandolo con sé. «Rilassati, Dare. Sto solo scherzando. Ballo nudo a parte, hai l'immagine più pulita di chiunque io conosca. Sicuramente tra i ballerini.» Inarcò un sopracciglio. «Ma forse possiamo cambiare la situazione, mmm?» Aggiunse un piccolo ringhio proprio mentre Gina alzava lo sguardo nell'area della reception.

Vide un lampo di... qualcosa negli occhi di Gina. Interesse?

O disgusto?

«Allora ci vediamo lunedì?» disse Michelle con voce seducente, ma abbastanza forte da arrivare fino al bancone. «Penso che vorrei un'ora e mezza. Per sciogliere davvero tutte le tensioni, sai, dopo la doppia esibizione di domenica.»

Quella donna poteva far sembrare sconcia qualsiasi cosa... E lo stava facendo. E Gina stava ascoltando.

Un po' troppo, forse?

Dare sorrise e si chinò verso Michelle quel tanto che bastava per renderlo suggestivo. «Sei una cattiva, cattiva ragazza, Weber.»

«E non dimenticarlo.» Lei gli stampò un bacio dritto sulle labbra, poi si girò, sferzandogli il viso con i capelli prima di ancheggiare con il suo sedere perfetto proprio davanti a Gina.

«Servizio eccellente, signorina Taormina. Avete il mio massimo dei voti.

Mi assicurerò di far sapere a tutti che *tutte* le loro esigenze possono essere soddisfatte da The Gilded Lily.»

Gina gli lanciò un'occhiata mentre metteva una mano sul braccio di Michelle. «Forse non vorrà dirlo proprio in quel modo. Non vorrei che qualcuno si facesse un'idea sbagliata su ciò che accade qui. Niente lieto fine, per intenderci.»

Michelle squadrò Gina da capo a piedi, poi fece l'occhiolino a Dare. «Un vero peccato.» Poi se ne andò ancheggiando, i suoi pantaloni da yoga leopardati che facevano sembrare le sue lunghe gambe quelle di un felino a caccia della sua preda.

Meno male che era dell'altra sponda; la sua sessualità sfacciata era un po' troppo forte per i suoi gusti, ma doveva ammettere che era potente.

O forse era perché si trovava nella stessa stanza con Gina e non riusciva a togliersi dalla testa il bacio della sera prima o la scena in cucina.

Il suo corpo si risvegliò in modi in cui decisamente non aveva fatto quando aveva avuto la pelle di Michelle sotto i palmi.

«Allora, Darien.» Gina gli rivolse un sorriso smagliante che era tanto finto quanto non lo era stata la sua reazione a lui la sera prima.

Maledizione. Non aveva bisogno di rivivere quel momento proprio ora. Davanti a tutti. «Sì?»

«A quanto pare, sa quello che fa là dentro.» Inclinò la testa verso la sala trattamenti. «Se potesse coprire qualche ora domani, le sarei grata. Lavoreremo su alcune idee di ristrutturazione, quindi non potrò vedere le mie clienti, e preferirei non cancellare gli appuntamenti.»

Gli stava davvero chiedendo aiuto. Le meraviglie non finivano mai... Domani lavorava da BeefCake, Inc. e doveva occuparsi della scala della soffitta per la sua vicina di casa, ma probabilmente poteva rimandare a domenica. O forse avrebbe ingaggiato Gage per farlo. Dopotutto, non poteva fare progressi con Gina se non le stava intorno.

E dopo quel bacio, voleva decisamente fare progressi.

Capitolo Sei

Gina seppe che Darien era entrato nella spa nell'istante in cui varcò la soglia, il mattino seguente. Era come se le sue terminazioni nervose avessero un sensore speciale solo per lui.

«Ehi, Geen.» Candy le schioccò le dita curate con la french manicure davanti al naso. «Ci sei, tesoro?» Fece schioccare la gomma che stava masticando, calcando l'ultima domanda con un'inflessione cantilenante, segno sicuro che Candy era irritata. Candy poteva cambiare accento come cambiava le scarpe, ma la sua parlata da bella del Sud veniva fuori solo quando era sovraccarica di lavoro o eccitata per qualcosa.

Gina sperava proprio che non si trattasse di Darien.

Aspetta, cosa? Non poteva importargliene un fico secco se Candy era interessata a Darien. A parte il fatto di metterla in guardia. Ma di certo non perché a lei importasse di chi interessava a lui.

«Ehm, Gina, ti rendi conto che dobbiamo scegliere questi articoli *oggi*, vero? Il diciassette ci sta piombando addosso come un treno merci e non mi importa chi ti stia distraendo. Se vuoi che questa spa entri nella lista delle tappe obbligate in città, dobbiamo lasciare a bocca aperta Sophie e sua sorella, quindi metti la testa su quello che stai facendo, qui davanti a te, tesoro. Potrai sospirare per il Tipo con gli Addominali il diciotto. Anzi, ti aiuterò pure io, se solo riesco ad avere la tua piena attenzione su questi campioni di tessuto.»

«Non sto sospirando per Darien.»

«Certo.» Candy continuò a far schioccare la gomma a ritmo della musica pop natalizia che aveva scelto per quel giorno. Gina avrebbe iniziato a occuparsi lei della playlist. «Ecco perché ora è Darien e non più Ranocchio. E il mio nome è Rossella O'Hara.» Fece scivolare un altro campione di tessuto dorato sopra gli altri sei che avevano già esaminato. «Allora, cosa ne pensi di questo per l'interno della cornice a cassettoni?»

«È stupendo. Proprio come l'altra mezza dozzina. Non possiamo semplicemente sceglierne uno?»

«Beh, certo che possiamo *semplicemente sceglierne uno*, ma pensavo che volessi definire un tema. Scegliere un motivo che possiamo riproporre in tutto il locale.»

Gina si raddrizzò. «*Tutto il locale*? Candy, non ho questo tipo di budget per una ristrutturazione sul mio conto in banca.» Soprattutto se gli affari non decollavano. «Ho verniciato prima di aprire. Cosa c'è che non va così com'è adesso?» Gina si guardò intorno. C'erano voluti un sacco di fatica e sudore per quella verniciatura. E per le finiture. E per l'illuminazione. E per le piastrelle. Gage le aveva fatto i suoi prezzi più bassi perché era la cugina di Bryan, ma, anche così, il suo budget era stato risicato. Molte notti si era ritrovata a incollare piastrelle fino a tardi, maledicendo John e la propria stupidità per avergli creduto.

«Non c'è niente che *non vada*.» Candy raccolse i tessuti dorati e li posò sopra i campioni di modanature che aveva portato. «Il locale va *benissimo* così com'è e te la caverai *benissimo* con gli affari. Ma tu meriti di più di un semplice *benissimo*, Gina. Questo posto potrebbe essere spettacolare. Distinguersi dal resto. Essere superiore. Con le conoscenze di Sophie... Non possiamo lasciarci sfuggire questa opportunità.»

«Questo lo capisco, Candy, ma a meno che non sia tu a cucire i cuscini e ad appendere le decorazioni murali, non andremo oltre la fase di acquisto.» Anche se le prudevano le dita al pensiero di avere quel tessuto nella sua spa. Era abbastanza brava a decorare, ma aveva avuto un budget limitato. Con uno come quello che voleva Candy, certo, il posto sarebbe potuto sembrare una terma romana. Il problema era che Gina non disponeva di fondi reali.

Candy smise di masticare la gomma. «Ho i soldi, Geen, e se solo smettessi di essere così testarda...»

«No.» Gina scosse la testa per dare più enfasi. Avevano avuto quella discussione troppe volte per rifarla. «Ne abbiamo già parlato. Questo è il mio locale e ce la farò o fallirò da sola. Non accetterò i soldi della mia amica.»

«Allora non *accettarli*. Consideralo un investimento. O un prestito. Potrai ripagarmi quando questo posto inizierà a espandersi grazie a tutti i nuovi affari. Cosa che succederà. Ricordi il detto 'bisogna spendere soldi per fare soldi'? Spendendo adesso, avrai abbastanza per ripagarmi dopo. *Soprattutto* dopo che Sophie e sua sorella si saranno innamorate di noi.»

Era tentata. Molto tentata. Candy aveva davvero dei soldi fermi a non fare nulla. «Cambierà la nostra amicizia.»

«Solo se glielo permetterai. Io non ho intenzione di farlo. O stanno lì in banca a maturare interessi o fanno del bene a te. Senti, se vuoi pagarmi gli interessi per sentirti meglio, possiamo farlo. Lascia che la mia mostruosa genialità analitica faccia del bene a qualcuno che non sia io e un paio di migliaia di azionisti di cui ho aumentato i dividendi. Ti prego.»

Gina scosse la testa, stavolta con un sorriso. Candy la stava praticamente *implorando* di prendere i suoi soldi. Che tipo di amica sarebbe stata se avesse detto di no?

Senza contare che, sebbene la spa fosse carina, non era spettacolare. Che era ciò che doveva essere per ottenere l'approvazione di una Sophie Cavanaugh. «Ti pagherò gli interessi e tu sei la migliore amica del mondo.»

«Lo so.» Candy riprese a far schioccare la gomma mentre riponeva tutti i campioni nel carrello con le ruote accanto al tavolo. «Allora, optiamo per il motivo a scaglie marocchine per gli inserti e questa modanatura più sottile qui. Chiamo Gage e vedo quanto in fretta può venire qui...»

«No.» Su questo, Gina sarebbe stata irremovibile. «Sono perfettamente in grado di usare una troncatrice, del decoupage e un pennello. Posso assemblarli io.»

«Entro giovedì?»

«Cos'è giovedì?»

«Il giorno in cui le Cavanaugh verranno per il loro incontro. Lara sarà pronta con i vassoi di selezione e vorrei che due massaggiatori facessero loro un'anteprima di massaggio.»

«Un'anteprima di che?»

«Sai, un'anteprima di ciò che verrà. Un massaggio. Voglio dire, non c'è molto di più che Maria possa fare di diverso dalle altre manicuriste, e dubito che Sophie o Amalie vogliano un taglio da un nuovo parrucchiere così vicino al matrimonio, ma i massaggiatori saranno l'elemento decisivo per l'accordo. Quindi...» Candy si tolse la gomma, l'avvolse in un pezzetto di carta, la gettò nel cestino, poi intrecciò le dita sul grembo di pelle. Solo Candy poteva sfoggiare un abito di pelle attillato e quella specie di poncho color crema abbinato che indossava. «Vado a vedere se Darien vuole venire nel suo giorno libero per essere uno dei massaggiatori.»

«Vuoi che lui...»

«Faccia uno dei massaggi, sì. Penso che dovrebbe essere Sophie. Non vorrei innervosire il futuro sposo.» Candy si sporse in avanti. «Pensaci, Gina. Quel ragazzo è stupendo. E se si sparge la voce sul suo altro lavoro... Avrai donne in fila da qui al club per farsi fare un massaggio da lui. Lasciamo che Sophie ne assaggi un po', e di sicuro le farà sciogliere la lingua.»

Era proprio quello che preoccupava Gina. Sophie era stupenda. E Darien era single.

E a te non dovrebbe importare.

Infatti. Era una questione di affari. «Penso che tu stia pericolosamente rasentando la molestia sessuale, se non il favoreggiamento della prostituzione, Candy. O per lo meno, la discriminazione di genere.»

«Ma figurati.» Candy agitò le mani, poi lasciò ricadere i polsi sulle ginocchia incrociate. «Quello solo se dovesse, sai, succedere qualcosa. E se ci fosse uno scambio di denaro. Darien è un professionista. Voglio dire, avrà migliaia di donne che gli si gettano addosso, eppure si dice che viva come un monaco.»

«E tu questo come lo sai?»

«Oh, ti prego, Geen. Fammi il piacere. Eri al club. Le donne se lo stavano mangiando con gli occhi. Eppure è venuto dritto da te.»

«No, non è vero. Quello è il tavolo su cui balla sempre.»

Candy si appoggiò allo schienale e allungò davanti a sé i suoi stivali di camoscio color cammello. «Come lo sai? Mi hai tenuto nascosto qualcosa? Sei andata al club senza di me?» Candy sospirò. «Dove andremo a finire se la tua migliore amica ti scarica nella serata uomini?»

«Non esiste nessuna 'serata uomini'.» Figuriamoci.

«Allora come sai che è il suo tavolo solito? Te l'ha detto lui?»

Oh. Merda. Glielo aveva detto. Proprio prima di baciarla. «Io, uh... me l'ha detto Bryan mentre me ne andavo.»

Candy strinse gli occhi. «Bryan, eh?»

Gina annuì e finse di nuovo interesse per i tessuti.

«E perché mai Bryan ti avrebbe parlato di Darien?»

Scrollò le spalle e si infilò una mano sotto la coscia, incrociando le dita. «Ha solo detto che sembrava mi fossi seduta al tavolo sbagliato.»

«Eppure non ti ha avvertita. Fa pensare, no?»

Esattamente quello che non voleva fare. «Non è un grosso problema, Candy.»

«Uh, tesoro? C'eri quella sera? In realtà è stato un *grosso* problema, se capisci cosa intendo.»

Certo che capiva. Di prima mano... anzi, di prima coscia. E stomaco. E un altro paio di parti del corpo, ma, sì, Gina sapeva esattamente a cosa si riferiva Candy.

Il tessuto divenne *molto* più interessante. «Sei sicura che dovremmo usare questo motivo? Potrebbe essere troppo carico.»

Candy sbuffò. «Ah, è così che stanno le cose? Okay, so cogliere un'allusione palese.»

Gina non disse una parola. Non avrebbe abboccato. Non con Candy. Candy le avrebbe fatto spifferare tutta la storia se non fosse stata attenta.

«Ma, tanto per fartelo sapere.» Candy le diede una gomitata. «Non credo tu abbia nulla di cui preoccuparti. Non aveva occhi che per te.»

«Non è vero...» Gina lasciò cadere il tessuto. «Aspetta. Cosa? Sei pazza?»

«Neanche un po'. Tu, invece...» Candy raccolse i campioni e si alzò. «Quello è tutto da vedere, dato che a malapena rivolgi la parola a quel ragazzo e lui ti manda regali da settimane. Alcune donne lo interpreterebbero come un segno di interesse.»

«O voleva solo che lo assumessi.»

«Sì, perché lavorare in una spa è il sogno della sua vita. Non importa che faccia palate di soldi con il suo lavoro notturno. Sono sicura che questo è il suo modo per mettersi in riga e tutto il resto.» Candy ridacchiò. «Continuo a dirtelo, tesoro, non tutti gli uomini sono come John.»

Forse, ma Darien? Candy aveva scelto l'unico uomo che Gina *sapeva* essere esattamente come il suo ex.

John.

Il nome suonava abbastanza innocuo, ma con quello che aveva detto

Candy, il solo nome di quel tizio era abbastanza da far ribollire il sangue a Dare.

Qualcuno aveva ferito Gina. Qualcuno diverso da lui, il che rendeva Dare felice e furioso allo stesso tempo. Avrebbe voluto che il dolore che le aveva causato fosse stato il peggiore della sua vita, ma il tono della voce di Candy — e la reazione di Gina ai suoi commenti — gli dicevano che questo tizio, John, le aveva fatto molto, molto di peggio.

Quindi ora aveva *due* demoni da combattere. Fantastico. Come se il *suo* problema non fosse già abbastanza arduo.

Dare prese un respiro profondo e raddrizzò le spalle. Beh, almeno i lavori di ristrutturazione necessari gli avrebbero dato più munizioni per conquistarla. Poteva significare orari stretti e poco sonno, ma non poteva lasciarsi sfuggire l'occasione di passare più tempo con lei.

«Ehi, Candy.» Svoltò l'angolo ed entrò nell'ufficio di Gina, facendole un cenno con la testa ma concentrandosi su Candy. Non voleva sembrare troppo insistente. O troppo disperato. Inoltre, Candy non lo avrebbe respinto.

«Sì, bel *pezzo*?» Candy sbatté le ciglia verso di lui in un modo che lo fece ridacchiare. Quella donna era troppo uno schianto per prendere sul serio le sue flirtate. Perché non poteva essere interessato a lei? Sarebbe stato divertente e facile parlarci. A differenza di Gina, che lo stava praticamente fulminando con lo sguardo mentre lui si appoggiava allo stipite della porta.

Non le diede peso. Le avrebbe reso troppo facile cacciare lui e la sua offerta fuori dal suo ufficio, e facile era l'unica cosa che non poteva renderle. Peccato, però, perché *sarebbe* potuto essere facile se solo lei avesse messo da parte il rancore.

Quindi se la doveva sudare. Letteralmente.

«Vi ho sentito parlare dei tempi stretti per la ristrutturazione. Ho un po' di tempo libero.» Incrociò le dita dietro la schiena; non aveva tempo libero. Ma, per Gina, lo avrebbe trovato. «Posso dare una mano. Gratis, ovviamente. Il tempo libero è, dopotutto...» Sfoggiò le sue fossette. «Gratis.»

Gina alzò una mano. «Oh, non credo...»

«Beh, io sì.» Candy le lanciò un'occhiata che solo qualcuno di un altro pianeta non avrebbe capito. «Abbiamo poco tempo e tu non vuoi pagare Gage per farlo. Tu hai i tuoi limiti di budget e noi abbiamo limiti di tempo, quindi Darien qui ha appena risolto tutto.» Si voltò verso di lui, i capelli che le volteggiavano intorno alle spalle in un modo che gli suggerì che non era la prima volta che usava quella criniera per porre fine a una conversazione. «Grazie, Darien. Puoi iniziare stasera?»

«Ah, stasera... Beh, non prima della chiusura del club. Il sabato è la nostra serata di punta.»

Sì, forse aveva messo un po' troppa enfasi su *punta*. Sapeva che Candy l'aveva colto quando si morse il labbro lottando per non squadrarlo da capo a piedi. Quella donna era uno spasso; perché non poteva essere interessato a lei?

Guardò finalmente Gina. Stava cercando con tutte le sue forze di non aggrottare la fronte, se ne accorse. O quello, o piangere. Qualcosa le faceva tremare il labbro inferiore.

Rabbia, forse?

Nessuna delle due era una buona cosa. Aveva bisogno che lei gli sorridesse. Che gli parlasse. Che iniziasse a piacerle. «Volete passare un po' di tempo al club prima? Offro io, ovviamente. La cena la offro io. Poi possiamo tornare qui e metterci al lavoro.»

«Non posso.» Candy scosse i capelli, facendogli l'occhiolino in modo che solo lui potesse vedere. «Ho da fare.»

«Gina?» Poteva solo sperare.

«Grazie,» disse Gina, «ma mi metto subito al lavoro.»

Quindi non era stata la migliore delle conversazioni, ma almeno era un inizio. E quella sera avrebbe avuto un sacco di tempo per parlarle.

* * *

Tanto per dire.

Dare fissò Gina... che era addormentata a faccia in giù sul cuscino della panca a cui stava lavorando, con la pistola sparapunti sotto la mano.

Si inginocchiò accanto a lei, sorridendo quando il suo respiro le spostò alcune ciocche di capelli dal viso. Odiava svegliarla, ma c'era del lavoro da fare e un tempo molto limitato per farlo. Si sarebbe odiata se non avesse rispettato la scadenza, e lui non voleva esserne responsabile.

Le scostò quelle ciocche, godendosi il momento un po' più a lungo. Godendosi il fatto che non lo stesse fulminando con lo sguardo. Il suo viso era sereno, le rughe a "V" tra le sopracciglia scomparse, il volto rilassato, le labbra morbide e gonfie...

Sì, quello sarebbe stato il motivo per svegliarla. Troppo allettante, altrimenti.

Le toccò la spalla. «Avanti, Bella Addormentata. È ora di svegliarsi.»

Soffiò un respiro, le labbra che vibravano.

Dare era combattuto. Voleva baciarla. L'impulso lo stava attanagliando così forte che dovette riconoscerlo. Era passato molto tempo da quando aveva sentito il *bisogno* di baciare una donna. Il *desiderio*, sì, ma il *bisogno*? Onestamente non riusciva a ricordare. Probabilmente proprio lei, ai tempi del liceo... e allora non era successo.

Ma l'altra sera... Era semplicemente successo; era stato l'impulso del momento. Ma ora, essere lì con lei in quel modo, senza nessuno intorno, nel buio della notte, solo loro due, e lei così maledettamente bella...

Le sue labbra sfiorarono le di lei, un tocco appena accennato.

Lei emise un mugolio, girando leggermente la testa, e Dare dovette fare appello a tutta la sua volontà per non approfondire il bacio. Ma la voleva sveglia per quello, non in uno stato di dormiveglia, probabilmente a sognare un ragazzo che non si chiamava John. O Froggy.

Sì, l'avrebbe ucciso se si fosse svegliata fulminandolo con lo sguardo mentre le sue labbra erano sulle sue.

Dare si tirò indietro. Impiegò qualche secondo a riprendere il controllo del respiro. A far smettere di tremargli le mani.

Espirò. Aveva davvero un bel da fare, ma dato che aveva quell'occasione, l'avrebbe sfruttata al massimo. Il che significava svegliarla da qualunque sogno le avesse messo quel sorriso sulle labbra.

Gli sarebbe piaciuto pensare che stesse sognando lui e che quel bacio le avesse allargato ancora di più il sorriso.

«Gina.» Le scostò i capelli dal viso, resistendo all'impulso di accarezzarle una guancia.

Lei si rannicchiò contro la panca. Sarebbe stato il cattivo che la svegliava o il cattivo che la lasciava dormire facendole perdere tempo prezioso per lavorare alla spa. Perdeva in ogni caso.

Un po' come era sempre stato tutto il suo rapporto con lei.

Doveva cambiare le cose, a partire da subito.

Le fece scivolare le dita lungo la guancia. «Gina. Tesoro. Devi svegliarti. Abbiamo del lavoro da fare.»

. . .

Santo cielo, sentiva Darien perfino nei sogni.

Gina girò la testa contro qualcosa di morbido. Non riusciva a toglierselo dalla testa neanche per qualche ora? Non aveva pensato a lui per anni, e ora che era tornato, le invadeva pure i sogni? Una ragazza non poteva avere un attimo di tregua?

«Gina. Svegliati.»

Qualcosa le diede un colpetto sulla spalla.

Oh, Dio. Era un po' troppo realistico. Non stava sognando. Lui era lì.

Gina sbatté le palpebre. Eccolo lì, quel sorriso e quelle fossette potenti tanto quanto ricordava.

Cosa ci faceva nel suo apparta... Oh. La spa. Stava lavorando alla panca e si era...

Oh, per l'amor del cielo. Si era addormentata. A proposito di umiliazione.

Ti prego, ti prego, ti prego, Dio, fa' che non abbia sbavato.

nascose la faccia tra i capelli e cercò di asciugarsi di nascosto. Che mortificazione assoluta.

Niente di nuovo quando c'era di mezzo Darien.

«Ti sei svegliata, Bella Addormentata?»

«Non chiamarmi così.» Strisciò le labbra sul tessuto di finta pelle di pecora e lo fulminò con lo sguardo, effetto rovinato dall'enorme ciocca di capelli che le copriva il viso.

«Perché no? Stavi dormendo e sei bellissima.»

A quel complimento, il cuore le balzò in petto. E balzò anche lei, mettendosi in ginocchio. «Non... semplicemente... non farlo.» Scosse la testa per liberare il viso dai ricci. «Questo è un rapporto di lavoro, ricordatelo.»

Per un secondo il suo viso assunse un'espressione strana, ma poi tornò a essere tutto sorrisi.

Maledette fossette. Rendenvano difficile restare arrabbiata con lui.

«Beh, allora. È meglio che iniziamo questo *rapporto di lavoro*, no?» Si alzò e le porse la mano. «Da dove vuoi che inizi?»

Che non la toccasse sarebbe stato un buon inizio, ma sarebbe stato meschino da parte sua, quindi gli prese la mano...

E la lasciò cadere non appena fu in piedi. «Uh.» Si scostò altri ricci dal viso. «Le pareti della reception devono essere dipinte, poi io farò le shadow box con gli inserti in tessuto.»

«Mi sembra un piano.» Lui si voltò, apparentemente impassibile per il fatto che lei gli avesse lasciato la mano così in fretta.

Il che era una buona cosa. Non aveva bisogno di dargli alcun incoraggiamento.

«Dov'è la vernice?»

Indicò in fondo al corridoio, dove aveva trascinato tutto il materiale che Candy aveva comprato quel giorno. «Nello sgabuzzino. Io finisco questa panca e poi inizio a misurare le modanature.» Questo l'avrebbe tenuta a un'estremità della reception mentre lui lavorava più avanti.

Il lato positivo di lavorare dietro di lui sarebbe stata la vista. Come quella di cui godeva mentre lui si dirigeva con passo disinvolto lungo il corridoio.

Scosse la testa. Perché stava anche solo guardando? Per qualche motivo, Darien si era preso la briga di tornare nella sua vita e di farla impazzire. Non lo capiva. Perché ora? Perché lei? Come diceva Candy, doveva esserci una marea di donne in fila per avere la sua attenzione; perché avrebbe dovuto scegliere proprio lei?

Potresti sempre chiederglielo.

Vero. Potrebbe. Ma poi lui avrebbe pensato che fosse interessata, e non lo era. Quel treno era passato da un pezzo.

Ma di certo è rientrato in porto ieri sera.

Alzò gli occhi al cielo. Se il suo subconscio fosse stato una persona reale, gli avrebbe dato uno schiaffo in fronte.

«Ahi!»

...il che sembrava proprio quello che aveva appena fatto Darien, dato che un miscuglio di clangori, tintinnii e stridori metallici proveniva dal ripostiglio.

«Tutto bene?» gridò.

«Alla grande.»

Dovette sorridere a quel gioco di parole sul colore pesca delle divise. Era la sfumatura più vicina all'oro che fosse riuscita a ottenere senza che il suo staff sembrasse delle statuette Oscar. E i gigli tigrati su cui aveva fatto la pazzia per il bancone della reception permettevano a "giglio" e "dorato" di equivalere a pesca. Certo, per le feste aveva optato per le stelle di Natale, ma quelle color salmone erano abbastanza simili.

Nella sua mente funzionavano entrambi. Ma era contenta di aggiungere questi tocchi su cui Candy aveva insistito. La sua amica aveva ragione; l'arredamento attuale, sebbene carino, sereno e professionale, non spiccava. Voleva qualcosa che Amalie and Sophie si sarebbero ricordate.

«Ehi, capo.» Darien si affacciò a mezzo busto dal ripostiglio. «Quale vernice?»

Certo, c'era sempre *lui*. Loro si sarebbero ricordate di *lui*.

«Uhm, quelle sulla mensola in basso a destra.» Gina scosse la testa. E, *di nuovo*, Candy aveva ragione. Se la presenza di Darien avesse fatto parlare quelle donne, sarebbe valsa la pena sopportarlo.

«Allora, non ho trovato nastro da pittore là dentro. Meno male che sono bravo a fare i bordi a mano libera.» Darien trasportò due barattoli di vernice, un secchio con pennelli e alcuni attrezzi, e la vaschetta e il rullo in un solo viaggio, quando a lei ce n'erano voluti tre.

Sì, l'avrebbe sopportato per l'addio al nubilato, ma dopo, poteva andare a esercitare il suo fascino da qualche altra parte.

Perché allora non avrebbe più avuto bisogno di lui.

* * *

Tanto per cambiare idea.

Gina segnò il pezzo di modanatura al metro e sessanta dal suo metro a nastro. Darien era incredibilmente d'aiuto. E sapeva anche il fatto suo. E, se dimenticava chi fosse e cosa le avesse fatto tanti anni prima, era davvero *carino*. Era divertente. Aveva un sacco di storie e non aveva paura di condividerle con lei. Era autoironico e umile, e quando rideva...

Scosse la testa e appoggiò il polso sulla troncatrice. Quando rideva, le sentiva le farfalle nello stomaco.

E non in senso negativo.

Ed era esattamente per questo che doveva andarsene.

«Ehi, Wonder Woman.» Darien fischiò.

«Wonder Woman?» Si girò di scatto, e l'elastico le scivolò lungo la coda di cavallo improvvisata. «Da dove ti è uscita questa?»

«Ehi, qualsiasi donna che sappia maneggiare una sega da banco come fai tu e abbia un bell'aspetto nel farlo, per me è una meraviglia.» Scese dalla scala.

«Che libro stai leggendo? Il catalogo della Sears del 1950?»

«Sono contento di vedere che non hai perso il senso dell'umorismo in mezzo a tutta questa segatura.» Posò il rullo nella vaschetta della vernice e si spolverò le mani, e quelle maledette fossette apparvero di nuovo.

«Volevi qualcosa, Darien?»

Seppe, nell'istante in cui le parole le uscirono di bocca, che erano quelle sbagliate.

Lui inarcò un sopracciglio e le si avvicinò con passo sicuro. «Beh... messa così.»

«Fermo lì dove sei.» Tese il metro a nastro di fronte a sé. Come arma era patetica. Ma come barriera simbolica...

Sì, era comunque patetica.

Ma Darien si fermò. Alzò le mani. «Mi stavo semplicemente chiedendo se hai qualcosa da mangiare in questo posto. La cena è stata un po' di tempo fa e ballare mette appetito, sai?»

Appetito.

Lui.

Ballare.

Sì, lo sapeva.

«Uhm... dovrebbe esserci qualcosa nel ripostiglio, nel mini-frigo. Forse una mela o uno yogurt.»

«Caspita, voi donne sapete proprio come prendere un uomo per la gola.» Fece dietrofront mentre Gina diceva alle farfalle emergenti nel suo stomaco di tornare in letargo. O in metamorfosi, o quello che era.

In realtà, quello che era, era tardi. Ed era stanca, ed erano lì da soli. Creava un'... atmosfera. Un'intimità che lavorare insieme alla luce del giorno non creava. Il cielo nero della notte fuori dalle finestre fungeva da sipario, proteggendo lei e Darien dal resto del mondo. Come se nessuno potesse vederli. Sapeva che non era vero, ma quando era con lui, era come se... come se...

Come se fossero solo loro due contro il mondo.

Okay, era eccessivamente drammatica. Perché era esausta.

Appoggiò la modanatura contro il muro. L'avrebbe tagliata domani. Staccò la spina della sega, poi ci drappeggiò sopra il telo protettivo. Era ora di chiudere per la notte.

«Ehi, pensavo che avessimo ancora le ultime due pareti da fare.» Darien diede un morso rumoroso alla mela che aveva già quasi finito.

Si tolse gli occhiali di protezione, poi si massaggiò la nuca. «Se vuoi rimanere qui a dipingerle, sarebbe fantastico, ma io potrei tagliarmi un dito con questa cosa dato che sono così stanca che non ci vedo più.»

«Beh, allora,»—gettò il torsolo della mela nel sacco della spazzatura sul pavimento—«nell'interesse della sicurezza, sia tua che del pubblico generico, dovrei accompagnarti a casa.»

Di chi, avrebbe voluto chiedere, ma non lo fece. Sarebbe stato darsi la zappa sui piedi.

Non è quello che vorresti ficc—

Raccolse la modanatura. Era ovviamente ben oltre l'essere *stanca* e si stava dirigendo dritta verso il *delirio*. «No. Grazie. Sto bene.»

Lui inclinò la testa, socchiudendo gli occhi mentre la guardava.

Era uno sguardo maledettamente sexy.

Okay, basta. O salti in macchina, o gli salti addosso, ma devi saltare da qualche parte, tipo, subito.

«Ne sei sicura, Gina?» La sua voce était morbida. Da camera da letto.

Da camera da letto? È una parola che esiste?

Lo era quando lui pronunciava il suo nome in quel modo.

Gina scacciò la nebbia mentale per cui, tristemente, non poteva incolpare l'alcol, senza aspettare che la sua coscienza le desse metaforicamente una manata sulla nuca. Come avrebbe dovuto. «Sì. Sono sicura. Sto... alla grande.»

Lui ridacchiò mentre faceva un passo verso di lei. «Beh, se sei in vena di scherzare, allora immagino che tu stia bene per guidare.»

«Continuo a dirtelo, Foster, non sei il mio capo.» Appoggiò l'estremità della modanatura sul pavimento di fronte a sé come un bastone. O una spada. Qualcosa per impedirgli di avvicinarsi troppo.

Sì, non funzionò. Fece un passo di troppo all'interno del suo spazio personale, poi le tolse la modanatura dalla presa. «Ti ricordi cosa è successo l'ultima volta che lo hai detto?»

E proprio così, con la sua voce bassa, quello sguardo sexy e il ricordo dell'altra sera, le gambe le diventarono di gelatina.

Sarebbe stato così facile...

Oh, assolutamente no. Raddrizzò la schiena. «E *tu* ti ricordi cosa ti ho detto dopo? Che non succederà più. E non succederà.»

Com'era possibile che ci fosse ancora spazio per lui per fare un altro passo avanti?

«Davvero.» Appoggiò il listello contro il tavolo dietro di lei.

Ingoiò a vuoto. «Davvero.» Perché la sua sembrava una domanda e quella di lui sembrava una... sembrava una... promessa?

In qualche modo, le sue dita finirono per sfiorare appena la parte inferiore del suo mento e, stupido mento che si ritrovava, glielo permise. Seguì perfino la loro direttiva.

Proprio come le sue labbra si schiusero mentre le sue scendevano.

Santo cielo, quell'uomo aveva un profumo buonissimo.

Un sapore ancora migliore.

Al tatto era... fantastico.

«Visto?» Il suo respiro all'angolo della bocca le provocò brividi che rimbalzarono in tutto il corpo.

Ci vollero alcuni secondi prima che la sua parola si facesse strada attraverso il labirinto di scosse elettriche che le stavano incendiando le terminazioni nervose, ma quando ci riuscì...

Si divincolò da quell'abbraccio.

E andò a sbattere contro il tavolo.

Il che la fece finire a gambe all'aria.

Grazie a Dio, Darien aveva dei buoni riflessi perché riuscì a prenderla prima che il suo sedere toccasse il pavimento.

E poi si rese conto di dove fosse il suo palmo.

«Toglimi le mani di dosso!» Si liberò dalle sue braccia così velocemente che finì comunque per terra col sedere, ma era così furiosa che non sentì altro che l'orgoglio ferito. Come si *permetteva* di allungare le mani mentre fingeva di aiutarla a uscire da una situazione che *lui* aveva causato.

«Toglierti le mani di *dosso*?» I suoi occhi si spalancarono. «Non ti ero *addosso*. Ti stavo *aiutando*. Ma se preferisci che non ti eviti di cadere di culo, fammelo sapere e me ne starò alla larga.»

Si alzò in piedi. «Non mi sarei trovata in quella posizione se tu non...»

«Se non, cosa? Ti avessi baciata? Di certo non ti lamenti perché ti ho baciata. Ti lamenti perché ti è piaciuto.» Incrociò le braccia.

A quel punto, lei incrociò le sue. «Non è vero.»

«Oh, andiamo, Gina. Quanti anni abbiamo, cinque? Ti è piaciuto tanto quanto a me. Tanto quanto ti è piaciuto anche l'altra sera.» Afferrò la sua felpa dalla panca che lei aveva rifoderato, poi la indicò. «Non sei arrabbiata con me; sei arrabbiata con te stessa perché, per qualche motivo, non vuoi essere attratta da me. Beh, indovina un po', tesoro.Svegliati e annusa i gigli. Tu *sei* attratta da me e io, Dio mi aiuti, sono attratto da te. Quindi perché non capisci cosa faremo al riguardo prima di doverci rivedere domani.» Indossò la felpa con uno strattone mentre si dirigeva a passo pesante verso la porta. «E guida con prudenza tornando a casa, va bene? O finirai per dare la colpa a me per il tuo incidente e, Dio sa, non ho bisogno di altri sensi di colpa sulla mia coscienza per quanto ti riguarda.» Si sbatté la porta d'ingresso alle spalle, facendo tintinnare furiosamente i campanelli.

Gina si tirò su a fatica. Attratta da lui? *Attratta* da lui? Ma guarda un po' che egocentrico, narcisista, presuntuoso...

Verità.

Quella singola parola smorzò i suoi furori moralistici.

Era attratta da lui ed *era* arrabbiata per questo.

Era ancora più arrabbiata che lui avesse ragione su tutta la situazione.

Capitolo Sette

«Accidenti, Gina, ma tu dormi mai?» Debby, una delle parrucchiere, si sfilò la sua pelliccia sintetica color fucsia. «Non mi aspettavo di trovarti qui così presto.»

Nemmeno Gina, a dire il vero, ma dato che non *era* riuscita a dormire... «Ci sono un sacco di cose da fare prima che arrivino Sophie e sua sorella.»

«Che emozione, vero?» Debby scosse il cappotto fuori dalla porta d'ingresso, lasciando entrare una folata d'aria di dicembre, insieme alla neve che Gina aveva cercato di tenere fuori. «Ops, scusa. Pulisco io.»

«Sono sicura che non sarai l'unica a farlo oggi.» Gina scosse la testa per togliersi alcuni ricci ribelli dal viso mentre fissava gli ultimi inserti di tessuto alla parete. Era lì già da due ore; un pisolino le avrebbe fatto comodo.

«Siamo al completo?» Debby appese il cappotto nell'armadio, poi si infilò un grembiule dorato sopra la divisa.

«L'agenda degli appuntamenti direbbe di sì, ma con questo tempo non so quante ce la faranno ad arrivare.»

«Ho sentito che dovrebbe smettere presto, per poi ricominciare nel cuore della notte. Scommetto che Charlotte e Stacey non vedono l'ora di andarsene dalla città.» Debby accese le luci della sua postazione. «Magari ci andassi anch'io.»

Magari ci andasse anche Gina. Non si prendeva una vacanza da... Be', da quella che aveva pagato quando il portafoglio di John era stato "rubato" in aeroporto. Quel bastardo non le aveva mai rimborsato i pasti, la stanza e tutti i tour che avevano fatto. Il Costa Rica non era forse un paese del primo mondo, ma la vacanza non era stata economica.

A differenza di John.

Indietreggiò per esaminare la decorazione della parete, per assicurarsi che fosse dritta e posizionata in modo uniforme, cacciando John dalla testa. Aveva avuto i paraocchi quando si trattava di lui, ma aveva imparato la lezione.

E allora perché sei stata sveglia mezza notte a pensare a Darien?

Non aveva pensato *a* lui; stava cercando di capire cosa *fare* riguardo a lui.

Se non è zuppa è pan bagnato...

«Allora, um...» Debby si schiarì la gola. «Mi stavo chiedendo...»

Gina si guardò alle spalle. «Cosa?»

«C'è, sai...» Gesticolava con le mani. «Cioè, voglio dire, c'è qualcosa...»

Gina si voltò. «Cosa c'è, Deb?»

«Tu e Darien... Cioè, se ti interessa, capisco perfettamente e non farei mai niente che possa, sai, mettere a rischio la nostra amiciz—»

«Oh mio Dio, no.» Gina non riuscì a sputare le parole abbastanza in fretta. «No. Semplicemente... no.»

«Ne sei sicura?» Debby si gettò una ciocca di capelli mogano-violaceo dietro la spalla. «Perché lui sembra interessato a te e ho pensato—»

«Darien Foster non è interessato a me. Lui è... è solo una persona che conosco da un po' e...»

Ti ha baciata fino a farti perdere la testa.

«No. Decisamente niente tra noi. Fatti avanti. Fai pure.» Gina afferrò la modanatura che aveva pre-tagliato per la parte superiore del tessuto. «Ma potresti pensarci *dopo* la festa per la sposa? Non voglio nessun dramma durante l'evento, e se le cose tra voi non dovessero funzionare, potrebbe diventare imbarazzante.» Ed era un eufemismo. «Inoltre, non sarà qui dopo la festa, quindi sarebbe meglio per tutti.»

Oh sì che sarebbe stato qui. Gina poteva contarci.

Dare si fermò appena prima di svoltare l'angolo. Era entrato dal molo di carico perché non voleva occupare un posto auto davanti, nel caso in cui quella roba fosse continuata per tutto il giorno e la ditta spazzaneve non fosse arrivata in tempo. Il suo camion se la cavava meglio sulla neve non spalata rispetto alla maggior parte delle auto dei clienti.

Aveva anche sperato di trovare Gina nel suo ufficio, ma quando aveva sentito la sua voce sul davanti, si era diretto da quella parte.

«Non ci sarà?» La voce di Debby suonava delusa. «Accidenti. Mi mancherà quel belvedere da queste parti.»

«Puoi sempre andare da BeefCake, Inc.»

Debby ridacchiò. «Già fatto, capo. E questo è il motivo della mia domanda.»

Dare si sporse un po' di più.

«Come ho detto, Deb, non c'è niente tra me e Darien, ma se riesci a tenere a bada la tua libido fino a dopo la festa per la sposa, te ne sarei grata.»

Niente tra loro? Lui non considerava un paio di baci "niente", ma se per lei era così... Doveva assolutamente lavorarci su.

Non avrebbe, tuttavia, lavorato su Debby. Gina era l'unica donna che voleva.

«Oh, be', certo. Voglio dire, se per te va bene—»

«Fatti avanti, Deb. Non potrebbe importarmene di meno.»

Ah, certo. Come no. Ecco perché il suo corpo aveva reagito in quel modo l'altra sera nella sua cucina.

Dare sogghignò. Gina poteva negarlo quanto voleva, ma era attratta da lui.

Per un attimo pensò di accettare l'offerta di Debby, non fosse altro che per ottenere una reazione da Gina, ma non sarebbe stato giusto nei confronti di Debby. Inoltre, non era il tipo da illudere una donna solo per farne ingelosire un'altra, e sebbene fosse lusingato dal suo interesse, non era davvero interessato a lei.

Per fortuna, la loro conversazione si spostò sugli impegni della giornata e lui concesse loro un minuto o due prima di annunciare la sua presenza. Avrebbe imbarazzato Debby se avesse saputo che lui aveva sentito, e avrebbe messo Gina sulla difensiva. Decisamente non dove voleva che fosse.

«Ehi, ragazze.» Appoggiò la cassetta degli attrezzi sul muretto che separava l'area del salone dal corridoio per le sale massaggi sul retro. «Pensate che avremo da fare con questo tempo?»

«Un po'. La ricrescita grigia è un potente incentivo.» Debby riuscì a nascondere l'espressione sorpresa sul suo volto abbastanza in fretta che, se lui non avesse sentito la loro conversazione, probabilmente non l'avrebbe notata.

Gina, d'altra parte, arrossì fino all'attaccatura dei capelli.

Le sue labbra si contrassero. Avrebbe tanto voluto metterla di fronte alla sua affermazione che non c'era niente tra loro, ma non lo fece. Sarebbe stato meglio lasciarlo per un altro momento e un altro luogo.

«Sei sicura di volere che io dipinga mentre sono qui, Gina?» Sottolineò il suo nome in modo che non potesse sottrarsi a una domanda diretta.

Poteva, tuttavia, non guardarlo mentre rispondeva. «Una volta che inizieranno le tinte, non importerà se grigliamo fegato e cipolle qui dentro. Per questo ci sono le candele profumate in tutte le sale trattamenti.»

«Sai, potremmo installare un sistema di filtraggio dell'aria solo per l'area del salone. Non eliminerebbe completamente l'odore, ma ne eliminerebbe una buona parte. In questo modo, potresti ridurre il budget per le candele.» E il tempo extra per i lavori di costruzione gli avrebbe dato un altro motivo per starle vicino. La sera prima aveva funzionato; lei aveva davvero abbassato la guardia.

Finché lui non si era spinto troppo oltre e l'aveva baciata.

In realtà, non era stato il bacio a superare il limite, ma il tentativo di farle ammettere che le era piaciuto. Doveva procedere più lentamente.

Ma, dannazione, era difficile starle vicino.

«Grazie del tuo parere, F—Darien. Lo metterò nella lista delle cose da considerare quando gli affari miglioreranno.» Afferrò la pistola sparachiodi. «Sono pronta a fissare queste. Pensi di riuscire a fare le altre pareti prima che arrivino i tuoi appuntamenti?»

«Ogni tuo desiderio è un ordine, milady.» Fece un gesto con la mano davanti al viso mentre si inchinava.

Il movimento passò inosservato a Gina, che si era già diretta verso la parete opposta, ma Debby ridacchiò.

Perché non poteva desiderare nessun'altra che non fosse Gina?

Perché diavolo la desiderava? Lei non gli dava alcun incoraggiamento, gli parlava a malapena a meno che non fosse lui a costringerla, e aveva messo più che in chiaro che non voleva avere niente a che fare con lui.

Finché le sue difese non erano crollate nel suo appartamento.

Quei suoni che emetteva dal fondo della gola... Il suo profumo... La sensazione delle sue labbra sulle sue, la sua lingua che si intrecciava con la sua...

Ecco perché non si arrendeva.

Dare prese la sua cassetta degli attrezzi, usandola per nascondere il suo "attrezzo" a tutti. La metafora lo fece ridacchiare. Meglio quello che un gemito.

Ma, dannazione, convincere Gina a dargli una possibilità era più difficile di quanto avesse pensato.

E lo intendeva in tutti i sensi possibili.

«Allora, chi è quel fusto?»

«Mi piace la nuova atmosfera, Geen.»

«Bel lavoro a dare una rinfrescata al locale, cara.»

I commenti continuarono ad arrivare per tutta la mattina e le signore non parlavano della tinteggiatura, anche se quella ricevette qualche menzione occasionale. Il che avveniva *dopo* aver scoperto tutto quello che volevano sapere su Darien.

Darien prese quell'interesse con disinvoltura. Gina lo osservò, da vicino. E non perché la polo gli stesse bene, tesa sulle spalle larghe e capace di mettere in risalto i suoi pettorali, ma perché era così attento con ogni donna che gli parlava. Come se fosse l'unica nel locale. Le sue due clienti avevano quasi cantato le sue lodi dopo i massaggi.

Un altro incantatore. Si sarebbe detto che aurait la lezione.

«Gina?» Darla Strayer prese un biscotto natalizio dal vassoio sulla reception che una delle clienti aveva portato.

Gina distolse l'attenzione da Darien. «Sì?»

«Il nove? Mi stavo chiedendo se posso prenotare un trattamento di un'intera giornata per me e mia figlia. So che è all'ultimo minuto, ma il ragazzo di Bridget l'ha lasciata da poco e lei sarà in vacanza per le feste invernali, quindi ho pensato che sarebbe stato carino fare qualcosa per lei. Sai com'è quando ti spezzano il cuore per la prima volta?»

Parlava con una che la capiva. «Assolutamente, Darla. Vi segno. Qualche massaggiatore in particolare?»

Lo sguardo di Darla guizzò verso Darien che stava spostando la scala sulla parete laterale, i muscoli della schiena che si muovevano in modo piuttosto spettacolare sotto la sua maglietta. Quella donna stava praticamente sbavando. «Beh, pensavo...»

«Ti metto Darien.» Gina cercò di non sospirare. Aveva uno staff perfettamente valido; perché doveva essere *lui* quello che la gente voleva?

«Oh, non per me. Per Bridget.» Darla le fece l'occhiolino. «Niente di meglio di *quello* per far dimenticare un altro ragazzo a una ragazza, giusto?»

Gina si stampò un sorriso in faccia. *Il cliente ha sempre ragione.* Ma, sul serio? Una diciannovenne? Darien non sarebbe stato interessato a una bambina.

E a te cosa importa?

«Bridget, allora.» Non le importava. «E per te?»

«Chiunque. Non sono schizzinosa.»

Certo. Era per quello che stava divorando Darien con gli occhi. «Okay, siete entrambe prenotate per il nove per un massaggio, una manicure/pedicure e una messa in piega a partire dalle nove.» Stacey se ne andava quel giorno e Charlotte era già prenotata, quindi segnò Darla per sé. «Ti va bene?»

«Perfetto.»

Gina lo prese come un commento sull'orario dell'appuntamento, non sul fondoschiena di Darien, anche se Darla lo stava quasi accarezzando con gli occhi.

Gina scrisse il biglietto dell'appuntamento e lo porse alla donna insieme alla sua carta di credito e alla ricevuta. Darla li ficcò nella borsa senza quasi farci caso.

«Ci vediamo allora, Darla.»

«Certo.»

E così via. Cliente dopo cliente commentava il nuovo arredamento, incluso quello a due gambe.

Darien era un successone.

«Ottima scelta il nuovo ragazzo, Gina.» Stacey aggirò la reception per scrivere qualcosa sull'agenda degli appuntamenti. «È una calamita per le ragazze. Scommetto che i suoi appuntamenti sono prenotati fino al prossimo secolo.»

Candy si tolse un lecca-lecca dalla bocca mentre scacciava Gina dalla sedia della reception dopo la sua pausa pomeridiana, che, nel mondo di Candy, consisteva nel fare ricerche sulle azioni per le contrattazioni della settimana successiva. «Sembra che si stiano riempiendo. Dannatamente buona l'idea che ho avuto di portarlo qui. Vero, Geen?»

Odiava che Candy avesse ragione. E odiava che Candy non solo *sapesse* di avere ragione, ma che si stesse *compiacendo* nel rinfacciarglielo. Proprio quella stramaledetta Ranocchietta. «Immagino, ma non sono sicura di come potrà aiutarci a rimettere in sesto questo posto, se è *così* impegnato.»

Candy puntò il lecca-lecca, arancione per abbinarsi al maglione e alle unghie, verso di lei. «Lascia che me ne preoccupi io. Sono una dea della programmazione. Tu torna ai tuoi attrezzi e continua a tagliare quelle modanature. Stanotte arriva una tempesta, quindi dobbiamo darci dentro nel caso in cui perdessimo una giornata.»

«E adesso sei un'impresaria edile?»

«Ehi, mi sono offerta di pagare Gage, ma tu hai fatto quella tutta "ci penso io", quindi... è meglio che ci pensi. Il piano funziona solo se le sorelle Cavanaugh vedono il prodotto finito. Oh, e a proposito, i lampadari arriveranno mercoledì.»

«Lampadari? Quali lampadari?»

«Rilassati. Ho tutto sotto controllo. Sapevo che avresti provato a rifare l'impianto da sola e Dio solo sa cosa succederebbe, quindi ho organizzato con l'amico elettricista di Gage, Trent, di venire a occuparsene. Gratis, vorrei aggiungere.»

«Assomiglia a Darien?» chiese Kaya mentre si avvicinava alla reception per passare la carta di credito di Caroline Jacobs per il suo nuovo taglio di capelli. «Se sì, lo prenoto io.»

«Non si possono prenotare i ragazzi.» sbuffò Gina.

«Chi lo dice? È il Codice tra Ragazze. La prima che lo prenota se lo prende. Tutte le altre devono farsi da parte.» Kaya strisciò la carta e digitò il totale. «Visto che Debby ha messo gli occhi su Darien, io prenoto il prossimo fusto che varcherà quella soglia.»

Gina scosse la testa. «Signore, stiamo gestendo un'attività, non un bordello.»

Candy strappò la ricevuta dalla stampante e la porse a Kaya. «I bordelli *sono* attività, Geen, ma credo che tu intenda un ranch. Non è così che li chiamano a Las Vegas?»

Gina sospirò e si allontanò dalla reception. Erano impazzite tutte. Una settimana prima, aveva uno staff perfettamente rispettabile e professionale, e ora, grazie a Darien, si erano trasformate tutte in pagane ipersessuate.

Questa festa di addio al nubilato non poteva finire abbastanza presto per poter riportare il suo staff e la sua vita, e la sua stessa libido, alla normalità.

Tornò nel ripostiglio dove aveva sistemato la sua troncatrice.

Ovviamente, *doveva* passare davanti alla stanza trattamenti, ehm, *suite*, numero tre *proprio* mentre Darien stava uscendo.

«Ehi» disse lui.

Ehi. Perché quella singola parola dovesse mandarle in tilt le terminazioni nervose, non lo sapeva. Anche se poteva avere a che fare con i suoi bicipiti in tensione mentre piegava un telo protettivo. «Hai finito per oggi?»

Chiese lei, piena di speranza.

Darien inclinò la testa, socchiudendo gli occhi. «Uhm, sì. Il lavoro notturno, ricordi?»

Come se potesse mai dimenticarlo. «Okay, beh, grazie per essere venuto oggi. Abbiamo, uhm, sentito parlare bene di te.»

Lo sbavare di Darla ne era la testimonianza.

«Torno stasera dopo lo spettacolo.»

«Non devi. È prevista una tempesta. Vai a casa.»

«E lasciarti fare tutto il lavoro pesante? Ho un camion; cosa vuoi che sia un po' di neve?»

Una cosa pericolosa se fossero rimasti bloccati lì, ecco cosa. «Sono perfettamente in grado di gestire il lavoro pesante, sai.»

«Proprio come eri perfettamente in grado di gestire la bottiglia rotta nel tuo appartamento l'altra sera? A proposito, come sta la tua, uhm, ferita?»

«Non sono affari tuoi.» Incrociò le braccia.

«Ah, ma *sono stati* affari miei per dieci minuti buoni.» Comparve il sorriso arrogante e fin troppo affascinante di Darien. Completo di fossette.

Maledetto.

Il suo viso avvampò. «Un gentiluomo non me lo ricorderebbe.»

«Non ho mai detto di esserlo. Però sono noto per aiutare le donzelle in pericolo. Come puoi testimoniare.»

Si strinse nella sua casacca da lavoro, rifiutandosi di abboccare. «Onestamente, me la caverò. Non ho bisogno che tu ti rovini quel bel faccino in un incidente o qualcosa del genere. Questo è il mio locale; me la sbrigherò io.»

«Bello, eh? Sei davvero disposta ad ammettere che c'è qualcosa di me che ti piace. Oltre al mio bacio, s'intende.»

Poteva il suo viso diventare ancora più caldo?

Poteva lui diventare più attraente?

Gina fece un respiro profondo. La stava prendendo in giro. Come al solito. «Sul serio, Foster, stasera sei fuori servizio. Non venire. Fai il tuo spettacolo, vai a casa, fatti una doccia, vai a letto. O qualunque cosa tu faccia dopo uno spettacolo.» Il che non voleva nemmeno immaginarlo. «Non ho bisogno di te stasera.»

La scintilla negli occhi di Darien, una parte così integrante di lui che lei non l'aveva notata finché non era scomparsa, si affievolì. «Va bene. Ti ho sentita. Forte e chiaro.» Si passò una mano tra i capelli, poi aprì la bocca... ma la richiuse.

Poi si voltò e se ne andò.

Gina lo guardò andare via, quella sua falcata lunga, alta e intrinsecamente sexy la costrinse a seguirlo con lo sguardo per tutto il corridoio, attraverso la porta e poi fuori dalla sua vista.

Espiró. Era un bene. Meglio che un bene. Sì, era sexy e sì, la eccitava, ma se l'esperienza passata insegnava qualcosa – e solo uno sciocco ripete gli errori del passato sperando in un risultato diverso – sarebbe finita male.

Il lupo perde il pelo ma non il vizio.

* * *

«Vuoi che indossi *cosa*?» Dare guardò i... *fuseaux*... che gli penzolavano davanti.

I fuseaux maculati, leopardati.

«L'ultima volta che ho controllato, Gage, i pompieri non indossano pantaloni da yoga quando spengono gli incendi.»

«Stiamo cambiando un po' le cose per il secondo atto. Per rinnovare.» Gage gli lanciò quegli oggetti offensivi.

Dare li accartocciò nel pugno. «Le stampe animalier sono passate di moda negli anni '70.»

Gage scrollò le spalle e lanciò un paio tigrati a Darryl. «Ehi, le mode ritornano. Le donne vogliono vedervi, e cito, "in aderenti pelli animali". Dato che presumo non intendano pelli vere, proveremo questi. Abbiamo ghepardo, zebra, giraffa...»

«Io scelgo l'elefante!» Jace ancheggiò nel caso non avessero capito il riferimento.

Samps, Carlo Sampani, gli diede una manata sul petto. «Pivello, prenderai quello che ti danno e te lo farai andar bene. Inoltre, sappiamo tutti che l'elefante spetta a Markus.»

Un angolo della bocca di Markus si sollevò, ma non disse una parola. Non ce n'era bisogno. Non c'era da discutere.

«Avete davvero fatto dei focus group su ciò che dobbiamo indossare? Pensavo che l'idea fosse di *non* indossare niente.» Dare sentiva le palle che gli si ritiravano nel corpo al pensiero di schiacciarle con quel tessuto attillato.

«Abbiamo messo dei questionari sui tavoli. Tanto vale dare alle signore quello che vogliono, e dato che non siamo signore, non possiamo saperlo se non ce lo dicono loro.»

«Cavolo, la metà delle ragazze con cui esco non sa nemmeno cosa vuole» borbottò Dominic mentre si strofinava i capelli bagnati con l'asciugamano che, pochi secondi prima, gli fasciava i fianchi.

Dare scosse la testa. «Quindi dobbiamo cambiare le nostre routine al volo?»

Gage inarcò un sopracciglio. «Lassù puoi fare quello che vuoi; non cercano esattamente una coreografia. Fai quella camminata da pantera che fai di solito alla fine un paio di volte in più, strusciati sul palco, pompa i bicipiti... Non sono qui per la coreografia, solo per i corpi che fanno quei movimenti.»

Sì, sì, Dare lo sapeva, ma a volte faceva schifo essere un pezzo di carne su quel palco.

Eppure, pagava le sue bollette e contribuiva al fondo per la nuova proprietà; a proposito, doveva parlare di nuovo con il suo agente immobiliare. Vedere if avesse trovato qualcosa di promettente. Ballare stava perdendo il suo fascino.

Borbottando a mezza voce, Dare si infilò i fuseaux. In realtà, le sue palle non erano così scomode come avait pensato e il suo cazzo... Hmmm. In effetti erano molto meno costrittivi del perizoma e non avevano elastici stretti all'interno coscia. Forse non erano così male, dopotutto.

«Tutto bene, amico?» Finn lo urtò con la spalla mentre riponeva i suoi vestiti nell'armadietto accanto a quello di Dare. «Stasera sembri strano.»

«No. È solo che... non lo so. Forse la tempesta imminente.» Aveva mancato un attacco nel primo set, ma solo i ragazzi se ne sarebbero accorti. Era come diceva Gage; le donne non venivano lì per la coreografia straordinaria.

«No, amico. Conosco quello sguardo. È una ragazza, vero? Ti sta rompendo le palle?»

Dare sbuffò. «Magari. Non vuole nemmeno parlare con me.»

«Ah.» Finn annuì. «Che hai fatto?»

Dare lo guardò. «Perché dai per scontato che abbia fatto qualcosa?»

Finn gli diede una pacca sulla spalla con la sua. «Perché è sempre colpa nostra, amico. Se non parlano, o peggio, se stanno *bene*, siamo noi quelli che hanno fatto qualcosa. Quindi chiedi scusa per qualsiasi cazzata tu abbia fatto e torna a vivere. La vita è troppo breve per litigare per delle stupidaggini.»

Da chiunque altro, questo discorso di incoraggiamento avrebbe potuto essere pieno di sarcasmo, ma la fidanzata di Finn era stata uccisa un mese prima del loro matrimonio e lui ricordava sempre a tutti la fragilità della vita.

Qualcosa che Dare conosceva fin troppo bene.

Gage ficcò la testa nello spogliatoio mentre *Pony* di Ginuwine iniziava a suonare sul palco. Cliché ma standard da quando *Magic Mike* era uscito al cinema. E anche se era routine, infiammava la folla per il secondo atto. «Andiamo, uomini. Le signore attendono.»

Se solo lei avesse atteso.

Dare uscì in gruppo con gli altri per la grande entrata, che ora consisteva in un branco di ragazzi che strisciavano sul palco, ringhiando al pubblico.

Che andò completamente fuori di testa.

Dare scosse la testa. Non avrebbe mai capito come funzionava la mente di una donna.

Tuttavia, non era difficile per lui capire perché Gina fosse arrabbiata con lui. E, sì, ne aveva il diritto.

Le doveva delle scuse. Anche se non le avesse accettate. O non gli avesse parlato. Era ora che le dicesse quelle parole. Che togliesse di mezzo quel grosso scheletro dall'armadio.

Ondeggiò sul palco, contraendo e flettendo i muscoli per il massimo effetto, dando alle donne ciò per cui erano venute. Avrebbe raccolto le mance, fatto la doccia, si sarebbe vestito e poi sarebbe andato alla spa per parlare con Gina.

Cadde in ginocchio, poi ondulò gli addominali, piegandosi all'indietro, facendo scorrere le mani sul petto, per poi agganciare i pollici nell'elastico in vita, giocando con le donne.

«Toglili, Foster!» Il richiamo arrivò dalla sinistra del palco. Michelle, che lo incitava. Che cortesia professionale.

Lui sorrise e abbassò il tessuto di qualche centimetro.

Michelle e la sua amica Meggie portarono la folla in piedi, braccia agitate, fischi che esplodevano, e i ragazzi circondarono il palco dietro di lui, concedendogli il suo momento.

Dare si mosse a ritmo, ricordando quando lo faceva per Gina.

Le luci lampeggiavano su di lui, il sudore gli imperlava la pelle. Gettò la testa all'indietro, scuotendo i capelli che avrebbe dovuto tagliare, ma che non tagliava perché funzionavano per il lavoro.

Frankie, il DJ, aumentò i bassi e questi pulsarono attraverso le assi del pavimento, fino ai suoi stinchi e ginocchia, attraverso le sue terminazioni nervose, depositandosi nel suo bacino.

Se solo Gina fosse stata lì.

Mosse i fianchi più energicamente, stringendo i glutei, e ondeggiò sulle ginocchia per tutto il palco, abbassando i fuseaux molto lentamente.

Le donne lanciavano banconote sul palco, alcune delle quali gli si appiccicavano al petto.

Dare sogghignò, sfruttando quelle fossette, catturando lo sguardo delle donne in prima fila, facendo loro credere che lo stesse facendo solo per loro.

A pochi metri dal bordo, rotolò gli addominali sul pavimento e poi si sollevò, trovandosi faccia a faccia con una mora che indossava un diadema e una fascia da ADDIO AL NUBILATO.

Ora dello spettacolo. Le feste di addio al nubilato erano un albero della cuccagna garantito.

Le fece l'occhiolino.

Come previsto, le sue amiche iniziarono a fargli piovere addosso banconote, per lo più da un dollaro, ma gli parve di vedere qualche biglietto da cinque, un paio da dieci. Forse anche uno o due da venti.

Spostò le gambe dietro di sé e strisciò come un soldato il resto del percorso verso di lei, senza mai rompere il contatto visivo.

Arrivò al bordo del palco, si aggrappò, poi fece una rapida spaccata laterale in modo da essere ora seduto sul bordo, ginocchia divaricate, quindi la chiamò con un dito, i fianchi che pompavano a ritmo.

Arrossì fino alla radice dei capelli.

Le sue amiche spinsero la sua sedia più vicino.

Dare sorrise, poi saltò giù dal palco, l'elastico in vita che gli cingeva i fianchi millimetri sopra la linea tra il rispettabile (che scherzo!) e l'indecente, spingendosi al limite, vendendo la fantasia, mentre faceva un po' di pop-and-lock per lei.

Poi afferrò lo schienale della sedia accanto ai suoi bicipiti e roteò fianchi e addominali a tempo di musica, sopra di lei, così vicino, ma senza toccarla. Eccitante. Provocante.

Le sue labbra si separarono quando lui spinse i fianchi, e poteva sentire l'odore di mojito sul suo alito, normale per le future spose. Era abbastanza brilla da godersi lo spettacolo, ma non così fuori da non ricordarsene, o mettersi in imbarazzo.

Sì, non era tipo da mettere in imbarazzo i clienti. Vendere la fantasia, sì, ma mai spingersi troppo oltre.

Fece rotolare di nuovo il suo corpo sul suo, poi si girò leeeentamente, il viso fu l'ultima cosa a muoversi. Poi fece scorrere le dita sui suoi obliqui, sfiorando la cassa toracica, stringendo i glutei per tutto il tempo, unendo i palmi delle mani sopra la testa... e poi scosse il sedere.

Sospiri e urla esplosero tutt'intorno a lui e sentì le mani di lei sui suoi fianchi. Bryan e Gage avevano una rigida politica di non toccare i clienti, ma dipendeva dai singoli ballerini fino a che punto lasciavano spingere le donne.

A Dare andava bene che lei gli tenesse i fianchi, anche quando cercò di tirarlo sulle sue ginocchia. Poteva fare una lap dance, ma non avrebbe mai stabilito un contatto fisico.

Si abbassò, ondeggiando mentre la cavalcava. Si spinse indietro, dimenandosi un po', pompando i pugni mentre si stiracchiava, seguendo il ritmo della musica.

Le dita di lei lo strinsero, le unghie che scavavano mentre lo tirava indietro, e quello fu il segnale per Dare di allontanarsi. Sollevò una gamba in alto e fece una lenta, ma plateale, giravolta.

Allargò le braccia, facendo lavorare i pettorali nel loro spettacolo personale, e si abbassò su un ginocchio, il bacino che continuava a colpire il ritmo, poi ondeggiò da un lato all'altro sulle ginocchia... fino all'ultimo battito, quando le prese la mano e le baciò il dorso.

Lei ricadde sulla sedia, con un'espressione sul viso che Dare era sicuro solo il suo futuro sposo avesse mai visto prima.

«Porca troia!» urlò qualcuno.

Il suo lavoro qui era finito.

«Oh mio Dio!» da un'altra parte.

«Portami a casa con te!»

Sorrise a quell'ultima. La più grande lezione da imparare nel settore: non mischiare affari e piacere. Sapeva, per esperienza diretta, quanto potesse essere difficile: ballare per Gina gli aveva quasi fatto venire le palle blu.

Dietro le quinte, Charlie stava raccogliendo il denaro nel contenitore e Dare aggiunse le banconote che gli si erano attaccate addosso mentre si dirigeva verso le docce. Non era preoccupato per l'incasso; Charlie, un contabile in pensione da lungo tempo, era così scrupolosamente onesto che divideva i proventi fino all'ultimo centesimo prima di prendere la sua parte. Gage e Bryan, anche con quello che vendevano, gestivano un'operazione di prima classe, il che spiegava il loro successo e l'espansione in altre sedi.

«Spaccato!» Jace gli diede il cinque mentre entrava nello spogliatoio.

«Tutto parte del lavoro.» E ora quella notte era finita.

Si sfilò i fuseaux, li gettò nel sacco della biancheria, poi si avvolse un asciugamano intorno ai fianchi.

Una doccia e Gina erano proprio dietro l'angolo.

* * *

Ma anche la tempesta di neve.

Dare fissò la porta sul retro del locale. Figurarsi. Quando non vedeva l'ora di andarsene di lì per vedere la donna dei suoi sogni, Madre Natura gli serviva la doccia fredda più grande che potesse offrire.

«Merda.» Gage gli arrivò alle spalle. «Da dove è venuta fuori?»

Dare indicò in alto. «Dal cielo?»

«Lo so, sapientone, ma non doveva arrivare prima delle due. Ora ho una folla di donne ubriache a cui dovrò trovare degli Uber.»

«Oppure potresti farle dormire tutte qui stanotte.»

Gage inarcò un sopracciglio. «Un po' come una volpe in un pollaio. Non è una buona idea.»

«Nemmeno chiamare un branco di tizi pompati 'galline' lo è, ma, ehi, la faccia è la tua.»

Gage imprecò di nuovo e tirò fuori il cellulare. Aprì un'app. «Dannazione. Non c'è un Uber in vista.»

«Prova Lyft.»

«Ma va?» chiese Gage sarcastico. «La metà degli autisti di Uber lavora anche per Lyft. Cosa ti fa pensare che saranno in giro per l'altro servizio?»

Dare scrollò le spalle, avendo la sensazione di dove stesse andando a parare. «Vale la pena provare.»

«Sì, sì.» Gage espirò e toccò di nuovo il telefono. «Eeeee... niente da fare. Cristo. Non posso restare fuori tutta la notte di nuovo. Mio nipote ha subito un altro intervento e sta diventando troppo grosso perché Missy possa gestirlo da sola.» Si pizzicò la radice del naso. «Senti, Dare, so di non avere il diritto di chiedere...»

«Inizia a radunarle. Fortunatamente per te, noi 'galline' siamo abbastanza macho da guidare dei quattro per quattro. Sono sicuro che possiamo riportarle a casa sane e salve.»

E, all'una e mezza, lo erano tutte.

Dare salutò con la mano la futura sposa e la sua damigella d'onore, poi controllò la strada, più per abitudine che per la speranza di vedere qualcuno in giro in quel casino, prima di dirigersi verso casa mentre la neve continuava a cadere.

La strada lo portò a passare davanti alla spa e pensò di fermarsi, ma le luci erano spente e l'auto di Gina non si vedeva da nessuna parte. A meno che non fosse sotto un cumulo di neve sempre crescente, nel qual caso non sarebbe andata da nessuna parte e l'avrebbe vista al mattino, quando entrambi avrebbero dormito un po' e avrebbero potuto avere una prospettiva migliore per la giornata.

Tranne che si rese conto che non sarebbe successo quando svoltò all'incrocio e quasi sbandò fuori strada.

Come avait già fatto Gina.

Capitolo Nove

«Qualche problemino, signorina?»

Gina sollevò lo sguardo dal cellulare, dove stava cercando di trovare una ditta di carri attrezzi che *non* fosse fuori a spalare le strade; tutte le strade, a quanto pareva, tranne quella su cui si trovava lei.

Ci mancava solo che l'unica persona in giro in quel casino, *e* l'unica a trovarla, fosse Darien.

Premette il pulsante per abbassare il finestrino. «Che ci fai qui?» In un batter d'occhio, la neve le coprì le gambe.

«A quanto pare, ti sto salvando.» Fece un gesto verso la sua auto. «Di nuovo.»

«Non ho bisogno di essere salvata,» disse lei, tirando su il finestrino fino a lasciare uno spiraglio di un paio di centimetri; e anche così entrava troppa neve. Il suo sedile del passeggero si sarebbe coperto se non avesse chiuso il finestrino.

«Davvero? C'è un servizio di soccorso stradale White Knight nei paraggi che non conosco?» inarcò un sopracciglio. «No? Allora, andiamo. Il mio furgone è qui. Posso portarti a casa.»

«Non voglio venire a casa con te.»

Lui appoggiò il braccio sinistro sul volante mentre i tergicristalli si muovevano freneticamente sul parabrezza, riuscendo a malapena a stare al passo con la neve. «Tesoro, non ti stavo chiedendo di venire a casa *con me*. Mi stavo offrendo di darti una mano. Niente di illecito.»

E ancora una volta, con quel suo sorrisetto sornione e saccente, era lei il bersaglio della sua battuta.

Era così stufa di esserlo. Era *per quello* che non poteva esserci niente tra loro; con lui non avrebbe mai saputo che pesci prendere.

Tesoro, non è certo stare in sospeso quello che vogliamo...

Alzando gli occhi al cielo, abbassò ancora un po' il finestrino. «Senti, Darien. Posso arrivare alla spa con le mie forze e restare lì. Devo comunque essere lì domattina.»

«Il che mi porta a chiedermi perché non l'hai fatto subito. Perché sei qui fuori? Questa roba è insidiosa.»

Perché voleva andarsene nel caso si fosse presentato lui.

Ma non c'era modo che lo ammettesse.

Si tolse i fiocchi di neve dalle ciglia. «E allora perché ci sei tu, se è così terribile?»

«Perché ho un quattro per quattro e stasera ho passato il tempo a riportare a casa donne alticce dal locale, così nessuna si sarebbe schiantata contro un palo del telefono.» Guardò con aria eloquente la sua auto. «O sarebbe finita in un fosso sul ciglio della strada. Andiamo.» Si sporse per aprire la portiera del passeggero, poi spazzò via la neve. «Dimentichiamoci del passato e portiamoti a casa sana e salva stasera. Domani è un altro giorno.»

Aveva ragione. La spa era ad almeno ottocento metri di distanza e lei non aveva né stivali né guanti. E le dita congelate non sembravano allettanti.

Sospirò e chiuse il finestrino prima di aprire la portiera dell'auto. «Stai citando Rossella?»

Lui tirò su il finestrino, poi scese dal suo lato. «Chi?»

Mise un piede in un cumulo di neve molto, molto fredda. Perché non si era messa gli stivali oggi? «Rossella. O'Hara. Di *Via col vento*?»

Lui fece il giro del furgone. «Mai visto.»

«Cosa? Chi è che non ha mai visto *Via col vento*?» Si rialzò in piedi e dovette aggrapparsi al telaio della portiera quando un piede le scivolò da sotto. Meraviglioso. Una lastra di ghiaccio sotto la neve. Non c'era da stupirsi che la sua auto non avesse avuto scampo. «È come una tradizione americana o qualcosa del genere. Mia madre e io stavamo sveglie con montagne di popcorn ogni volta che lo davano.»

«Beata te. Tieni.» Le afferrò il braccio. «Il primo passo è il più difficile.»

Non scherzava affatto, ma non per la neve o il ghiaccio. La sua mano sul polso di lei la turbò in modi che il freddo non poteva nemmeno sfiorare.

Devo solo arrivare al furgone, devo solo arrivare al furgone. Poi mi lascerà andare.

Si concentrò sul mantra – e sul ghiaccio – e riuscì ad arrivare al furgone senza mettersi in imbarazzo.

Salì e si allacciò la cintura non appena lui chiuse la portiera, poi si assicurò di essere al sicuro e il più lontano possibile da lui quando tornò al posto di guida.

«Sei sicura di volere che ti porti alla spa? Casa tua non è fuori mano per me.»

«Sì, sono sicura. Va bene così. Mi risparmierà la seccatura di dover far trainare la macchina presto per poter tornare domani.»

Lui si strinse nelle spalle. «Va bene.» Rientrò in strada.

Gina lanciò un'occhiataccia alla sua piccola ibrida. Buona per i consumi, un disastro sul ghiaccio. Incrociò le braccia e appoggiò la testa al finestrino.

«Non mordo, sai.»

Peccato.

Represse quel pensiero. «Scusa. Non mi ero resa conto che la conversazione fosse il prezzo per un salvataggio.»

«Pensavo avessi detto che non avevi bisogno di essere salvata.»

«Infatti. Ma sono sicura che tu la rigirerai a modo tuo.» Voleva un bagno e una bottiglia di vino. E non necessariamente in quest'ordine.

Ma non con Darien nei paraggi. Il vino era off-limits quando c'era lui in scena.

Lui sospirò, un sospiro così pesante che lei lo guardò. «Cosa?»

Lui la guardò di sfuggita e lei vide... qualcosa... in quello sguardo a cui non seppe dare un nome. Non rabbia. Non frustrazione. Decisamente non divertimento. Ma era un'espressione nuova per lui.

Mise il furgone in marcia e pronunciò un criptico: «Non qui.»

Lei non chiese dove. Tutto ciò che voleva era arrivare a The Gilded Lily e dargli la buonanotte. Con un *grazie* aggiunto perché, per quanto la irritasse, quello che aveva fatto era ben più del dovuto.

Attraversò l'incrocio dove la sua macchina l'aveva abbandonata, poi svoltò nel parcheggio della spa. Lo spazzaneve non era ancora arrivato lì, quindi le gomme di Darien slittarono un po'.

«Non preoccuparti,» disse lui, «queste bimbe hanno una buona trazione.»

Finché non l'ebbero più.

Il santo quattro per quattro di Darien finì per fare un paio di testacoda nel parcheggio prima di fermarsi scivolando, parallelo alla porta d'ingresso.

Spense il motore e la guardò. «Beh, almeno non dobbiamo camminare molto.»

Le sue fossette non annullavano il fatto che ora sarebbe rimasta bloccata alla spa con lui finché qualcuno non li avesse tirati fuori di lì.

Sospirò. «Andiamo. Entriamo.» Si slacciò la cintura di sicurezza, poi rischiò di atterrare col sedere per terra quando scese dalla cabina.

«Gina...»

«Lo so, lo so. Il primo passo è il più difficile.» Si tenne in equilibrio tra la portiera e il sedile finché non ebbe i piedi ben saldi sotto di sé, poi si trascinò verso l'ingresso della spa, pregando le dita dei piedi di aggrapparsi ancora un po' alla loro riserva di sangue. La neve le sferzava le labbra e le copriva le ciglia. Lì fuori c'era una bufera.

«Stai bene?» Darien le apparve magicamente al fianco. Perché lui non aveva problemi a muoversi?

Si tolse di nuovo i fiocchi di neve dalle ciglia. Stivali. Lui aveva avuto la lungimiranza di indossare degli stivali. Avrebbe dovuto prestare più attenzione alle previsioni del tempo ieri, invece di preoccuparsi di rivederlo.

«Dov'è la tua chiave?» Le tese la mano.

«Qui.» Le sue dita erano intorpidite e lei, ovviamente, la fece cadere nella neve.

Qualche minuto di tensione dopo, Darien la trovò e riuscì ad aprire la porta mentre Gina soffiava sulle sue dita, ora bagnate e congelate, per evitare che si assiderassero.

«Dove tieni il caffè? Ce ne preparo un po',» accese le luci della reception.

«Ne... nello sga... sgabuzzino... ne... nella sa... sala... pau... pausa.» Gina si strofinò le braccia per far tornare la sensibilità.

«Torno subito. Dobbiamo farti riscaldare.»

Per quanto odiasse ammetterlo, era molto contenta che lui avesse insistito per riportarla indietro, ma perché, solo per una volta, non poteva avere la meglio con lui? Aveva lasciato The Gilded Lily per *non* rivederlo quella sera; perché, nel suo Universo del Karma, lui *si sarebbe* presentato se fosse rimasta.

Si è presentato lo stesso, ed è per questo che quell'Universo ti sta dicendo di lasciar perdere il passato. Chi ha avuto ha avuto, chi ha dato ha dato. L'hai detto tu stessa: era un adolescente. Gli adolescenti fanno un sacco di cose stupide.

Sì, ma lei sembrava avere un debole per le persone che le facevano cose stupide. Doveva spezzare il ciclo. Darien era persino uno spogliarellista come John.

«Ok, il caffè è pronto.» Darien rientrò nella reception, decisamente troppo bello per essere bloccati insieme in una bufera di neve a mezzanotte.

Lei, d'altra parte, poteva essere definita tutt'altro che allegra e in ordine. Il ghiaccio le si stava sciogliendo tra i capelli, quindi i suoi ricci sarebbero spuntati come cavatappi, ed era sicura che il suo naso fosse bello rosso.

«Ho preso uno degli scaldini che usiamo sui lettini da massaggio. Dovrebbe fare al caso nostro mentre aspettiamo il caffè.» Attaccò la spina della coperta in pile. «Tieni, togliti quel cappotto. So che non è l'uso raccomandato per questa cosa, ma a mali estremi, estremi rimedi. Le tue labbra hanno superato il blu e stanno andando verso il viola.»

«Dici le cose più... più dolci,» riuscì a dire tra i denti che battevano.

Lui l'avvolse nella coperta. «Potrei dire che sei molto carina con i fiocchi di neve tra i ricci, ma ho la sensazione che mi guadagnerei solo una bella smorfia di disappunto.»

A *lei* guadagnò più di qualche farfalla nello stomaco.

Il che la fece stare zitta.

«Cosa? Nessuna risposta tagliente? Devi avere *davvero* freddo.» Prese il cappotto di lei. «Lo appendo nel ripostiglio ad asciugare, poi torno con il tuo caffè. Potresti sederti su quella cosa pelosa che hai fatto laggiù. Sembra abbastanza accogliente da riscaldarti.»

Anche lui lo sembrava.

Il che era un problema.

Gina si sfilò le scarpe inutili, poi si sedette sulla panca e incrociò le gambe sotto di sé, avvolgendosi nella coperta. I piedi cominciavano a formicolare man mano che tornava la sensibilità, ma sapeva bene che non doveva batterli sul pavimento. Poteva farsi male in quel modo. Meglio stringere i denti e sopportare il dolore.

«Immagino che tu non abbia del brandy da queste parti?» Darien entrò nella reception con due tazze di caffè. «Quello ti riscalderebbe.»

«Purt... purtroppo, bere sul... sul posto di... di lavoro è malvisto in questo st... stato.» Prese la tazza da lui. «Gr... grazie.»

Lui le si sedette accanto. «Prego.»

E, praticamente, fu tutto. Lei sorseggiò il suo caffè, lui il suo.

Ma non era imbarazzante, sorprendentemente. Più un silenzio complice.

C'era una prima volta per tutto.

«Fai un buon caffè.»

Lui la salutò con la sua tazza. «Rischi del mestiere quando torni a casa dopo le due di notte. Serve qualcosa per svegliarmi al mattino.»

Non dire: «*Vuoi dire,* qualcuno.» *Semplicemente* non *dirlo.*

Ok, ma poteva pensarlo.

Ma *perché* lo stava pensando? Una tazza di caffè e una buona azione non cancellavano il fatto che quello era Darien. *Rospetto.* Il tormento dei suoi anni formativi.

Perché non conta? Non era obbligato *a salvarti.*

Si sistemò la coperta sulle spalle.

«Ancora freddo?» Posò la sua tazza sul tavolino delle riviste. «Tieni. Lascia che ti aiuti.»

«No, va bene. Posso...»

Le dita di lui le sfiorarono il collo.

Si bloccò.

In un modo che le provocò una scossa di calore e formicolii lungo la schiena.

Le dita di Darien non si mossero.

Nemmeno lei.

La neve batteva contro i vetri un po' più forte adesso, più gelida, il tintinnio come musica di sottofondo al loro silenzio.

Un silenzio che non era più così complice.

E nemmeno lei aveva più così freddo.

E le sue dita non si erano ancora mosse...

Aspetta. Stavano iniziando a muoversi.

In cerchi deliziosi sulla nuca di lei.

Oh, sì, avrebbe potuto riscaldarla a dovere.

Strinse più forte la tazza.

Lo sguardo di lui cadde sulle labbra di lei.

Che si dischiusero.

La gola le si strinse, bloccandole il respiro.

Si inumidì le labbra secche.

Lui si mosse sulla panca, le dita che continuavano a disegnare quei cerchi.

E forse si sporse un po' in avanti...

Gina trattenne il respiro. L'avrebbe baciata di nuovo. E lei non era sicura di come si sentisse al riguardo.

Allora fatti da parte e lascia che me ne occupi io, perché, tesoro, noi non ci lasceremo *scappare questa opportunità.*

Gina non aveva intenzione di discutere con il suo subconscio.

Si sporse un po'. Ok, forse un po' più di un po'. Abbastanza da fargli capire che andava bene.

«Gina.» La sua voce era così bassa e sexy.

«Darien...» Riuscì a non sospirare quando pronunciò il suo nome, conservando un po' della sua dignità.

Che svanì quando lui si tirò indietro, rendendo palesemente ovvio che *lei* era l'unica ad avere intenzione di fare ciò che aveva *pensato* che lui avesse intenzione di fare ma che ora non stava facendo.

Oh, Dio, non di nuovo.

«Mi dispiace,» disse lui a bassa voce.

Dispiaciuto di non averla baciata? O di essersi reso conto che lei lo voleva e lui no?

Si tirò indietro, con la schiena dritta come un fuso, il caffè che traboccava dal bordo della tazza quando la sbatté quasi sul davanzale accanto a lei, poi strappò la spina della coperta dalla presa. Incredibile come la rabbia incandescente e l'umiliazione potessero scacciare il freddo più velocemente persino della promessa di un bacio che non sarebbe mai arrivato.

«Non so di cosa stai parlando.» Mister-Sono-Il-Migliore poteva prendersi il suo ego gonfiato e tornare a casa da solo, grazie tante.

Liberò i piedi da sotto di sé e li sbatté sul pavimento.

Ahi, ahi, ahi! Fitte di dolore bruciante le attraversarono i polpacci e represse una smorfia.

Ma non l'imprecazione.

«Senti, lascia che ti spieghi.» Darien le afferrò il polso, ma Gina si divincolò.

«Non ce n'è bisogno. Sto bene. Grazie per avermi riportata qui. Vado a letto.» Si avvolse nella coperta come in una corazza e si diresse a passo di marcia verso una delle sale per i trattamenti. I lettini non erano abbastanza grandi per dormirci senza cadere, ma le stanze avevano porte che si potevano chiudere. Peccato che il regolamento edilizio non permettesse di metterci le serrature.

Si diresse verso la reception. Avrebbe usato la sedia di lì per incastrarla sotto la maniglia della porta.

Per tenere fuori lui o tenere dentro te?

Non era divertente.

«Gina, aspetta.»

Darien raggiunse la sedia prima di lei, così lei fece una brusca inversione e tornò verso le sale per i trattamenti. «Buonanotte, Darien.»

«Dannazione, Gina, vuoi per favore ascoltare?» Le afferrò il braccio.

Si scrollò di dosso la coperta, che scivolò sul braccio di lui. Preferiva avere freddo che essere marchiata dal suo calore. «È tardi, siamo esausti, e la pressione barometrica è sballata o qualcosa del genere. Chiudiamola qui per stasera, ok?»

Le sue spalle si abbassarono e lui la lasciò andare, la tensione o qualunque cosa fosse che si prosciugò da lui. Bene. L'avrebbe lasciata in pace.

Si diresse verso il santuario della sala per i trattamenti. Suite. O quel che era.

«Volevo dirti quanto mi dispiace per quello che ho detto nella lezione di Nester. È stato imperdonabile.»

Smise di camminare.

Adesso? Ne stava parlando *adesso*? Dopo vent'anni e passa che quella cosa le pesava addosso, doveva tirarla fuori *adesso*? Quando aveva freddo, era bagnata, stanca e...

Ferita. Ancora così tanto ferita. Umiliata.

Sbotté le palpebre. Due volte. «Non voglio parlarne. È finita. È nel passato. Acqua passata.»

Lui la raggiunse e le sue dita le scivolarono lungo il braccio. «Ma non lo è se non vuoi nemmeno parlarmi. Non se ti spinge a odiarmi.»

Avrebbe dovuto continuare a muoversi.

«Per favore, Gina. Dammi la possibilità di rimediare.»

Allora si girò di scatto. «Rimediare? Esattamente come pensi di farlo,

Darien? Non puoi cancellare due decenni di prese in giro, sguardi e umiliazione totale.» Fece per avvolgersi nella coperta, poi si ricordò di essersela scrollata di dosso. Maledizione.

«So che non posso tornare indietro e sistemare le cose. Non posso *non averlo* detto. Ma non volevo che accadessero quelle conseguenze. È stato solo un commento superficiale da parte di un ragazzino sventato la cui bocca funzionava più velocemente del cervello. L'ho capito nel momento in cui ho visto la tua faccia...»

«Vuoi dire nel momento in cui tutti hanno iniziato a ridere.»

«Sì, anche allora. Lo so. Mi dispiace. Non posso annullarlo, ma devi sapere che non stavo cercando di ferirti intenzionalmente.»

«Beh, caspita, mi fa sentire molto meglio sapere che avresti potuto fare molto peggio se ci avessi *provato*.»

Si passò una mano tra i capelli. «Non è quello che intendevo. Questo... non mi sta uscendo bene.»

«Esatto. Quindi non è cambiato niente.» Gli strappò la coperta dalle dita. «Chiudiamola qui per stasera, che ne dici?»

Entrò a passo deciso nella stanza e si trattenne all'ultimo momento per non sbattere la porta. Invece, la chiuse finché il chiavistello non scattò, poi scivolò lungo il retro di essa e si drappeggiò la coperta addosso, proibendosi di piangere.

Piangere era ridicolo. Era un'adulta adesso; l'aveva superata.

Ma le risate... le prese in giro che erano seguite... il modo in cui veniva *ancora* menzionato fino a oggi. Incrociò le braccia sulle ginocchia e vi appoggiò il mento. Quel dannato stupido commento la perseguitava dopo tutti questi anni. Soprattutto quando i ragazzi con cui usciva si facevano troppo "maneschi". Era per questo che aveva abbassato la guardia e si era lasciata innamorare di John: uno nuovo in città, affascinante, premuroso e che non aveva mai sentito la storia. Non che avrebbe fatto differenza; lui era più interessato al suo portafoglio che al suo seno. Il che aveva portato con sé una serie di problemi. Ma se ne sarebbe accorta, se non si fosse così concentrata sul fatto che lui non fosse troppo "manesco". Tutto tornava a quello che aveva fatto Darien.

Darien bussò alla porta. «Gina, per favore. Possiamo parlare?»

Non poteva farcela stasera. «Buonanotte, Darien.»

Lo sentì scivolare lungo la porta, sentì che cedeva un po' contro la sua schiena sotto il suo peso, appena cinque centimetri a separarli.

«Mi dispiace. Non avevo pensato a cosa ti avrebbe causato. Sono stato uno stronzo, volevo solo far ridere i ragazzi. Non ho considerato i tuoi sentimenti. Mi dispiace per questo, Gina. Se avessi la possibilità di tornare indietro, non l'avrei mai detto. Diavolo, ho capito nel momento in cui le parole sono uscite dalla mia bocca che era la cosa sbagliata da dire.»

«Ma non potevi rimangiartelo.»

«Lo so.» Sospirò. «Il punto è, Gina...» La sua testa diede un colpo sordo contro la porta. «Stavo cercando di arrivare a te.»

Sghignazzò, ma non c'era umorismo nel suono. «Beh, ci sei riuscito di sicuro. A tal punto che sei l'unica persona della scuola che non potrò mai dimenticare.»

«Non era mia intenzione ferirti. Volevo essere spiritoso e affascinante e fare in modo che tu mi *notassi*. Mi guardavi sempre come se fossi trasparente, e lo odiavo. Avevo questa idea ridicola che mi avresti trovato così divertente da voler parlare con me. E che questo avrebbe portato ad altre cose. Mi sedevo dietro di te in classe e guardavo i tuoi capelli che rimbalzavano ogni volta che ti muovevi. Il modo in cui li tiravi indietro con un gesto aggraziato della mano. E quel profumo che indossavi... mi mandava fuori di testa.»

Gina rimase a bocca aperta. Quello era Darien Foster, il ragazzo che aveva sognato per troppe notti adolescenziali finché non le aveva squarciato il cuore con un commento superficiale... Un commento che le aveva rivolto per *cercare di farsi notare da lei*? Non aveva senso e la cosa la mandava in confusione.

«Volevo solo farti ridere. Farmi notare da te. Che mi guardassi, che mi dicessi qualcosa, ma non l'hai mai fatto. Fino a quel momento.»

Perché era sempre stata così impacciata. Lui era uno dei ragazzi fighi, e lei, con i suoi ricci crespi e un seno così prosperoso... Si era sentita un mostro. Indegna.

Le faceva male ammetterlo a se stessa. Ma, sì, si era guardata allo specchio ogni mattina. Non assomigliava alle altre ragazze. Sapeva cosa vedevano tutti. Ma lui... Darien... Lui era stato...

Lui era stato la sua fantasia.

E poi l'aveva rovinata.

«Ero così felice di avere un motivo per dirti qualcosa, e per di più in pubblico, così non potevi ignorarmi. *Dovevi* parlarmi per forza.»

«Oh, se ti ho parlato. Per tutto il tragitto fino all'ufficio del signor Dilworth. Credo che le parole usate furono "bullo", e "stronzo", e "essere spregevole", e...»

«"Idiota", "maiale", "pieno di te", "Neanderthal"... Ricordo. Ma *mi stavi* parlando.»

Gina alzò la testa, strizzando gli occhi nella debole luce arancione della sveglia, l'unica nella stanza. «Perché volevi che ti parlassi? Non ti piacevo nemmeno. Mi prendevi in giro.»

Lo sentì muoversi contro la porta, e poi non vi fu più seduto contro. «Possiamo parlarne senza questa porta tra di noi? Ti devo una spiegazione e, questa volta, vorrei che non ci fossero malintesi tra noi.»

«Malintesi? *Così* chiami l'avermi resa lo zimbello di tutta la classe... un malinteso?»

La maniglia girò. «Fammi entrare, Gina.»

La richiesta sembrava avere un doppio senso.

Fissò la maniglia, sapendo di volerlo far entrare, ma spaventata all'idea. Perché se gli avesse creduto, se avesse accettato le sue scuse, non avrebbe avuto la rabbia come difesa contro di lui.

Se gli credi, non avrai alcun motivo per averne bisogno.

E quella era probabilmente la parte più spaventosa di tutte.

Lascerai che la paura definisca la tua vita?

E, cosa più importante, lascerai che sia John *a definirla?*

Si alzò e tirò la maniglia. John non si sarebbe preso un altro pezzo della sua vita.

Candy aveva ragione; Darien non era John e non tutti gli uomini erano dei maiali.

Alcuni erano... ranocchi.

Sorrise mentre la porta si apriva.

«Posso?» Darien fece un cenno verso la stanza.

Lei fece un gesto ampio con la mano.

La luce soffusa dell'insegna EXIT, obbligatoria per legge, seguì Darien mentre saltava sul lettino da massaggio e batteva la mano sul posto accanto a sé. «Prometto che non mordo.»

«Meno male. Il tuo abbaiare era già abbastanza fastidioso.»

«Ahi.» Fece una smorfia mentre lei gli saltava accanto. «Me la sono meritata.»

«Sì, è vero.» Infilò le mani sotto le cosce, una mossa che aveva una duplice funzione: impediva loro di rivelare la tensione che sentiva *e* di migrare verso di lui, due fazioni molto diverse che lottavano per il dominio in quel momento. Poiché nessuna delle due era una buona idea, mise a tacere entrambe le possibilità.

Lui si girò leggermente, la luce fioca che evidenziava la barba di un giorno sul suo mento. «So di non poter cancellare il passato, ma come ho detto allora, mi dispiace. Davvero, onestamente, mi dispiace di cuore.»

«Ti sei scusato nell'ufficio di Dilworth solo perché ti ha obbligato. Non l'hai mai detto davanti a tutti gli other.»

Lui chinò il capo. «Avrei dovuto. Non sono orgoglioso del ragazzino che ero. Ho fatto uno sbaglio, e ammetto pienamente di averlo fatto. Se alzarmi in piedi alla prossima rimpatriata del liceo e scusarmi pubblicamente potesse farti stare meglio, lo farei in un batter d'occhio.»

«Oh, Dio, no.» Scosse la testa. «Se lo facessi, ricomincerebbe tutto da capo. Non ho bisogno di riviverlo.»

«Hai mai smesso di farlo?»

Di nuovo, il suo sbuffo non conteneva un briciolo di umorismo. «Non superiamo mai veramente il liceo, vero?

«Mi piacerebbe pensare di sì. Perché mi piacerebbe pensare di avere un po' più di autoconsapevolezza. Credimi, se potessi, prenderei a calci nel sedere il Dare quattordicenne così forte che non riuscirebbe a sedersi per un mese.»

A quella frase non poté fare a meno di accennare un sorriso. «Di questi tempi, ti arresterebbero per abusi su minore.»

«E il Dare quattordicenne finirebbe nei guai per bullismo.»

«Ma allora la gente non trattava i bulli in quel modo.» Si sistemò le mani. «La gente non ha idea del potere delle parole.»

Lui si schiarì la gola. «Se può essere d'aiuto, non ho mai più fatto una cosa del genere a nessuno. Ho imparato la lezione. Mi dispiace solo che sia stato a tue spese.»

Gina trasalì. Lui si portava dietro tanto senso di colpa quanto lei si portava dietro un fardello emotivo. E, onestamente, non avrebbe dovuto. All'epoca non si era reso conto di quanto lei fosse insicura. Era un adolescente, esseri notoriamente egocentrici. Non aveva cercato di ferirla. Adesso lo capiva. Solo che *allora* non era stata in grado di capirlo.

Se fosse stato malizioso, se avesse deliberatamente cercato di ferirla, allora avrebbe potuto lamentarsi. Ma non l'aveva fatto. Da adulta, se ne rendeva conto.

Quindi, se credeva che lui non avesse voluto ferirla, doveva perdonarlo, come se l'avesse colpita accidentalmente con il ramo di un albero o qualcosa del genere. Era stato un atto sconsiderato che aveva causato un danno.

Da adulta, riconosceva la verità in questo ed era ora di superare la se stessa adolescente.

Sfilò una mano da sotto la coscia e gliela tese. «Tregua.»

Quelle sue maledette fossette si mostrarono in tutta la loro gloria. «Grazie.»

Avrebbe dovuto prepararsi al calore che le attraversò il corpo come una scossa quando le dita di lui si chiusero sulle sue, ma non l'aveva fatto, così istintivamente ritrasse la mano.

Beh, ci provò. Darien non la lasciò andare.

«Gina.»

La sua voce era bassa e morbida ed erano in una stanza illuminata solo dalla luce del corridoio e dai numeri della sveglia digitale.E seduti insieme su un lettino da massaggio, tra tutti i posti.

Con il cuore che batteva all'impazzata, lo guardò negli occhi. Lo scintillio che di solito vi aleggiava si era trasformato in qualcos'altro. Qualcosa di simile a ciò che c'era la notte in cui l'aveva baciata.

Lui le guardò le labbra.

Lei se le inumidì; si erano improvvisamente seccate, dopotutto.

Lui gemette e distolse lo sguardo.

Lei non si mosse. Nemmeno per ritirare la mano.

Darien espirò e tornò a guardarla.

Poi le lasciò andare la mano. «Credimi, Gina, mi piacerebbe portare questa cosa al livello successivo, ma non voglio affrettare le cose. Essere qui, bloccati dalla neve con te, l'atmosfera, quello che ci siamo detti... è roba che dà alla testa. Ti desidero da molto tempo, ma non voglio che tu pensi mai che le mie scuse fossero solo per portarti a letto. Non ho intenzione di approfittare della nostra situazione e delle nostre difese abbassate per fare qualcosa che possa compromettere ciò che abbiamo iniziato stasera. Quindi...» Le prese il viso tra le mani, poi la baciò dolcemente sulla fronte. «Uscirò da quella porta, prenderò un'altra di queste coperte e mi rannicchierò nella stanza per trattamenti più lontana da questa. In questo modo, non ci saranno scorribande notturne.»

Trovò la voce. «È... passata mezzanotte.»

Le sue fossette le fecero l'occhiolino. «Già. Il che significa che il mattino è proprio dietro l'angolo e dobbiamo dormire un po'.» La baciò di nuovo sulla fronte.

Poi un po' più in basso: sulla punta del naso.

E poi...

Le si mozzò il respiro quando le sue labbra si fermarono sopra le sue.

Il suo sguardo la trafisse. «E poi potremo parlare domani.»

Il suo respiro era caldo contro le sue labbra...

Ma era tutto ciò che c'era.

Le dita di Darien le sfiorarono la mascella mentre scivolava giù dal lettino. «Sogni d'oro.»

Non è giusto. Voleva dirlo ad alta voce, ma la sua voce, e il suo respiro, le erano rimasti bloccati in gola.

Lo guardò uscire dalla stanza, le spalle a V che si stringevano su una vita affusolata, retroilluminato dalla luce del corridoio, e un'immagine di ciò che c'era sotto la sua maglietta le balenò nella mente.

Non era giusto. Quel ragazzo la faceva eccitare e agitare e poi usciva con nonchalance dalla stanza come se la cosa non lo toccasse.

Si girò di lato. «Buonanotte.»

Oh sì, la cosa lo toccava eccome.

Gina si morse il labbro per contenere il sorriso mentre gli faceva un saluto militare. Ah beh, almeno poteva andare a dormire sapendo che anche lui avrebbe passato la sua dose di tormento.

Se fosse riuscita a dormire.

* * *

«Bene, bene, bene, cosa abbiamo qui?» La risata di Candy svegliò Gina. «Ero tutta preoccupata per te quando ho visto il camioncino di Darien bloccato in un cumulo di neve là fuori, e invece entro e ti trovo bella comoda, accampata in una stanza con una bella coperta calda intorno, ma di lui nessuna traccia. Significa che hai nascosto il suo corpo da qualche parte o si sta nascondendo sotto quella coperta con te?»

Gina sbatté le palpebre contro la luce abbagliante che Candy aveva acceso e si scostò la massa di ricci dal viso. «Nessuna delle due cose.» Scostò la coperta per dimostrarlo. Dio non voglia che Candy avesse la benché minima idea di cosa fosse successo la notte precedente, o meglio, di cosa *non* fosse successo. Non avrebbe mai smesso di sentirselo dire. «È nella numero cinque. Lascialo dormire.»

«Oh, questa sembra troppo succosa per lasciarsela sfuggire.» Candy si sfregò le mani, poi saltò sul lettino. «Racconta.»

Gina si mise in piedi. «Non c'è niente da raccontare. La mia macchina è in un fosso su Monroe e lui per caso stava riaccompagnando a casa alcuni clienti del club. Mi ha riportata qui, ma nevicava così tanto che il suo camioncino è rimasto bloccato.»

«Beh, che coincidenza. Ragazza, te lo devo concedere, sai proprio come creare l'atmosfera.»

«Non c'era nessuna atmosfera, Candy. E dato che siamo ai lati opposti del corridoio, credo che questo dimostri la mia tesi. Non è successo niente.» Incrociò le dita mentre si scompigliava i capelli sulla nuca.

«Mh mh.» Candy si picchiettò l'unghia arancione sul labbro. «Non significa che non sia successo niente; significa solo che non vuoi ammettere cosa è successo.» Saltò giù dal lettino e si diresse verso la porta. «Ma lo scoprirò, Gina. Sai che lo farò.»

Sì, probabilmente ci sarebbe riuscita. Quando Gina finalmente avesse ceduto e glielo avesse raccontato. Ma avrebbe rimandato il più a lungo possibile. Non aveva bisogno dell'"aiuto" di Candy per iniziare qualcosa con Darien; era già iniziato, secondo lui.

Ma cos'era? Cosa voleva lui?

E, cosa più importante, cosa vuoi tu?

Quella era la domanda da un milione di dollari.Candy si fermò sulla soglia, guardando indietro sopra la spalla. «Bella quell'espressione sul tuo viso. Vuoi parlarmene?»

Gina sentì il rossore divamparle sul viso, così si chinò a raccogliere la coperta, lasciando che i capelli le cadessero davanti per nascondere la prova. «Mi ha aiutata a uscire dalla bufera, siamo andati a dormire. Separatamente.»

«Ho la sensazione che ci sia altro nella storia.»

Gina si tirò indietro i capelli. «Sì, c'è. Si chiama colazione e caffè e poi mettersi al lavoro per finire questo posto. Immagino che le strade siano sgombre? O hai tirato fuori dal ripostiglio il tuo manico di scopa?»

«Ah, ah, molto divertente.» Candy si fece da parte per lasciare che Gina la precedesse fuori dalla stanza per trattamenti. «La polizia sta chiedendo alle persone non essenziali di rimanere a casa. Le strade sono un po' insidiose. E il parcheggio è un disastro, quindi ci vorrà un po' di tempo per tirare fuori il tuo ragazzo.»

Gina alzò gli occhi al cielo. Peccato che Candy fosse dietro di lei. «Non è il mio ragazzo.»

«Beh, di certo non è la persona non grata che era ventiquattro ore fa. Non mi hai sbranata né hai detto una sola cosa cattiva su di lui. È un record per quanto ti riguarda.»

«Perché stiamo facendo questa conversazione? È domenica, quindi che ci fai qui? Non sei personale essenziale, beh, tranne che nella tua testa... Aspetta. Non è quello il completo che indossavi ieri?» Gina si girò di scatto. Quel maglione arancione era *molto* caratteristico. Specialmente perché l'aveva visto ieri. «Candy Jane Carson, è questa la tua camminata della vergogna?»

Candy si diede improvvisamente molto da fare a sistemare il tavolino delle riviste nella reception.

«Se pensi che sia andata a spasso con questo tempo, Gina, forse dovresti farti vedere da un medico per qualsiasi trauma cranico tu abbia subito quando la tua macchina è uscita di strada ieri sera.»

«Non eludere la domanda.»

«Non sto eludendo. Ti ho risposto. Non ero a spasso a piedi.»

Gina incrociò le braccia. «Okay, in auto allora. Dove eri? Con chi eri?»

«Non è niente di che, Geen.» Fece un gesto con la mano come se stesse scacciando una mosca. «Niente di cui parlare.»

«Mh mh.» Gina sapeva tutto sui "niente di cui parlare".

«Seriamente, non è niente di che.»

Gina sollevò un sopracciglio. «Mi dispiace sentirlo.»

Il viso di Candy assunse un'espressione strana, ma poi ci stampò sopra un sorriso. «Questa era buona.»

«Lo so. E stai ancora eludendo la domanda.»

Candy si mordicchiò il labbro inferiore. Quella era una novità. Gina non aveva mai visto la sua amica essere indecisa su nulla.

Gina si avvicinò e le afferrò un braccio. «Stai bene? È successo qualcosa?

Dobbiamo chiamare la polizia o portarti in ospedale?» Si sentivano sempre cose strane e terribili al telegiornale di questi tempi.

«No. Niente del genere. È che...» Candy guardò il soffitto come se potesse trovarci la risposta che cercava.

«Buongiorno! Porto il caffè.» I campanelli tintinnarono mentre Darien apriva la porta. «Oh. Ciao, Candy.»

Sul viso di Candy passò un'espressione di sollievo mentre squadrava Darien da capo a piedi. «Mh mh.» Il suo sguardo scivolò su Gina e si liberò dalla sua presa. «Vedo che i miei servigi non sono più necessari.» Si diresse verso la porta d'ingresso, ancheggiando un po' di più mentre aggirava Darien. «Ora che vedo che siete entrambi vivi e vegeti e non bloccati in un fosso da qualche parte, vi levo il disturbo.» Afferrò l'agenda degli appuntamenti, poi prese il cappotto dall'attaccapanni e se lo gettò sulla spalla mentre usciva con eleganza dalla porta principale, i suoi capelli biondi in netto contrasto con quel maglione e la giacca nera che indossava *decisamente* anche ieri.

«Ho interrotto qualcosa?» Darien appoggiò i sacchetti sulla reception.

«Solo un interrogatorio.» Gina fissò Candy che si allontanava. C'era qualcosa sotto. «Ha visto il tuo camioncino nel cumulo di neve, me sotto una coperta, e ha fatto due più due ottenendo undici. O qualcosa del genere.» L'odore del caffè la attirò verso la reception; beh, forse non solo il caffè. «Mmm, che buon profumo. Dove l'hai preso?»

«Alla caserma dei pompieri. Hanno aperto le porte e servono chiunque riesca ad arrivare.» Sollevò un sacchetto. «Spero ti piacciano le ciambelle con gli zuccherini.»

«Al cioccolato?»

«Ovviamente. So che la via per il cuore di una donna passa per il cioccolato.»

Gina alzò lo sguardo, con la mano ancora nel sacchetto delle ciambelle. «Ehm, come?»

Darien si sentì davvero in imbarazzo. «È, uhm, un modo di dire.»

«Oh.» Scavò un po' più a fondo nel sacchetto. «Okay, allora.»

«Sì, cioè, ieri sera è stato un punto di partenza, giusto? Senza pressioni.»

Nessuna pressione? Dopo vent'anni di storia tra loro? «Va bene. Okay. Se lo dici tu.»

«*Va bene*? Cosa ho detto di sbagliato?»

Beh, il fatto che la sera prima avesse detto che la voleva e stamattina se ne usciva con un noncurante "è un punto di partenza"... Quelle scuse erano state vere? Il suo desiderio per lei era reale? Dopotutto, *non* l'aveva baciata. «Niente. Va bene.» Si ficcò metà ciambella in bocca prima che le uscissero le parole sbagliate. «Ohmioddio, è divina.»

«Hai dello zucchero sul labbro.» Mosse le dita verso le proprie per mostrarglielo.

Lei si sfiorò il labbro inferiore.

«No, è ancora...» Fece un passo verso di lei e le passò il pollice sul labbro.

Poi le prese una guancia tra le mani.

E l'altra.

Si chinò. «Ingoia la ciambella, Gina.»

Lei sbatté le palpebre, lo sguardo catturato dallo scintillio nei suoi occhi.

«Non voglio che ti strozzi quando ti bacio.» Fece un cenno col capo. «Ingoia.»

Lo fece. Con un grosso sorso.

E poi lui la baciò.

Fu magico come l'ultima volta.

Ma fu decisamente troppo breve.

Si ritrasse mentre lei aveva ancora gli occhi chiusi.

«Dio, donna, sembri così dolce da divorare in questo momento.»

Aprì gli occhi. Eccolo. C'era quello scintillio. C'era quello sguardo. Lui la *voleva* davvero.

E lei voleva lui.

Eccola lì. La verità. Chiara come il sorriso sul suo volto. Beh, non c'era niente di chiaro in quel sorriso. O in lui.

Allora cosa ti ferma? Non è che stai per sposare quel ragazzo.

Esatto. «Allora cosa ti ferma, Darien?»

Darien gemette, la guardò negli occhi per un paio di battiti di cuore, poi... le schiacciò la bocca sulla sua.

Sapeva di cannella, caffè e zucchero.

E di lui.

Gina gli avvolse le braccia intorno, la ciambella che cadeva sulla reception. Si sperava.

Canalizzò la sua Rossella interiore e decise che se ne sarebbe preoccupata più tardi.

Lui le fece scivolare una mano lungo la schiena mentre l'altra si attorcigliava tra i suoi capelli, inclinandole la testa per rendere il bacio più profondo.

Lei glielo lasciò fare, la sua lingua che si intrecciava con la sua, il caffè e la cannella che rendevano il bacio ancora più intenso.

Stava baciando Darien. Ranocchio. Il ragazzo che le aveva reso la vita un inferno... tutto perché *voleva che lei lo notasse.*

Quando il suo palmo le scivolò sul fianco, tirandola contro di sé, lei lo notò *decisamente.*

Fuori, una macchina suonò il clacson.

Darien si ritrasse con un sospiro. «Immagino che sia il nostro segnale.»

«Segnale?» Strofinò la guancia contro la sua, ispida, amando il raschio sulla pelle.

«Che dobbiamo metterci al lavoro.» Le mordicchiò le labbra. «Per quanto mi piacerebbe baciarti tutto il giorno, abbiamo degli ospiti speciali in arrivo questa settimana.»

Giusto.

I Cavanaugh.

I suoi affari.

Il lavoro.

Se n'era dimenticata per quei pochi istanti.

La macchina suonò di nuovo il clacson. Gina alzò lo sguardo e vide Candy che scuoteva la testa con un enorme sorriso stampato in faccia mentre passava davanti alla porta d'ingresso.

Avrebbe dovuto dare qualche spiegazione.

Capitolo Dieci

«Martello». Gina tese la mano dall'alto della scala a pioli.

Darien glielo mise in mano. «Preso».

«Punteruolo».

Lui glielo passò. «Preso».

Lei posizionò il punteruolo sul segno che aveva fatto sulla parete, misurando dal soffitto, poi lo conficcò con un colpo di martello. «Cacciavite».

Lui se lo passò dalla mano sinistra alla destra prima di porgerglielo, facendolo roteare un paio di volte.

Stronzo presuntuoso.

«Preso».

Lei lo posò sulla mensola dietro gli altri attrezzi perché non rotolasse via, poi tese la mano senza voltarsi. «Vite».

«Dimmi dove e quando, tesoro».

A *quella*, Gina alzò lo sguardo.

Darien aveva un sorriso sciocco stampato in faccia. «Speravo che l'invito sarebbe stato un po' più romantico, ma se me lo chiedi tu, sono a disposizione».

Lei prese il rilevatore di montanti e glielo lanciò.

Hai fatto centro, Geen.

«Ospiti speciali, ricordi?» gli puntò contro il punteruolo. «Le allusioni non faranno altro che rallentarci».

Lui mise il rilevatore di montanti nella cassetta degli attrezzi. «O darci un'ottima scusa per cui questo posto non è pronto. Insomma, vengono qui per un addio al nubilato; capiranno la storia della tensione sessuale».

Lei non capiva la storia della tensione sessuale. Come potevano lei e Darien essere passati da avversari a... questo... in poche frasi?

Perché ovviamente lo volevate entrambi.

«Che ne dici?» Darien si mise la matita da carpentiere sul labbro superiore e agitò le sopracciglia mentre teneva sollevata la vite. «Devi solo dire di sì».

Lei gliela sfilò dalle dita. «Le sorelle Cavanaugh potrebbero capire, ma Candy richiederà tutto un altro livello di spiegazioni e, con quello che dovrò già spiegarle, non so se voglio andare oltre. Sembra che tu non abbia fortuna, amico».

Le andava bene che questo "qualunque cosa fosse" fosse un punto di partenza, ma per quanto riguardava il sesso... Non era ancora a quel punto.

Ehi, tesoro? Ricordi il bacio nell'appartamento? Lì eri certamente a quel punto.

Beh, certo, fisiologicamente era *a quel punto*, ma mentalmente, emotivamente... non ancora. Era troppo nuovo. Troppo pieno di speranza. Troppo... fragile.

Vuoi dire che tu *sei troppo fragile.*

Sì. Lo era. Era stata ferita in passato, e non solo da lui. Aveva dovuto costruire delle barriere intorno a sé. Non poteva semplicemente abbatterle come se non avesse avuto delle ragioni per costruirle. Avrebbero dovuto essere rimosse lentamente. Con tempo e fiducia.

O con dita abili, e lui decisamente le ha. Tra le altre parti del corpo necessarie.

Non avrebbe pensato alle parti del corpo di Darien. «Mi passi quel frontone da parete? Quello a destra con le foglie d'acanto».

«È la mia unica ragione di vita, mia signora».

Lei ridacchiò al suo finto accento britannico, poi si mise la vite tra le labbra e il cacciavite dietro l'orecchio, preparandosi ad appendere la decorazione.

«Dovrai dare la notizia a Debby, te ne rendi conto». Lui le porse il pezzo.

«Quale notizia?» disse lei con la vite in bocca, mentre allineava il buco nel legno intagliato con quello che aveva fatto nel muro.

«Sul fatto che ci sia qualcosa tra noi. Sarà imbarazzante se cercherà di provarci con me».

Gina sputò la vite, che rimbalzò lungo la parete, lasciando una piccola ammaccatura sulla vernice fresca. «Accidenti».

«Possiamo sistemare la vernice».

«No. Intendo per Debby. Il codice tra amiche e tutto il resto».

«Ah, il codice tra amiche. Ho sentito che ci sono delle ripercussioni molto dure per chi lo infrange».

«Scherzi, ma non ne sarà felice. Cioè, non ci provi con l'interesse amoroso della tua amica, in mancanza di un termine migliore».

Lui si chinò per raccogliere la vite. «Dubito fortemente che mi vedesse come un interesse amoroso. Forse un interesse sessuale, ma non le si spezzerà il cuore. Non sono così presuntuoso da pensarlo».

«Quanto sei presuntuoso, esattamente?»

«Abbastanza da sapere che mi guardi quando pensi che io non sappia che mi stai guardando». Sollevò la vite.

Lei non la prese, mentre un'ondata di calore le saliva dal collo al viso.

«Sei così carina quando sei imbarazzata».

«Allora devo essere stata Miss America nella classe di Nester».

«Per me lo eri».

Beh, cavolo. Come avrebbe dovuto rispondere a una cosa del genere?

Non rispose. Restò semplicemente lì, sulla scala, tenendo in mano il fregio d'acanto intagliato, sbattendo le palpebre verso di lui.

Darien sospirò e si mise la vite in tasca. «Senti, so che abbiamo un sacco di lavoro da fare, ma pensi di poter scendere dalla tua alta scala per un minuto o due?»

«A quale scopo?»

«Beh, si spera, le tue labbra sulle mie». Con fare sfacciato, le porse una guancia — e non quella del viso — mentre si allontanava dalla scala. «Ho bisogno di sostentamento finché non potremo andare a caccia di un pranzo».

«Oh, mamma mia. Ci stai andando giù pesante, eh?» Eppure, scese di un gradino o due.

«Piccola, non hai idea di quanto io lo voglia».

Lo scoprì quando lui la sollevò tra le braccia dall'ultimo piolo.

Pochi minuti e diverse centinaia — forse migliaia — di battiti cardiaci dopo, lui la mise a sedere sul bancone della reception, posizionandosi tra le sue gambe. Le fece scivolare le mani lungo le braccia, prendendo il pezzo di legno e mettendolo da parte. Poi piantò le mani accanto alle sue cosce sul bancone e le pizzicò il naso. «Dio, Gina, come abbiamo fatto a non farlo per gli ultimi vent'anni?»

«Eri fuori città?»

«Oh, certo, dai la colpa a me». La baciò di nuovo. «Ma, sì, dovevo andarmene. Con te che mi odiavi, non volevo restare nei paraggi e rischiare di incontrarti».

Lei roteò gli occhi. «Non è per questo che te ne sei andato».

Lui si strinse nelle spalle. «In parte».

Anche se era bello fingere di essere così importante per lui, erano solo dei ragazzini. Conosceva bene i capricci degli adolescenti egocentrici. «Certo».

Lui le prese il mento e quella scintilla nei suoi occhi si fece seria. «Ehi, se sto mettendo il mio cuore a nudo, tanto vale provarci fino in fondo. Ho una cotta per te da anni, quindi se non metto tutto il mio impegno per far funzionare questa cosa, che senso ha?» Si chinò e le baciò la guancia. Beh, più che altro il punto in cui la guancia incontrava il lobo dell'orecchio, e il suo respiro lì era caldo e le provocò un brivido. «Hai un profumo fantastico».

Lei sbuffò. Esattamente la distrazione di cui aveva bisogno per non fissarsi sul suo *ho una cotta per te da anni*. Era quasi troppo bello per essere vero. E lei aveva già percorso quella strada.

Lei sbuffò. Esattamente la distrazione di cui aveva bisogno per non fissarsi sul suo *ho una cotta per te da anni*. Era quasi troppo bello per essere vero. E lei aveva già percorso quella strada. «Si chiama Eau de Vernice».

«La Sherwin Williams dovrebbe imbottigliarla. Ha catturato la mia attenzione».

Lei inclinò la testa, e due o tre ricci ribelli le caddero sugli occhi. «Sei mai serio?»

«Ho i miei momenti, ma perché essere seri quando è molto più divertente ridere?»

«Ti ricordi che stiamo facendo dei lavori, vero?»

«Certo, ma perché non può essere divertente?»

«Finché non ti schiacci un pollice con un martello».

«Esatto». La sollevò per la vita e la mise in piedi tra sé e il bancone. Che era un posto davvero piacevole in cui stare.

Le scostò alcuni ricci dalla fronte. Naturalmente, non rimasero al loro posto. «Allora, cos'altro c'è da fare per rendere questo posto perfetto per Sophie e sua sorella?»

«Beh, primo, devi ricordarti il nome di sua sorella. Si chiama Amalie, ed è la futura sposa. Indipendentemente da chi sia Sophie, dobbiamo assicurarci che Amalie abbia il ruolo principale nel suo giorno».

«Ricevuto. Le spose comandano». Fece il saluto militare, cosa che la fece ridere e quasi dimenticare che erano a circa quindici centimetri di distanza.

La sua mano si posò sulla spalla di lei. E fine del dimenticarsene.

«Signorsì, capitano. Indicami la direzione di ciò che vuoi che faccia dopo e mirerò a compiacerti».

Così tante possibilità...

Invece, si divincolò dal suo tocco e si diresse verso la scatola nell'angolo. «Abbiamo il resto di questi frontoni da appendere e devo tagliare altre modanature per le stanze dei trattamenti...»

«Suite», dissero insieme.

«Giusto. Suite». Raccolse del materiale per la pittura per spostarlo e poter raggiungere il resto delle decorazioni murali. «Devo ammettere che Candy ha delle buone idee».

«Penso che quella su uno più uno che fa *qualcosa* sia stata la sua migliore». Agitò le sopracciglia.

Lei gli lanciò uno straccio per la vernice. «Mente a senso unico».

«Quando si tratta di te, sì». Portò lo straccio al naso e annusò. «Ah, l'essenza di Gina. Porterò il vostro pegno con me ovunque andrò, mia signora, per non separarmi mai da voi».

«Oh, mamma mia, che cosa ho scatenato?»

«Faresti meglio a stare attenta, donna, o potresti scoprirlo. Se non avessimo la scadenza di giovedì, potresti scoprirlo proprio ora».

Se questa era la sua idea di un punto di partenza, il traguardo avrebbe potuto essere più di quanto lei potesse gestire.

Sorrise tra sé e sé mentre lui continuava con le battute giocose mentre finivano i frontoni, prima di dichiarare la pausa pranzo.

«Vuoi sfidare gli elementi e tornare alla caserma dei pompieri per vedere se fanno panini?» Lui ripose gli ultimi attrezzi nella cassetta.

«Sembra divertente». Lei gettò gli involucri di plastica dei frontoni nella scatola nell'angolo.

«Allora raccogli il tuo equipaggiamento meteorologico tristemente inadeguato e partiremo. Potrei doverti portare in braccio, però, o rischiare il congelamento ai tuoi piedi in quelle scarpe-qualunque-cosa-siano di ieri sera».

«Crocs».

«Ecco, appunto. Non è tempo per un coccodrillo».

«Spirit*osissimo*». Lei roteò gli occhi. «Sono perfette per quando sto in piedi tutto il giorno».

Senza contare che ora avevano il vantaggio aggiuntivo di far sì che il ragazzo che pensava *non* fosse interessato a lei la portasse a cavalluccio nella neve.

L'azienda avrebbe potuto pensare di includerlo nella propria campagna di marketing.

* * *

«Cerchi qualche nuova mossa, eh, Foster?» Carlo Sampani diede una pacca sulla spalla a Dare quando mise giù Gina dentro la caserma dei pompieri.

Dare alzò lo sguardo. «Samps? Che ci fai con il mio costume?» Indicò il cappello e la giacca da pompiere che il suo collega teneva in mano.

«Per te è un costume. Per me è una divisa». Si tirò le bretelle con il pollice. «Tu hai il tuo lavoro diurno, io ho il mio». I suoi occhi si strinsero quando Gina si tolse da dosso quella magnifica criniera di capelli. «Pomeriggio, Gina».

«Ehi, Carlo. Ci chiedevamo se il tuo pranzo supererà la colazione».

«Colazione, eh?» Sollevò le sopracciglia.

«Non fare il pettegolo». Fantastico. Era tutto ciò di cui avevano bisogno. «L'auto di Gina è rimasta bloccata ieri sera e l'ho vista mentre tornavo a casa, così l'ho portata alla spa. Poi il mio furgone non è riuscito a uscire dal parcheggio. Niente di più».

Samps borbottò qualcosa che Dare fu contento di non capire — così non avrebbe dovuto fargli del male. Questa cosa con Gina era troppo nuova per prenderla alla leggera.

Questa cosa con Gina... Dare scosse la testa. Nella migliore delle ipotesi, aveva sperato che lei accettasse le sue scuse; andare oltre era qualcosa che non si era permesso di desiderare.

Perché in realtà lo spaventava a morte. Gina era troppo importante per rovinare tutto. O per giocarci. Gina era una ragazza per sempre e, sebbene avesse avuto una cotta per lei da *sempre,* se la cosa doveva durare per *sempre,* doveva assicurarsi che anche lei provasse lo stesso. Un paio di sveltine non erano quello che voleva da lei. Anche se, sì, le voleva, ma con molto, molto di più.

«Sono sicuro che Bryan ti ringrazierà per esserti preso cura di sua cugina». Samps si mise il cappello in testa e Dare lanciò un'occhiata a Gina per vedere la sua reazione. Non ci voleva un genio per capire perché le donne impazzivano per quel ragazzo; la maglietta aderente sotto le bretelle non faceva che evidenziare il fisico di Samps.

Per fortuna, però, Gina non lo stava nemmeno guardando. «Solo se glielo dici tu».

«Amico, l'intera stazione ti ha visto giocare a cavalluccio; la voce si spargerà di sicuro».

«Nel modo giusto, suppongo». Dare lo fulminò con lo sguardo.

Samps annuì. Messaggio ricevuto. «Va da sé».

«Ehilà? Sono proprio qui». Gina agitò la mano tra di loro.

Dare dovette sorridere. Le donne. Dicevano di volere un uomo che fosse il loro cavaliere dall'armatura scintillante, ma quando un ragazzo si schierava davvero per loro, diventavano tutte un «so badare a me stessa». Lo faceva impazzire.

D'altra parte, Gina lo faceva da anni, quindi non era una novità.

«E posso parlare con Bryan come tutti voi», disse lei, ignara del testosterone nell'aria, «quindi vi ringrazierei molto se *non* diceste nulla. Non è che io debba rendergli conto di con chi pranzo».

«Come vuoi, Gina». Samps inarcò un sopracciglio nella direzione di Dare.

Sì, Dare aveva capito. Doveva avere quella conversazione con Bryan prima che lo facesse qualcun altro. Meno male che lavorava quella sera.

«Allora cosa c'è di buono?» Dare si sfregò le mani, cercando di riportare la conversazione sul cibo. «Mi è venuto appetito a dipingere la spa di Gina».

Di nuovo, Samps con le sopracciglia. «Sì, *dipingere* è faticoso. Richiede sostentamento». Indicò una mezza dozzina di persone che si aggiravano intorno a un paio di tavoli pieghevoli. «Masterson ha preparato il suo famoso chili e dei muffin. Un po' di insalata di patate, insalata di cavolo, Caesar salad e affettati. Il negozio di McCaffrey sta operando con personale ridotto e le consegne non sono arrivate ieri sera, quindi abbiamo dovuto prendere quello che potevamo. Ma vi sazierà, comunque. Per tutto quel *dipingere*».

La sua era una parlata impassibile, tanto che Dare sapeva che l'avrebbe pagata la prossima volta che avrebbero lavorato insieme. Che, per fortuna, non era quella sera.

«Grazie, amico».

«Quando vuoi». Samps inclinò la testa. «Gina».

Gina si guardò alle spalle mentre si dirigevano verso il buffet. «Caspita, qual è il prossimo passo? Voi due che iniziate a camminare sulle nocche e a battervi il petto? Roba da Neanderthal».

Dare si strinse nelle spalle e le porse un piatto. «Sto solo stabilendo i confini. Dopotutto, sei la cugina di Bryan. Questo rende le cose, uhm, interessanti».

«Perché? Non perderai il lavoro, vero?»

Lui prese il suo piatto. «No. Ne abbiamo parlato».

«Scusa... *cosa*? Voi ragazzi avete parlato di me? Perché? Quando? Cosa ha detto? Cosa hai detto *tu*?»

Merda. Non intendeva menzionarlo. Gina aveva un grosso problema con le persone che parlavano di lei.

«Non è colpa mia. Bry ha sentito che lavoravo per te e mi ha dato delle, non so, linee guida. Niente di che». Una cucchiaiata di insalata di patate finì sul suo piatto. «Non che ne avessi bisogno, comunque».

Il *tonfo* del cibo di Gina ebbe un po' più forza del necessario. «Bryan non aveva alcun diritto...»

«Certo che ne aveva. Ti vuole bene. Come quando eravamo a scuola. Mi ha fatto passare un inferno anche allora».

«Ricordo. È stato in punizione per una settimana».

«Per avermi massacrato di botte. Ti è piaciuto, vero?» Le porse le pinze per l'insalata. Come offerta di pace, probabilmente non era efficace come i fiori, ma dopotutto, lei aveva restituito tutti i suoi cesti, quindi che ne sapeva lui?

Lei prese un po' di Caesar salad e la mise nel piatto, poi gli restituì le pinze. «La vendetta. Mi sono sentita in qualche modo vendicata».

Lui prese la sua porzione di insalata. Probabilmente non era il momento di menzionare che aveva conosciuto Linda in punizione. Linda, che non aveva *alcun* problema con i ragazzi interessati alle sue, uhm, *tettone*. Anzi, aveva incoraggiato il suo interesse. E, essendo un adolescente, non si era certo tirato indietro.

Aveva solo finto che fosse Gina.

Mmm... gli adolescenti erano davvero dei Neanderthal.

«Cos'è quel sorrisetto?» Gina gli sbatté un panino Kaiser sul piatto.

«Sorrisetto? Io? Non ho idea di cosa tu stia parlando». Diede un morso al panino.

Lei lo scrutò. «Ah ah. Certo».

«Vuoi arrosto di manzo o tacchino?» Le tese la forchetta da portata perché si servisse.

Lei non la prese, limitandosi a inclinare la testa. «Non so cosa pensare di te, Foster».

«Di me?» Lui si servì. «Io sono un tipo da arrosto di manzo. Sai, il tipico ragazzo all'americana».

Si servì una fetta di formaggio americano, borbottando qualcosa che suonava molto come: «Non c'è niente di tipico in te».

Scelse di prenderlo come un complimento.

Finirono di preparare i loro panini, poi presero da bere da un frigorifero portatile prima di sedersi ai tavoli pieghevoli allestiti vicino ai camion dei pompieri, presentandosi alle altre cinque persone presenti, anche se Gina le conosceva già tutte.

«Vedo che hai superato bene la tempesta, Gina». L'uomo con l'uniforme da fattorino alzò la sua tazza di caffè in segno di saluto.

«Per fortuna non è andata via la corrente, Hank. Ho sentito che le strade sono insidiose».

«La dice lunga il fatto che debba venire *qui* per prendere il caffè. Meno male che non è la settimana prima di Natale o dovrei fare nottata. Così com'è, probabilmente dormirò alla centrale stasera».

«Julie se la caverà con i bambini?»

«Julie è fantastica con i gemelli. Mi sfiancano dopo mezz'ora, ma lei continua a sorridere e a parlare con loro come se fossero le cose più preziose al mondo».

«Cosa che sono», disse Gina.

«Lo so. Una moglie fantastica, figli meravigliosi, un buon lavoro. Sono fortunato».

Un sorriso così sciocco attraversò il viso del ragazzo che Dare avrebbe riso se non avesse desiderato la stessa cosa che Hank ovviamente aveva con sua moglie.

Dare diede un morso al suo panino. Voleva quello che aveva Hank. Quello che avevano avuto i suoi genitori. Beh, prima che la mamma si ammalasse, ma anche allora, l'amore che lei e papà avevano condiviso...

L'aveva visto anche con Bill e sua moglie. Ora con Gage e Lara. Bryan e Jenna. Persino Tanner e sua moglie Juliet avevano riacceso quello che avevano quasi perso. Se loro potevano ricostruire, anche lui e Gina avrebbero potuto. Doveva solo ricordare, come lo aveva avvertito Bryan, che l'aveva ferita profondamente. Allora non lo sapeva; ora...

Meno male che non aveva alcuna intenzione di rovinare tutto.

«...serata libera, signor Foster?»

«Mi scusi, cosa ha detto?» Dare si voltò verso la donna anziana accanto a lui. La signora Kelton, se ricordava bene. Suo marito era accanto a lei, la loro figlia e il genero di fronte a loro.

Lei si tirò i baveri del suo piumino bianco che sembrava qualcosa che avrebbe indossato l'Omino Michelin. «Le chiedevo se Le avessero dato la serata libera ieri sera, con la tempesta in arrivo. Non riesco a immaginare che molte persone sarebbero uscite per andare al locale con quelle previsioni».

Il fatto che questa signora sulla settantina sapesse A) dove lavorava e B) cosa faceva per vivere lo lasciò di stucco.

«Oh, Estelle». Suo marito le diede una gomitata. «Ti ricordi com'era essere così giovani. Niente ci avrebbe impedito di divertirci».

«È buffo che tu lo dica, Stewart, ma *io* sono ancora giovane. E se ieri sera non te ne sei convinto, forse *tu* dovresti dare un'occhiata allo spettacolo del signor Foster. Potresti imparare qualche mossa. Adoro le tempeste di neve».

Estelle si tuffò sulla sua insalata di cavolo con veemenza mentre il resto di loro se ne stava lì a bocca aperta. Sua figlia sembrava volersi nascondere sotto il tavolo, il genero cercava di non ridere e suo marito si strozzò con il caffè.

«Ma, signora Kelton, *lei* ha visto lo spettacolo di Darien?» Gina inarcò le sopracciglia verso Darien.

«Sono vecchia, cara, non morta». Fissò il signor Kelton — che ora guardava nella sua tazza di caffè come se ci fosse un buco nero o una macchina del tempo dentro — con il suo sguardo penetrante.

«Sai che hanno ballerine donne? Michelle è una di loro, giusto, Darien?»

Dove diavolo voleva andare a parare Gina con questa sfilza di domande? Stava *cercando* di rovinare il matrimonio dei Kelton? «Uhm, sì. Michelle, Daisy, Morgan, Letty... Ce ne sono parecchie».

«Forse dovrebbe andare con sua moglie, signor Kelton». Gina proprio non voleva lasciar perdere. «Quel che vale per l'uno, vale per l'altro».

Dare desiderò che la neve entrasse e lo seppellisse. E anche Gina. O almeno le riempisse la bocca in modo che non potesse dire altro. A cosa stava pensando quella donna?

«Oh, fidati, Gina, ho provato a convincerlo ad andare. Dice che è troppo vecchio per quel genere di cose». La signora Kelton sbuffò. «Figuriamoci». Prese un'altra forchettata di insalata. «Il giorno in cui sarò troppo vecchia per quel genere di cose sarà il giorno in cui mi porteranno via in una cassa di pino».

Il signor Kelton alzò lo sguardo sorpreso. «Ma perché mai vorresti che ci andassi? È per le nuove generazioni».

Lei gli puntò contro la forchetta. «Solo perché i nostri corpi non hanno vent'anni, non significa che le nostre menti non possano averli. È divertente, è sexy e potrebbe mettere un po' di brio dove serve».

Questa volta fu Dare a strozzarsi con il caffè.

«Come state da queste parti?» Samps apparve appena in tempo come il vero eroico pompiere che era.

«Fa, uhm, un po' caldo qui dentro», disse il genero della signora Kelton.

«Beh, in quel locale vostro fa decisamente caldo». La signora Kelton sorrise a Samps.

Gina scoppiò a ridere mentre Dare cercava di superare il fatto che questa donna avesse visto ballare lui e Samps. Era contento di poter portare un po' di *brio*, come lo chiamava lei, nella vita della donna, ma una cosa era essere sul palco sapendo che le donne erano là fuori e sentendo le loro urla, e un'altra era essere seduto di fronte a una di quelle donne urlanti che aveva l'età per essere sua nonna.

A pensarci bene, però, sua nonna sarebbe stata probabilmente una di quelle donne urlanti. Nonna Dee non era una che si tirava indietro di fronte alla vita.

«Quindi ti è piaciuto lo spettacolo, eh, Estelle?» Samps ancheggiò mentre girava intorno al tavolo per mettersi dietro di lei. «Visto qualcosa che ti piace?»

«Oh, tesoro, ho visto un sacco di cose che mi sono piaciute. Abbastanza da alimentare questi vecchi fuochi».

«Ora, Estelle, non credo che dovresti sottoporre questi ragazzi a questo tipo di discorsi». Il signor Kelton asciugò alcune gocce di caffè. «Li stai mettendo a disagio».

«Cathy e Logan hanno figli; sanno cos'è il sesso, Stewart. Uffa». La donna prese un'altra forchettata di insalata di cavolo.

Era l'unica a mangiare. Gina rideva troppo forte, Logan, il genero, si mordeva l'interno della guancia e Cathy sembrava che il suo cibo non sarebbe rimasto giù anche se fosse riuscita a mangiarne un po'. Stewart posò le posate con esasperazione, Darien sentiva di stare a boccheggiare come un pesce e Hank tirò fuori il telefono, dicendo che doveva fare una chiamata.

Solo Samps sembrava a suo agio con le, uhm, osservazioni di Estelle. «Allora devi andare allo spettacolo stasera. Tieni». Le porse un paio di biglietti. «Offro io».

La testa di Cathy *sbatté* contro la spalla del marito.

«Ci sarai?» Estelle flirtò spudoratamente con Samps.

«No, stasera sono libero, ma Foster c'è. Lo spettacolo sarà abbastanza caldo da sciogliere la neve».

«Diavolo, dalle solo una copia di *Magic Mike* e la scioglierà da sola», borbottò Cathy.

«Possiede già quel film». Il signor Kelton scosse la testa. «L'ha visto più volte di quante ne vorrei contare».

Estelle sbatté le mani sul tavolo. «Le mosse sono buone. Fanno sentire giovani».

«Oh, Dio, le cose che non voglio sapere sui miei genitori». Ecco di nuovo la testa di Cathy, che questa volta *sbatté* sul tavolo.

Dare ebbe l'immagine di Estelle che faceva un paio di spinte pelviche e per lui fu troppo. Non riuscì a trattenere le risate.

Gina applaudì. «Signora Kelton, voglio essere come lei quando sarò più grande».

«No, non lo vuoi, cara». La donna le diede una pacca sulla mano. «Vuoi essere esattamente chi sei. È il modo migliore di essere». Diede una gomitata al marito. «Andiamo, Stewart. Prendiamo un'altra po' di questa insalata di cavolo. Ti manterrà regolare».

Il tavolo esplose in risate dopo che se ne furono andati.

«Oh mio Dio». Cathy si nascose il viso tra le mani. «Mi dispiace tanto per mia madre. È solo...»

«Un'originale». Gina si asciugò l'angolo degli occhi. «Devi amare qualcuno che si sente così a proprio agio nella sua pelle da essere come tua madre».

Cathy sbirciò per roteare gli occhi. «È un po' troppo a suo agio, se me lo chiedi. Un po' di contegno non farebbe male».

«Ma allora non sarebbe tua madre». Logan mise un braccio intorno alle spalle della moglie. «E sai cosa si dice? Guarda la madre per vedere come sarà la figlia alla sua età».

Cathy gli diede un colpetto. «Se comincio a parlare così, ti do il permesso di buttarmi nella neve per raffreddarmi».

«E perché mai dovrei volerlo fare? Preferirei trascinarti dietro i camion dei pompieri, invece. Per accendere un po' di calore».

Cathy divenne rossa come un peperone. «Oh mio Dio, che vi prende a tutti? Una tempesta di neve e diventate dei maniaci del sesso?»

Dare non poté *non* guardare Gina.

I suoi occhi si strinsero. «Non farti venire strane idee, Foster».

Troppo tardi.

«Abbiamo troppo da dipingere». Agitò il dito verso di lui.

Ah... cosa avrebbe potuto fare con quel dito. «Dipingerò come il vento, se questa è la tua argomentazione».

«Credo che andrò a salvare mio padre». Cathy si alzò e raccolse il suo piatto. «Sentiti libero di andare a tuffarti in un cumulo di neve per rinfrescarti, tesoro», disse con un sorriso non proprio dolce mentre si allontanava.

«Dai, amore». Logan quasi cadde dalla sedia per alzarsi. «Dovresti essere contenta che voglia ancora andare dietro al camion dei pompieri con te». Fece loro un rapido saluto, poi si diresse dietro a sua moglie.

Dare agitò le sopracciglia. «E rimasero in due».

«Che devono tornare a dipingere». Gina si alzò.

Anche Dare si alzò, poi si girò, con le braccia aperte. «La vostra carrozza attende, mia signora. Salta su».

Come Estelle, non poteva che elogiare i meriti di una tempesta di neve.

Capitolo Undici

Quando suonò il campanello, Gina si diresse verso la porta del suo appartamento, tamponandosi i capelli con un asciugamano. Dare aveva liberato il suo pick-up dalla neve, poi l'aveva accompagnata a casa prima del suo appuntamento pomeridiano, dato che la macchina di lei era ancora bloccata. Si era fiondata sotto la doccia, sapendo che l'imminente confronto era inevitabile. Aveva sperato, però, di riuscire almeno a finire di asciugarsi i capelli.

«Gina Maria Theresa Taormina, apri questa porta. So che sei lì dentro.»

Solo sua madre, sua nonna e Candy usavano il suo nome per intero. *Compreso* il nome della Cresima.

Aprì la porta. «Ti stavo aspettando.»

«Certo che mi stavi aspettando.» Candy entrò come una folata di vento, gettando la sua pelliccia di visone sulla sedia accanto alla porta. Pochissime donne potevano permettersi di indossare i jeans con una pelliccia lunga, ma Candy era una di quelle. E non si giustificava per il fatto di averne una, dicendo che i visoni erano stati allevati per la pelliccia così come il manzo di razza Wagyu veniva allevato per diventare manzo di Kobe. E a lei piacevano entrambi.

Aggirò il divano, facendo scorrere le dita sullo schienale, poi si lasciò sprofondare nel cuscino. Almeno si era cambiata e non indossava più i vestiti della camminata della vergogna. «Sputa il rospo.»

«Come no, sto bene, Candy, grazie per avermelo chiesto. Ti andrebbe qualcosa da bere?» Gina appese l'asciugamano alla maniglia della porta dell'armadio a muro.

«Smettila di temporeggiare. Al vino ci pensiamo dopo che mi avrai detto cosa stavi facendo a baciare il rospo.»

Gina sbuffò, poi si trattenne dal ridere. A Candy non piaceva essere tenuta all'oscuro. *E* si preoccupava per Gina. Sapeva cosa era successo a scuola ed era stata presente dopo il disastro con John. Nonostante Candy l'avesse spronata con Darien, era molto protettiva, e Gina le voleva bene per questo.

«Siediti.» Candy le diede un colpetto sul divano accanto a sé.

Gina sospirò e si sedette. Avrebbe dovuto bere il vino *prima* che si presentasse Candy.

«Allora, che cosa è successo? Ti lascio che a malapena lo sopporti e dodici ore dopo gli stai ficcando la lingua in gola?» Candy sembrava sinceramente ferita per non aver assistito alla trasformazione.

Come se *quello* non sarebbe stato imbarazzante. «Non gli stavo ficcando la lingua in gola.»

«La sua era in gola a te. Fa lo stesso. Questioni di lana caprina.» Agitò in aria le unghie rosa scintillanti. «Il punto è che ora gli stai addosso?»

«Non gli stavo addosso.»

Le mani di Candy sbatterono sul divano, il rosa scintillante in netto contrasto con il tessuto blu navy. «OhmioddioGina, è come cavarti le parole di bocca. Dimmi tutto, forza.»

Gina sospirò e raccolse le gambe sotto di sé. «Si è scusato.»

«*Tutto* qui? Non l'aveva già fatto anni fa?»

Gina tirò via un filo sporgente dal cuscino. «Sì, ma avevo pensato che l'avesse fatto perché glielo aveva imposto il signor Dilworth. Non ero riuscita a percepire la sincerità perché ero troppo intrappolata nel mio dolore.»

«Quindi stai dicendo che il tempo guarisce ogni ferita?»

Gina si strinse nelle spalle. «È solo che... ero pronta ad ascoltare.»

«Tu *volevi* ascoltare.» Candy le diede un colpetto sul ginocchio. «Perché i tuoi ormoni ti dicevano di superare la ferita e prestare attenzione.»

Non solo i suoi ormoni, ma faceva fatica a confessarlo a sé stessa, figuriamoci a Candy. Voleva bene alla sua migliore amica, ma, a volte, un *te l'avevo detto* era una pillola amara da ingoiare. «Qualcosa del genere.»

«E...?»

«Cosa intendi?»

Candy si agitò sul cuscino, girandosi verso Gina, portando il suo tacco argentato scintillante di Louboutin — tanto poco pratico per quel tempo quanto le Crocs di Gina, ma almeno le Crocs di Gina avevano un'applicazione pratica per il lavoro — a un pelo dal profilo bianco. «Quello che voglio dire è, dove porterà tutto questo? Stiamo parlando di una cosa a lungo termine?»

Gina si alzò e si diresse alla finestra. Le luci nel parcheggio facevano scintillare la neve che cadeva. «Caspita, Candy, non lo so. L'ho appena fatto entrare. Posso prenderla con calma, per favore?»

«A quel ragazzo hai aperto le porte anni fa, solo che non volevi ammetterlo.»

Nel riflesso della finestra, Gina vide Candy far scorrere le unghie lungo lo schienale del divano. «Non è vero.»

«Allora perché hai continuato a pensare a lui dal diploma?»

«Non è vero.»

«Sì che è vero. Me l'hai detto quella sera che abbiamo spostato i tuoi mobili e ti è saltato fuori l'annuario.»

Perché c'era di mezzo il vino, ovviamente. «Be', è un po' difficile *non* pensare a lui quando continua a mandarmi cesti regalo.»

«Quello è successo solo negli ultimi quattro mesi. Ti conosco da dodici anni e posso recitare a memoria la storia della lezione del professor Nester. Non l'hai dimenticato in tutti questi anni.»

Gina si pizzicò la radice del naso. «Be', che ti aspetti? Quel ragazzo mi ha messo in imbarazzo non solo davanti alla mia classe, ma anche davanti ad almeno sei anni di studenti. Per non parlare dei loro fratelli e sorelle. La voce si è sparsa prima ancora che uscissimo dall'ufficio del preside quel giorno. Sono stata umiliata. Difficile da dimenticare.»

«Questo lo capisco, ma so come funziona la tua testa. Darien ti ha agganciata anni fa e non per l'umiliazione. Stamattina l'ha dimostrato.»

Gina non poteva controbattere.

«Avevi paura.»

Gina la guardò nel riflesso. «È ridicolo. Darien non mi faceva paura.»

«Certo che te ne faceva. O, se non lui, ti spaventava il fatto di *desiderarlo*. Avevi paura di commettere con lui lo stesso errore che hai fatto con John.»

Si voltò. «Puoi biasimarmi?»

«Sì. Perché, come ti ho sempre detto, non tutti i ragazzi sono degli stronzi.»

«Ma lui ha già dimostrato di esserlo.»

«È passato troppo tempo perché conti. Hai detto tu stessa che era un ragazzino. Dagli un po' di tregua. Tutti meritiamo un lasciapassare per le stronzate che abbiamo fatto da giovani.»

Gina incrociò le braccia e si appoggiò al telaio della finestra. «C'è un precedente.»

«Un singolo episodio non fa un precedente. Un singolo episodio è un errore. Non devi per forza ripeterlo.»

«Ma come faccio a sapere che non lo sto facendo?»

Qualcosa balenò sul viso di Candy per un secondo e Gina si chiese se avesse a che fare con la sua camminata della vergogna, ma prima che potesse chiederglielo, Candy raddrizzò le spalle e si mise più eretta.

«Ho fatto qualche ricerca.»

Gina alzò gli occhi al cielo. «Ma *certo* che l'hai fatto.»

Candy continuò come se non avesse sentito il commento di Gina. O il sarcasmo. «Possedeva un condominio con un socio. Ha ricavato una bella sommetta dalla vendita. Di sicuro non ti sta dietro per il tuo conto in banca, quindi è una preoccupazione in meno per te.»

«Lo so. Mi sono offerta di pagarlo per il suo tempo questa settimana, ma ha rifiutato. Ha detto che lo faceva per la scuola e non voleva prendere i miei soldi.»

«Vedi? È una persona onesta. Devi solo fidarti di te stessa. Ascolta il tuo istinto.»

«L'ho già fatto una volta. Mi ha delusa.»

«È stato *John* a deluderti. E Darien non è per niente come John.»

Gina allargò le braccia. «Lo so, ma perché dovrei dargli di nuovo il potere di ferirmi?»

«A parte l'ovvio, cioè che ti illumini come un albero di Natale quando parli di lui — a proposito, dobbiamo metterne uno nella spa prima di giovedì — si è scusato. Questo dice qualcosa. Per la maggior parte dei ragazzi ci vuole molto per scusarsi. Cavolo, anche solo per riconoscere di *doverlo* fare. E ovviamente è stato abbastanza sentito da farti accettare le scuse. Quindi questo è un punto a favore.»

«Vero.» Le sue mani finirono sui fianchi.

«E poi ci sono i regali. Voglio dire, prima è stato dolce e romantico, ma quando non ha funzionato, è diventato pratico. Bisogna rispettare un uomo che rispetta gli affari.»

«Di nuovo vero.»

«E poi c'è il *pezzo da novanta*. Lavora per te. Gratis. Anche se gli hai offerto dei soldi. Chi lo fa? Qualcuno che vuole davvero passare del tempo con te, ecco chi.»

Gina annuì. «Immagino sia vero.»

«Certo che lo è. Quindi tre *vero* significano che devi almeno dargli una possibilità.»

«E se mi faccio male?»

«Ti farai male. Non ci sono garanzie in questa vita, e nessun rischio significa nessuna ricompensa.»

Sospirò e si sedette su una delle poltrone laterali. «Solo che non so se sono in cerca di una ricompensa in questo momento. Voglio dire, con tutto quello che sta succedendo con la spa...»

«Stronzate.» Le unghie scintillanti di Candy fecero un gesto nella sua direzione. «La spa è una scusa. A meno che tu non abbia intenzione di licenziare tutti e fare tutto da sola, *hai* effettivamente tempo per avere una vita. E... oh! Che comodo! In realtà è *al lavoro con te*. Ergo, non c'è bisogno di ritagliarsi del tempo extra per stare insieme.» Si appoggiò allo schienale e incrociò le braccia sulla sua camicetta di raso argentato, un sorriso compiaciuto sul volto. «A proposito, sei l'unica che non l'ha visto arrivare da un chilometro di distanza.»

«Non è vero. Debby no. Mi ha chiesto se poteva provarci con lui, quindi non è così ovvio come pensi.»

«Te l'ha chiesto per provocarti. Per farti capire che, se non avessi fatto qualcosa, avresti potuto perderlo.»

Gina si sporse in avanti, i gomiti sulle ginocchia. «Vuoi dire che non è davvero interessata a lui? Che era una specie di stratagemma?»

Le mani di Candy si alzarono, con i palmi rivolti in fuori. «Calma i bollenti spiriti e non prendertela con il messaggero. E soprattutto non pensare di licenziarla. *Certo* che è interessata. Cavolo, almeno metà della popolazione femminile lo è. Ma doveva vedere cosa ne pensavi. Se avessi mostrato anche il minimo interesse, si sarebbe tirata indietro.»

«Le ho detto di provarci.»

«Sì, ma con delle condizioni. Me l'ha detto.» Candy si appoggiò di nuovo allo schienale, mettendo un braccio sul divano. Le mancavano solo una ciotola di panna e una piuma o due alla bocca. «Ha anche detto qualcosa sul fatto che chi si scusa troppo si accusa.»

«Quindi non è interessata?»

«Oh, si prenderà sicuramente i tuoi avanzi se non stai attenta. Ma non farà nulla se c'è qualcosa tra te e Darien.» Candy le puntò un dito contro. «E c'è.»

Gina sospirò. «Hai ragione. Ho paura.»

«Tutti abbiamo paura a un certo punto. È il modo in cui gestiamo quella paura a definirci. Pensi che non fossi un pochino nervosa quando ho investito tutti i miei risparmi in un portafoglio che ho creato *io*? Voglio dire, chi credevo di essere?» Si scostò una ciocca di capelli inesistente. «Ma dovevo correre il rischio. Ho fatto le mie ricerche e mi sono lanciata. Proprio come hai fatto tu con la spa. È tutto ciò che possiamo fare.» Alzò un dito. «Uno, conosci Darien.» Ne alzò un altro. «Due, lavora per tuo cugino.» E di nuovo, un altro. «Tre, il controllo dei suoi precedenti è andato a buon fine. E quarto,» — spuntò il suo mignolo — «e più importante, si è scusato. Poi c'è il fatto che è premuroso. *E* sembra essere un baciatore eccezionale da quello che ho visto. Per non parlare del fatto che quell'uomo sa *muoversi*. E quel corpo...» Candy si sventolò la faccia. «Cioè, *mamma mia*, signore Iddio, bambina. Potresti spassartela un po' con quello...»

«Va bene, basta così, Hattie McDaniel. Datti una calmata.»

Anche lei e Candy avevano visto *Via col vento* un paio di volte.

«Sto solo dicendo che tutti i segnali indicano via libera.»

«E se non li sto leggendo bene?»

«E se invece sì? Non lo saprai finché non ci provi. Con lui puoi avere la botte piena e la moglie ubriaca, se capisci cosa intendo.» Candy ammiccò con le sopracciglia. «Quindi, possiamo farla finita con l'angoscia — e tutti i cliché — e goderti semplicemente il fatto che un figo da paura ti sbava dietro? Voglio dire, c'è di peggio.»

«A proposito di questo...» Gina saltò sul divano accanto a lei. «Tocca a te sputare il rospo. Cos'è questa storia della camminata della vergogna?»

«Non è niente.» Candy scosse la testa e si tormentò le unghie — cosa che non faceva mai; *mai sprecare una buona manicure* era il suo motto. «Un'ipotesi che non avrei dovuto fare. Sai cosa si dice delle ipotesi, no?»

«Ma con chi? Non sapevo che uscissi con qualcuno.»

Continuò a tormentarsi le unghie. «Infatti.»

«E allora chi?»

«Non è importante. Come ho detto, sono giunta alla conclusione sbagliata e di certo non lo farò più.» Balzò in piedi. «È meglio che vada.»

«E il vino?» Gina si affrettò a seguire Candy, che stava uscendo dall'appartamento più velocemente di quanto una donna in Louboutin dovrebbe essere in grado di fare.

«Te l'ho detto, non c'è niente di cui parlare, tanto meno di cui lamentarsi.» Candy si gettò la pelliccia di visone sulla spalla con un perfetto movimento da modella in passerella.

«Non quel tipo di lamentele. Intendevo il vino da bere.»

«So cosa intendevi. Ed è per questo che me ne vado. Non c'è niente da dire, e riempirmi di alcol non mi farà parlare. Inoltre, domani devi alzarti presto. Meno quattro giorni e il conto alla rovescia continua fino al secondo giorno più importante che The Gilded Lily abbia mai visto. Ciao ciao!»

Con ciò, Candy uscì dall'appartamento di Gina in pompa magna, lasciando Gina a chiedersi quale nervo scoperto avesse toccato con la sua domanda.

E quali altri nervi il misterioso "nessuno di importante" avesse toccato.

* * *

«Ehi, papà.» Dare trasalì quando la zanzariera si chiuse sbattendo dietro di lui mentre entrava nella casa della sua infanzia, e fu catapultato indietro di quindici anni. Non era cambiato nulla. Anche se il problema della porta aveva solo circa otto mesi, risaliva a una settimana prima del pensionamento di suo padre. «Non hai ancora sistemato la porta, eh?»

Suo padre fece forza sui braccioli della sua poltrona reclinabile per alzarsi. «Non ancora. Sono stato un po', uh, impegnato.»

Distratto, voleva dire. Dare sapeva la verità. Era per questo che era lì. Be', una delle ragioni.

«Vuoi una birra?» Suo padre fece un cenno verso la cucina. In altre parole, se Dare ne voleva una, doveva andarsela a prendere.

«No, sono a posto.» Per niente al mondo sarebbe entrato lì oggi.

«Allora, cosa ti porta qui? Non riesci a trovare quell'edificio che stavi cercando e vuoi tornare a vivere qui?» Papà rise. Erano buoni amici, ma sarebbero stati coinquilini solo per necessità. Ma non in *questa* casa. Troppa triste storia li fissava in faccia.

«Ancora niente per la proprietà, e la mia padrona di casa non sarebbe contenta se dovesse affittare il mio appartamento durante il periodo di Natale, quindi niente trasloco. Ho pensato di passare a vedere se avevi bisogno del mio aiuto per qualcosa. Un progetto o altro.» Qualsiasi cosa per distrarre la mente di suo padre — e la sua — dalla data di oggi.

O almeno per far finta. L'anniversario della morte della mamma pesava molto su entrambi.

«No. Non sto lavorando a nessun progetto, in realtà.»

Allora con cosa era così impegnato? Ma Dare sapeva che era meglio non chiedere. Ecco perché doveva intensificare la sua ricerca di una proprietà. Con l'esperienza di suo padre nel settore edilizio, Dare avrebbe avuto il "progetto" perfetto per tenerlo occupato: gestire le attività quotidiane nel nuovo locale.

«Be', allora entra.» Papà si trascinò verso la porta. «Non c'è bisogno di prendersi un malanno là fuori.»

A Dare si mozzò il respiro. Immaginava fosse vero quello che si dice sulle coppie sposate, che dopo un po' finiscono per parlare allo stesso modo: per qualche secondo, suo padre aveva parlato *proprio come* la mamma.

O forse era il ricordo della voce di lei proveniente dalla cucina che aveva sentito.

Scosse la testa. Oggi era l'unico giorno dell'anno che avrebbe voluto far finta non esistesse, ma non poteva. Per via di suo padre. Dare aveva saltato la visita solo una volta nei quindici anni da quando la mamma era morta.

«Allora, cosa ti passa per la testa?» Papà chiuse la porta d'ingresso dietro di lui. Era una sua fissazione. Lo era sempre stata. Diceva sempre: «Assicuriamoci che il caldo non esca».

Ciò che intendeva veramente era: «Assicuriamoci che Darien non esca». Dare era andato a fare una "passeggiata" quando aveva due anni. In pieno inverno. Nel cuore della notte.

Quella notte il chiavistello della porta d'ingresso non si era chiuso bene per qualche motivo e, per fortuna, suo padre aveva sentito il vento fischiare al piano di sotto. Fortunatamente, una nevicata fresca aveva interessato il piccolo Dare abbastanza da farlo rimanere a giocare sulla veranda.

Da allora, papà era diventato maniacale nell'assicurarsi che quella porta fosse ben chiusa.

«Stavo pensando, papà, se non sei impegnato, che ne dici se andiamo a mangiare un boccone?»

«No, ho abbastanza roba in cucina.»

Sì, ma non avrebbe cucinato nulla. Dare conosceva quella storia.

«Offro io. E c'è una cosa di cui volevo parlarti prima di dover andare al lavoro.»

Questo suscitò l'interesse di suo padre. «Be', se non è un nuovo posto, è una ragazza?»

Dare sorrise. Gina aveva superato da un pezzo lo stadio di *ragazza* ed era entrata a pieno titolo in quello di *donna*. «Sì. Lo è.»

«Be', allora, lascia che prenda il cappotto.»

Apparentemente più agile di quanto Dare lo avesse visto da un po' di tempo, suo padre si affrettò verso l'armadio dei cappotti e tirò fuori la logora giacca verde militare che indossava da sempre. Dare gliene aveva comprata una nuova lo scorso Natale, ma aveva la sensazione che avesse ancora l'etichetta.

«Vai pure, chiudo io la porta.» Papà lo sospinse fuori davanti a sé.

«Ok, ma prendiamo il mio pick-up.»

«Ci puoi scommettere. Il mio è dal meccanico e la berlina non è adatta a questo tempo.»

Questo perché quella macchina aveva vent'anni. Era stata della mamma, e papà non aveva intenzione di venderla.

Dare era un po' preoccupato per questa mentalità. Andava bene quando papà aveva un lavoro a cui andare. Qualcosa da fare. Uno scopo. Ma ora... Stava seduto in casa a diventare sempre più... distratto.

Papà stava invecchiando in fretta. Inutilmente. Dare l'aveva notato lo scorso Natale quando era andato a trovarlo. Poi, quando la prognosi di Bill era peggiorata, Dare aveva deciso di vendere tutto e tornare a casa. Sia lui che suo padre avevano bisogno di un nuovo inizio.

«C'è qualche possibilità che possiamo andare da Charlie's Place?» chiese papà. «Non ci vado da un po'.»

«Certo. Mi sembra una buona idea.» La storica taverna era stata una delle preferite della famiglia ai tempi. Loro due non ci andavano insieme da anni. Almeno quindici.

«Guarda un po' che furbetto, parcheggi in retromarcia con questo tempo.» Papà afferrò la maniglia della portiera mentre Dare si prendeva il suo tempo per fare il giro della parte anteriore del pick-up. «Cosa? Hai fatto le ciambelle sul prato o qualcosa del genere?»

«Non volevo rischiare di rimanere bloccato. Sai, papà, dovresti davvero chiamare qualcuno per farti spalare la neve.»

«Posso spalarmela da solo, se ne ho bisogno.» Papà si issò nella cabina. «Solo che non ne ho ancora avuto bisogno.»

Perché suo padre non andava da nessuna parte. Non *faceva* niente. E da quando Snoopy, il loro beagle più vecchio delle colline, era morto — anche lui una settimana dopo l'inizio del suo pensionamento — papà stava diventando un eremita. Tutto perché la mamma non c'era più e ora non aveva motivo di alzarsi dal letto la mattina.

Dare conosceva la solitudine. Era il motivo per cui se n'era andato, in primo luogo. E il motivo per cui era tornato a casa.

Saltò al posto di guida e manovrò il pick-up lungo il vialetto. La neve si era compattata, una pellicola ghiacciata copriva la superficie, il che permise ai suoi pneumatici di fare presa. Ma le sue tracce si sarebbero ghiacciate mentre erano fuori, trasformando il vialetto in una pista di pattinaggio, quindi non appena avesse sistemato papà in una panca da Charlie's, si sarebbe defilato per fare una telefonata. Far pulire il vialetto prima del loro ritorno e far credere che fosse stato un "buon samaritano che aiutava il signor Foster". Questa era la sua versione e non l'avrebbe cambiata.

Papà picchiettò sul finestrino del lato passeggero. «A tua madre piaceva la neve, sai? Anche dopo quella volta che tu...»

Per quanto a papà piacesse fare il duro, quando si trattava della sua famiglia, era un tenerone. Ma se glielo facevi notare, negava tutto.

Quindi Dare fece finta di non notarlo. Come al solito. Era più facile così. «Sì, lo so. Ha sempre amato le tempeste di neve. Si assicurava che avessimo abbastanza legna e marshmallow per il fuoco.»

«Janet sapeva fare dei buoni s'more, questo è sicuro.» Papà strofinò via la condensa che il suo respiro aveva creato sul vetro. «Voleva altri figli, sai.»

«Davvero?» La mamma aveva sempre detto che quando era nato lui avevano creato il figlio perfetto e che non aveva voluto sfidare la sorte. Che lui le bastava.

Da bambino, adorava sentirselo dire. Da adulto, immaginava che la storia fosse più complicata di così, soprattutto considerando la loro età quando era nato, ma non era un argomento che lui e Pop avessero mai affrontato prima, e non era sicuro di dove stesse andando a parare adesso.

«Sì. So cosa ti ha detto, ma tua madre era nata per fare la mamma. Avrebbe dovuto averne di più. Ci abbiamo provato. Ce ne sono stati due prima di te, ma...» Suo padre si strinse nelle spalle. «Non riusciva a portarli a termine.»

Questa era una novità. Dare non sapeva che sua madre avesse avuto degli aborti spontanei. Questo spiegava perché avessero "aspettato" così a lungo per averlo, come gli era stato detto. «Pensi che fosse collegato al...?»

Non avevano mai pronunciato la parola. Era sempre stato un «la mamma sta male». Oppure *malata*. Mai *quella* parola.

Dare odiava quella parola. Un odio che era stato rafforzato dalla diagnosi di Bill.

Pop si strinse di nuovo nelle spalle. «Non lo so. Ci abbiamo provato ancora dopo di te, ma non è successo. E non avevamo i soldi per continuare a tentare come fa la gente oggi con la fecondazione in vitro e tutto il resto. Forse si sarebbe manifestato prima, forse no.» Sospirò, guardando ancora fuori dalla finestra. «Era una brava donna, tua madre. La migliore che sia mai esistita. Più di quanto avrei mai potuto sperare, sai?»

Dare non riuscì a rispondere. Non che ce ne fosse bisogno, la voce incrinata di suo padre suonava sospettosamente come lacrime, che suo padre non aveva mai versato in sua presenza. Non quando era morta la mamma, non quando Dare se n'era andato, e nemmeno quando avevano trovato Snoopy quella notte dopo essere finalmente riusciti a far uscire Pop di casa per vedere la partita di playoff.

Pochi minuti dopo, Dare accostò nel parcheggio della taverna. Tutti lo chiamavano Charlie's Place perché il proprietario, Charlie Schmidt, era un vecchio amico di Pop, ma in realtà il locale si chiamava The Mayflower. Suonava troppo elegante per la clientela e per l'offerta, così, dato che Charlie ne era il proprietario da quasi mezzo secolo, era per tutti il Charlie's Place.

Il giovedì di solito era la serata del poker, il mercoledì quella delle freccette. Iona, la moglie di Charlie, aveva provato a organizzare il bingo la domenica, ma da quando avevano messo le TV HD, la domenica e il lunedì sera erano riservati a Sua Santità il Football in autunno e a Monsignor Baseball, Hockey, Golf e NASCAR per il resto dell'anno, con l'occasionale Reverendo WWF inserito nelle serate tranquille. Era quasi certo che i fondatori del locale originario non se lo sarebbero aspettato cento anni prima.

Lui e Pop raggiunsero il loro tavolo dopo circa cinque minuti di pacche sulle spalle e una sfilza di «È un po' che non ti si vede in giro», diretti a entrambi.

«Vai pure avanti e ordinami una birra, Pop» disse Dare dopo che suo padre si fu seduto. «Devo fare una telefonata veloce.»

Pop si limitò a inarcare un sopracciglio e a grugnire, poi fece un cenno a una delle figlie di Charlie per ordinare. Cinque dollari che ci sarebbero stati dei nachos irlandesi sul tavolo quando fosse tornato.

Dare spinse la porta d'ingresso per fare la telefonata dove avrebbe potuto sentire qualcosa al di sopra della folla del football. Stava nevicando di nuovo. Sorrise. La neve aveva assunto un significato completamente nuovo da quando aveva passato la bufera con Gina.

Contattò il suo agente immobiliare per vedere se qualche proprietà interessante fosse miracolosamente comparsa sul mercato, poi prese accordi con una ditta di spazzaneve perché passasse da suo padre, prima di rientrare. Gli costò il doppio, ma ne valeva la pena per evitare che Pop si rompesse un'anca.

«Allora... questa ragazza. È quella giusta?» Pop gli porse la birra quando tornò al tavolo.

«Non lo so.» I nachos irlandesi – patatine fritte con formaggio fuso, bacon, cipollotti e panna acida – lo indussero a prendere una forchetta.

«Stronzate. Se vale abbastanza da parlarne a tuo padre, allora è quella giusta. Quante altre ti hanno mandato così in palla da volere il consiglio del tuo vecchio, eh?» Pop inclinò la bottiglia verso Dare per sottolineare il punto.

«Nessuna.»

«Esatto.» Pop bevve un sorso. «Allora, ha un nome?»

«Gina.» Dare diede un'occhiata e aspettò che suo padre deglutisse. Questa sì che sarebbe andata a finire bene. «Taormina.»

La bottiglia di Pop sbatté sul tavolo, ma riuscì a non sputare la birra, quindi era già una vittoria. «Quella povera ragazza che terrorizzavi al liceo?»

Dare sussultò. «Erano le medie e non definirei un commento stupido terrorizzare.»

«Dipende da chi lo definisce.» Pop si strofinò il mento. «Comunque... Gina, eh? È sempre stata una cosina graziosa.»

«Uh, sì. Lo era. Adesso è bellissima.» Bevve un sorso veloce. «L'ho vista alla rimpatriata qualche mese fa e non riesco a togliermela dalla testa.»

«Allora è quella giusta.» Pop riprese la sua birra. «E quando hai intenzione di fare qualcosa al riguardo?»

«Ci sto lavorando.»

«Non dovrebbe essere un lavoro.»

«Vero, se non fossi la sua persona meno preferita al mondo.» Be', non lo *era* stato. Ora... immaginava di aver iniziato a scalare i gradini dell'accettabilità.

«Allora diventi la sua persona preferita. Sei un bravo ragazzo. Di bell'aspetto. Hai sempre avuto un sacco di amici. E anche le ragazze ti ronzavano sempre intorno. Facevano impazzire tua madre. Era preoccupata che qualche ragazza ti incastrasse con il matrimonio troppo giovane.»

Dare scosse la testa. Non aveva alcuna intenzione di avere *quella* conversazione con Pop. «Sono stato attento.»

«Meno male. Tua madre voleva il meglio per te.»

«Lo so.» Glielo diceva sempre. Sua madre era stata fantastica, e non passava giorno che non pensasse a lei. E a quanto desiderasse che fosse lì.

«Allora, questa ragazza. Gina. È il meglio?»

Dare picchiettò la sua bottiglia. «Credo di sì.»

«Allora fa' che succeda.»

«È questo il punto, Pop. Lavoro per lei.»

«Pensavo facessi quella cosa dello spogliarello.»

A merito di Pop, lo disse con un'espressione impassibile. Dare era rimasto colpito quando, tornato in città, gli aveva detto cosa avrebbe fatto finché non avesse trovato una proprietà in cui investire e Pop aveva preso la notizia con filosofia, ma lo turbava ancora il fatto che Pop non fosse turbato. Dare non pensava che sarebbe stato così comprensivo se suo figlio gli avesse detto che voleva fare il ballerino esotico.

Suo figlio.

Wow. Il pensiero di quello –

«Ti sei licenziato?»

Dare scacciò la nebbia mentale che l'immagine di un bambino – il *suo* bambino – aveva creato. «No, lo faccio ancora di notte, ma di giorno lavoro per Gina.»

«A fare cosa? Non ha un'ungheria o un parrucchiere o qualcosa del genere?»

«È una spa. Faccio massaggi.»

«Non devi avere una licenza per farlo?»

«Sto frequentando la scuola.» A cui probabilmente avrebbe dovuto tornare. Dopo tutto, aveva pagato la retta.

Pop ridacchiò e bevve un altro sorso di birra. «Sì, è proprio quella giusta. Qualsiasi ragazza che a trentatré anni ti convince a tornare a scuola è da tenersi stretta. Quando hai intenzione di chiederle di sposarti?»

Fu il turno di Dare di quasi sputare la sua birra. «Sono riuscito solo da poco a far sì che smettesse di odiarmi. Stai correndo un po' troppo, Pop.»

«Non sono io quello che è andato a iscriversi a un corso solo per starle vicino.»

Messa in quel modo... «Tu come l'hai capito? Con la mamma? Come hai capito che era quella giusta e quando chiederglielo?»

Pop si strinse nelle spalle. «Ho saputo dal primo momento in cui ho visto Janet che sarebbe stata la donna che avrei sposato. Gliel'ho detto anche allora.» Pop picchiettò la bottiglia sul tavolo di legno consumato. «Non ti consiglierei di farlo proprio così, però. Pensava che fossi pazzo, quindi forse è meglio che aspetti un po'. Ma falle capire che è speciale. E se tu sei speciale per lei... Lo saprai. Saprai e basta quando sarà il momento giusto per chiederglielo.»

Dare bevve un lungo sorso di birra. Pop non conosceva Gina. Non poteva assolutamente presentarsi e chiederle di essere sua moglie. Inoltre, quelle cose avevano bisogno di tempo per crescere. Era appena riuscito a convincerla a parlargli.

E a baciarlo.

«Oh, ragazzi. Ecco quello sguardo.» Pop fece tintinnare la sua bottiglia di birra con quella di Dare. «Sei cotto di lei. Lo sei sempre stato, vero?»

«Sì.»

«Lo immaginavo. Non eri neanche un po' arrabbiato di aver preso quella punizione per quella bravata. Personalmente, pensavo che un mese fosse un po' troppo, specialmente perché suo cugino si era beccato solo una settimana, ma tu non ti sei mai lamentato.»

«Sapevo di averla ferita. Mi sono scusato, ma non mi ha creduto. Pensava che la stessi prendendo in giro di nuovo.» Disegnò un cerchio con la bottiglia, tracciando la condensa sul tavolo, ricordando quanto si fosse sentito male sia per quello che aveva fatto sia per non essere riuscito a convincerla che era dispiaciuto. Una mossa così stupida.

«Sì, be', le donne sono... sensibili su certe cose. Specialmente sul loro aspetto. Tua madre lo era. Strano, ma pensava che l'operazione avrebbe fatto la differenza per me. Pensava che sarebbe stata meno donna. Queste furono le sue parole.» Pop si mise una patatina in bocca e la masticò pensieroso. «Come se *quelle* la rendessero una bella donna. L'unica ragione per cui mi importava che si operasse – oltre a darle una possibilità di guarire – era perché importava a *lei*. Ho provato a dirle che l'esterno è solo l'involucro; non ti mostra cosa c'è dentro il pacchetto. Per quello, devi aprire il regalo, strato dopo strato.»

Molta più eloquenza da parte di suo padre di quella a cui Dare era abituato. Con lo sguardo nostalgico sul volto di Pop e la patatina che entrava in bocca così lentamente, Dare riusciva a vedere i ricordi che fluivano nella mente di suo padre.

Non avevano mai parlato così prima. La mamma era morta quando lui aveva diciotto anni e avevano affrontato il loro dolore separatamente, così come non l'avevano affrontato prima. La mamma era stata categorica sul fatto che ciascuno dei suoi giorni rimanenti dovesse essere pieno di risate, sorrisi e leggerezza. Diceva di aver attraversato abbastanza oscurità, che il suo ultimo periodo con loro doveva essere felice.

Era stato agrodolce, quell'ultimo mese. Mettersi in faccia un sorriso ogni volta che entrava nella sua stanza, per poi piangere a dirotto quando ne usciva. Ma non vicino a Pop. Pop si mostrava forte. La mamma gli aveva detto di esserlo, Dare lo sapeva. Proprio come lei aveva detto a Dare di essere forte per Pop. Che loro due dovevano contare l'uno sull'altro per mantenere vivo il suo ricordo.

Be', Pop l'aveva fatto, eccome. Non aveva buttato via nemmeno una delle sue cose da casa, né dipinto una sola parete. L'unica ragione per cui c'era un nuovo frigorifero in cucina era perché quello che lei aveva comprato quando si erano trasferiti aveva finalmente smesso di funzionare.

Pop aveva comprato la stessa marca per sostituirlo.

«Lei sa che lavoro fai?»

Dare alzò lo sguardo. «Gina? Uh, sì. È stata al club l'altra sera.»

Pop si morse l'interno della guancia per un paio di secondi. «Potrebbe non piacerle, sai. Avere tutte quelle altre donne che urlano per te. Tu che balli così in pubblico. Voglio dire, non conosco la ragazza, ma data la sua reazione a quello che avevi detto ai tempi... Potrebbe non essere il lavoro migliore da avere se vuoi che ti guardi come materiale da marito.»

Non ci aveva davvero pensato. Forse il fatto che si spogliasse per un branco di donne urlanti la metteva a disagio. Dopotutto, *era* scappata dal locale mentre lui stava ballando.

Dannazione. Forse il suo lavoro *era* un problema.

Afferrò una patatina. «Grazie, Pop. Mi hai dato qualcosa su cui riflettere.»

«Bene. Ora mangiamo qualcosa per la fame.» Pop prese il menù. «Io prenderò uno dei famosi hamburger ai funghi di Charlie. Tu?»

Dare ordinò un BLT – doveva mantenersi leggero per ballare quella sera – ma Gina era quello che desiderava davvero. Doveva darsi una mossa.

Impilò i loro menù nel porta condimenti alla fine del tavolo, una volta che la figlia di Charlie ebbe preso le loro ordinazioni. «Allora, Pop, stavo pensando di trovare un socio per la nuova proprietà.»

«Pensavo avessi detto di non averne una.» Gli spinse il piatto di nachos irlandesi verso di lui.

Dare lo rifiutò con un gesto della mano e bevve un altro sorso di birra. «Be', no, non ancora. Il mio agente immobiliare ci sta lavorando. Speriamo di trovare qualcosa presto. Probabilmente dopo le feste. Non sembra esserci molto movimento nel settore immobiliare commerciale in questo periodo dell'anno.»

«Non ce n'è molto in *nessun* periodo dell'anno. La gente tende a tenersi stretti i terreni da queste parti. Il vecchio Wayne si tiene stretto quel drive-in da anni ma non ci proietta un solo film.»

Questo perché Wayne aveva ipotecato quella proprietà fino al collo e non poteva mollarla. Jonas, il suo agente, gli aveva detto che il tizio sperava che un grande costruttore intervenisse e costruisse un mucchio di condomini.

Dare non aveva il capitale per un progetto di quella portata, altrimenti quel terreno sarebbe stato perfetto. Era sgombro e pianeggiante, con le utenze già presenti... Un bel risparmio, ma quando Jonas aveva controllato, il prezzo richiesto da Wayne era superiore al budget di Dare per il terreno *e* la costruzione.

«Farai fatica a trovare un socio tanto quanto un edificio. La maggior parte della gente non ha il tempo o i soldi per aspettare che un posto gli cada tra le braccia.» Pop prese una manciata di patatine.

Questo era il motivo per cui Dare lavorava da BeefCake, Inc. «Vero. La maggior parte della gente no.» Fece un respiro. *E vada come vada*. «Ma tu sì.»

Pop fermò le patatine a mezz'aria. «Io? Vuoi che *io* entri in affari con te?»

«Sì. Pensaci. Non stai lavorando e non ho bisogno dei tuoi soldi.»

«Allora a cosa ti servo?» I suoi occhi si strinsero e rimise le patatine nel mucchio con le altre. «Non è beneficenza, vero?»

«No, Pop. Ho bisogno di una persona per il lavoro di tutti i giorni, una volta che sarà tutto avviato, per gestire le esigenze degli affittuari, eventuali problemi che si presentano, quel genere di cose.» Dare alzò di nuovo la birra.

Pop si pulì le mani sul tovagliolo. «Non hai uno staff d'ufficio per quello?»

Dare inclinò la birra verso suo padre. «*Io* sono lo staff d'ufficio. Riparare le cose non è il mio forte; Bill era l'uomo sul posto. Ne avrò bisogno di uno, e ho pensato che potresti essere interessato.»

«Mmm.» Pop tamburellò con le dita sul tavolo. «Immagino di avere il tempo. Ma dove sta la società in tutto questo? Lo faccio gratis?»

«Certo che no. Ti metterò a libro paga. Con te, so che le cose verranno fatte e fatte bene. Chiamala un'assicurazione sulla tranquillità.» Bevve un altro sorso, nascondendo un sorriso. Questa era una buona idea; non stava ingannando Pop. Quell'uomo poteva riparare qualsiasi cosa e questo poteva riparare lui. La mamma probabilmente li stava guardando sorridendo proprio in quel momento.

«Mi sembra ancora beneficenza. Una fetta troppo grossa della torta, se vuoi il mio parere, solo per sistemare cardini di porte e sturare gabinetti.»

Dare deglutì e inarcò un sopracciglio. «Significa che non sei interessato?»

«Aspetta un attimo. Non ho detto questo.» Pop intrecciò le dita sul tavolo. «Sono interessato. Devo solo capire come fare in modo che sembri che io sia un socio e non un caso di carità.» Un dito indice tamburellò sul dorso della mano. «Ma, sì, devi assumere qualcuno, e meglio il diavolo che conosci.»

Dare finì la birra, poi la posò sul tavolo. «Non sei il diavolo, Pop.»

«Oh, non ne sarei così sicuro. Tua madre la pensava così quando iniziavo i progetti in casa.»

«Questo perché non li finivi mai.»

«Questo perché lei ne trovava sempre altri da farmi fare.» Il suo sorriso e quello che aveva avuto prima, quando Dare gli aveva detto di volergli parlare di una ragazza, erano i primi sorrisi genuini che Dare vedeva dalla morte di Snoopy. «Ma posso tornare a casa alla fine della giornata, giusto? E devo finirli, quindi devo essere responsabile. Proprio come quando lavoravo.» Pop si passò la mano sui pantaloni, poi la tese. «Sì, lo farò. Ti sei trovato un socio in affari, figliolo.»

Bene. Ora, se fosse riuscito a trovarsi una compagna per la vita, sarebbe stato a posto.

* * *

«Ehi, Bry, hai un minuto?» Sperava che quello fosse tutto il tempo necessario.

Bryan alzò lo sguardo dalla sua scrivania. «Che succede, Dare? Non è venuta abbastanza gente? Pensavo che le strade fossero libere.»

Dare si lasciò cadere sulla sedia di fronte alla scrivania, sentendosi come se fosse di nuovo nell'ufficio del preside Dilworth.

Stessa ragazza, motivo diverso.

«No, le strade sono a posto. Riguarda, uh...» Cavolo, era davvero nervoso.

«Lasciami indovinare.» Bryan appoggiò la matita. «Gina. E la notte che hai passato con lei.»

Maledetto mulino di pettegolezzi. «Non è stato come pensi.»

«Oh, so che non lo è stato.»

«Cosa? Come lo sai? *Cosa* sai?»

Bryan intrecciò le dita sulla scrivania. «So che hai tirato fuori mia cugina da un fosso e l'hai riportata alla spa. So che l'hai portata dentro e fuori dalla caserma dei pompieri sulla schiena. So che ti parla ancora e non mi ha chiamato per difendere il suo onore. Quindi devo presumere che tu sia riuscito a tenere le mani a posto. E se non l'hai fatto» – alzò una mano – «non voglio saperlo.»

Bene. Perché non erano affari suoi. Tuttavia, capiva perché Bryan fosse interessato; Dare avrebbe fatto lo stesso per uno dei suoi cugini. Purtroppo, non ne aveva.

«Quindi... siamo a posto?»

«Siamo a posto finché non ci saranno lacrime. Gina è una ragazza grande e mi piace pensare che la nostra piccola, ehm, discussione dell'ultima volta sia stata sufficiente per tenerti in riga. La cosa diventerà imbarazzante solo se si farà male.» Inarcò un sopracciglio. «Allora *tu* ti farai male. Di nuovo. Chiaro?»

«Cristallino.»

«Bene. Altre domande?»

«Neanche una.» Dare si alzò.

«Bene.» Bry tornò a scarabocchiare qualcosa sul blocco sulla sua scrivania. Dare si risedette. «Tranne...»

Bryan espirò e appoggiò di nuovo la matita. Un po' più bruscamente questa volta. «Sputa il rospo, Foster. L'ora dello spettacolo si avvicina.»

«A proposito di quello. Sto pensando di dare le dimissioni.»

«Cosa? Mi hai detto, cosa, tre giorni fa che non ti saresti licenziato. E ora sì? C'entra qualcosa con Gina?»

«Non ho detto che lo farò; ho detto che ci sto pensando.»

«Fiu. Okay, allora. Che ne dici di dirmelo tra trent'anni, quando sarò pronto per andare in pensione?» Bryan riprese la matita. «Piaci alle donne. Mi spiacerebbe perderti. A meno che non c'entri Gina, ovviamente.»

Quel ragazzo era ostinato come un mulo. D'altra parte, lo era anche lui quando si trattava di Gina. «Penso che sarà prima di trent'anni. E, onestamente, potrebbe essere anche prima di quanto pensi. Volevo solo darti un preavviso che ci sto pensando.»

Bryan mise di nuovo giù la matita. «Questo *ha* a che fare con Gina.»

Non era una domanda.

«Stavo pensando che potrebbe non piacerle quello che faccio per vivere.»

«Ehi, è femmina come qualsiasi altra donna del pubblico.»

Dare lo sapeva fin troppo bene. «Non lo metto in dubbio. Sto parlando di quello che faccio. Davanti ad altre donne.»

Bryan alzò le sopracciglia. «Non stai correndo un po' troppo? Aspetta.» Alzò di nuovo una mano. «Non voglio saperlo.»

«Sto solo dicendo... Potrebbe non apprezzare il lavoro.»

«Quindi ti accontenterai di una paga più bassa perché a lei *potrebbe* non piacere? Sembra che tu stia bruciando le tappe o che non la conosca abbastanza bene, ma, ehi, è la tua vita. Ma dammi abbastanza tempo per sostituirti, okay? La rotazione funziona con i ballerini che abbiamo.»

«Lo farò.» Dare si alzò, poi si diresse verso la porta, non del tutto sicuro di cosa avesse ottenuto, ma se se ne fosse andato, almeno non sarebbe stata una sorpresa.

«Foster?»

Dare si voltò.

«Non per fare la parte di Oprah, ma Gina è la mia famiglia. Merita il meglio. Quindi sii il meglio. Ricorda cosa hai fatto per ferirla e non farlo di nuovo. Ma... ricordatelo. Solo perché sono passati anni non significa che non abbia lasciato il segno.» Guardò Dare per qualche secondo, poi annuì prima di riprendere la matita e tornare a qualunque cosa stesse facendo.

C'era un avvertimento o un consiglio in quel commento? Dare non rispose. Non c'era molto da dire al riguardo. Ma molto su cui riflettere.

Capitolo Dodici

Non avrebbe dovuto essere lì.

Eppure... Gina chiuse la portiera dell'auto e con un cenno congedò l'autista di Uber.

Era una sciocchezza. Persino ridicolo. Solo perché Darien si era scusato — e l'aveva baciata — non significava che dovesse venire a vederlo ballare.

Di nuovo.

Gina si voltò per richiamare l'autista, ma era già sparito.

Doveva prenderlo come un segno.

Comodo.

Fece un respiro profondo, l'aria fredda le bruciava la gola, e roteò le spalle all'indietro. Dopo che Candy se n'era andata, aveva fissato le pareti del suo appartamento, chiedendosi cosa avrebbe fatto per ammazzare il tempo fino alla mattina dopo, quando l'avrebbe rivisto. Poi si era resa conto che poteva vederlo subito. C'era ancora il suo secondo spettacolo della serata.

Voleva vederlo. Voleva vedere *questo*. Voleva vederlo ballare con occhi nuovi, perché le cose erano cambiate dall'ultima volta. Oh, come erano cambiate. Abbastanza da farle prestare attenzione, questa volta. Da goderselo. Si sarebbe semplicemente seduta in un angolo e nessuno l'avrebbe saputo. Non Darien, non Bryan, e sicuramente non Candy. Questo sarebbe stato solo per lei.

Entrò e si infilò nel corridoio di servizio che collegava il backstage, i camerini, la cucina e il lato opposto del locale, usato dal personale di sala per non dover attraversare i tavoli pieni di donne chiassose. Chiamato il "recinto del bestiame", era scarsamente illuminato, il che lo rendeva particolarmente adatto al suo piano. Doveva solo evitare di incrociare i ballerini.

«Gina? Che ci fai qui?»

Ovviamente, Darien doveva trovarsi proprio in quel corridoio. Con indosso bretelle rosse, pantaloni da pompiere e nient'altro. Ok, anche degli stivali, ma persino quelli gli stavano da dio.

«Tutto bene? Hai bisogno di me per qualcosa?»

Non ne aveva la minima idea.

«Io, uhm...» Maledizione, un conto era guardarlo senza che lui lo sapesse, ma che lui sapesse che era lì... che imbarazzo.

O eccitante. Elettrizzante. Persino stuzzicante.

«Sono tornata per il cappotto. L'ho, uhm, lasciato qui l'altra sera.» *Ti prego, fa che Candy e Darien non confrontino mai le loro versioni su quel dannato cappotto.*

«Probabilmente è in ufficio. Di solito è lì che finiscono gli oggetti smarriti. Vuoi che dia un'occhiata?»

«No, non importa. Sono sicura che devi finire di, uh, prepararti.» Agitò le mani davanti a lui, cercando disperatamente di non fissare la sua tartaruga.

Anzi, una tartaruga da otto.

Si strinse nel cappotto.

«Ma no, sono pronto. Il costume non è un granché. Come ben sai.» Le fece un cenno malizioso con le sopracciglia.

Era sbagliato che le farfalle nello stomaco si fossero improvvisamente svegliate e avessero messo le ali?

Probabilmente, ma non l'avrebbe negato. Quello sguardo, quelle fossette... Quel petto... E si era scusato. E lo pensava davvero. E poi c'era il via libera di Candy, sia finanziariamente che... intellettualmente? Fisicamente?

Non era sicura di come classificare il benestare della sua migliore amica, ma d'ora in poi, se Candy fosse tornata al locale, avrebbe dovuto tenere gli occhi a posto. «Uhm, non è un problema. Starò qui solo per pochi secondi, comunque.»

«Quindi la tua macchina è a posto?»

Inclinò la testa, non sicura di cosa intendesse.

«La tua macchina. Qualcuno l'ha tirata fuori dalla neve e te l'ha restituita?»

«Oh. Uhm, no. Non ancora. Sono, uhm, venuta con Uber.»

«Per il cappotto? Quando ne hai già uno addosso?» Incrociò le braccia, i pettorali si contrassero, poi inarcò un sopracciglio. «Gina Taormina, sei venuta qui solo per vedermi ballare?»

«Non adularti, Foster.»

Lui si limitò a inarcare l'altro sopracciglio.

Se non fosse stata rossa paonazza, forse sarebbe riuscita a cavarsela. Ma lo era, quindi niente da fare. «Oh... va bene. Sì. Certo. Come vuoi. Lo so, dovrei essere alla spa. Abbiamo fatto molto, ma c'è ancora tanto da fare e non abbastanza tempo. Stavo per andare lì, ma—»

«Ehi, ehi, ehi.» Le afferrò gli avambracci e ogni parola che stava per dire si dissolse come nel Sahara. «Non devi giustificarti con me. È la tua attività, come hai detto tu, e *abbiamo* fatto un sacco di progressi questo fine settimana. Ti è concesso un po' di tempo libero.» Fece un passo verso di lei e la sua voce si abbassò. «Sono solo contento che tu abbia deciso di passarlo con me.»

«Come hanno fatto altre duecento donne.»

«Foster!» Uno dei ragazzi si affacciò da una porta. «Sta per iniziare lo spettacolo. Tocca a te.»

Con una rapida stretta al suo braccio, Darien si chinò per sussurrarle: «Forse, ma ballerò solo per te», prima di allontanarsi.

Almeno lui si reggeva ancora in piedi; Gina era abbastanza sicura che le sue ginocchia stessero per cedere.

Si appoggiò al muro e lo guardò andare via. Santo cielo, quel ragazzo era una forza della natura.

E aveva una *cotta* per lei.

Ridacchiò. Mai, in un milione di anni, se lo sarebbe aspettato.

Così come non si aspettava l'arrivo degli altri ballerini. Corsero lungo il corridoio, nella stessa direzione di Darien. Proprio accanto a lei.

Addio all'idea che nessuno sapesse che era stata lì.

«Ehi, Gina.» Carlo la salutò con due dita mentre si dirigeva verso il palco, i suoi pantaloni rossi identici a quelli di Darien.

«Uhm, ciao, Carlo.»

«Gina.» Dominic si toccò un cappello inesistente — anche lui indossava pantaloni rossi da pompiere.

Non ricordava di averli mai visti tutti con lo stesso costume prima. «Dom.»

«Sei qui per vedere Bry?» Steve rallentò, un cappello in mano. Un cappello a punta *rosso* con un pompon bianco all'estremità. «È andato verso l'ingresso.»

«Grazie.»

«Piacere di vederti, Gina.» Markus annuì mentre superava Steve. *Anche lui in pantaloni rossi.* Pantaloni rossi e *pelosi*. «Goditi lo spettacolo.»

«Oh, non mi fermo per—»

«Ma dai, tesoro.» Il nuovo ragazzo si fermò davanti a lei, un metro e novantotto di puro muscolo abbronzato. Capelli biondi, occhi turchesi... Avrebbe dato del filo da torcere a Chris Hemsworth — *se* avesse interpretato Babbo Natale con *i suoi* pantaloni rossi e pelosi. «Rimani almeno per il mio numero. Posso garantirti che ti aiuterà a dormire bene stanotte.»

L'occhiolino, tuttavia, lo squalificò ai suoi occhi. Semplicemente non era Darien.

«Io, uh, devo trovare Bryan.»

«L'ho visto versare un paio di dita di whisky a un gruppo di donne che sembravano non vedere un uomo da secoli. Sarà una notte scatenata.» *Thor* inclinò la testa verso di lei, la sua voce più bassa. «Sicura di non voler restare?»

«Sicurissima.» Be', sicurissima che *sarebbe* rimasta, ma assolutamente *non* per il suo numero.

La musica iniziò e il pubblico esplose in un boato. *Wild Thing*. Appropriato, specialmente perché Darien era il primo a salire sul palco.

Avrebbe parlato con Bryan più tardi.

Si fece strada da dietro le quinte a destra del palco e riuscì ad agguantare una sedia da uno dei tavoli di donne urlanti. Sul serio, si comportavano come se non avessero mai visto un figo prima. O un ragazzo che ballava. Senza maglietta.

Sì, c'erano un sacco di fighi sul palco — tutti vestiti da Babbi Natale cattivi — ma comunque, avrebbe pensato che le donne avrebbero mantenuto un minimo di decoro. Dopotutto, non erano più al liceo.

Poi Darien spinse con il bacino e Gina fu contenta che non lo fossero. Non avrebbe saputo cosa fare con una mossa del genere al liceo.

E adesso lo sapresti? È passato così tanto tempo.

Senza degnare quel pensiero di una risposta, trascinò la sedia nell'ombra, desiderando privacy mentre guardava Darien ballare.

Potrebbe farti uno spettacolo privato, sai.

Oh mio Dio, qualcuna stava correndo un po' troppo.

Una di noi due deve pur farlo.

Sul palco, luci colorate vorticavano sui muscoli di Darien mentre lui seguiva ogni battito della musica, ancheggiando verso la parte anteriore del palco. I ragazzi si disposero dietro di lui, eseguendo una coreografia che includeva un sacco di pop-and-lock e una marea di culi stretti e spinte di bacino, ma, seriamente, su quel palco per lei c'era solo Darien.

Dio, come si muoveva.

Si lanciò sul palco per un po' di break dance, poi fece una specie di capriola per atterrare in piedi, il suo corpo che ondeggiava a ritmo, una lunga linea sinuosa che le fece venire voglia di percorrere il suo addome con la lingua. Se solo avesse potuto leccare quegli addominali, sarebbe morta felice.

Si riscosse. Si stava lasciando coinvolgere un po' troppo dal ballo — e senza un goccio d'alcol.

Forse era per quello.

Alzò una mano per chiamare la cameriera.

Le donne continuavano a urlare mentre Darien lavorava il pubblico. O il suo pacco. Entrambi. Qualunque cosa fosse. E qualunque cosa fosse, stava funzionando anche per lei.

La cameriera prese la sua ordinazione per un Cosmo. Qualsiasi altra cosa sarebbe stata troppo pesante con il calore che Darien stava creando dentro di lei.

Si lasciò cadere in ginocchio, pompando e ondeggiando, indicando un paio di donne, chiamandole a sé con l'indice.

Ok, poteva anche smetterla con quella mossa. E con quella in cui sembrava strisciare verso le donne—

Oh, no. Erano sedute a *quel* tavolo. Il suo. Quello su cui le aveva ballato—

E infatti, le donne ovviamente sapevano cosa stava per succedere e spinsero il tavolo proprio fino al palco.

Vederlo scivolare su quel tavolo le provocò un flashback di quando l'aveva fatto per lei.

Avrebbe dovuto godersi quel momento. Di certo se lo stava godendo adesso.

E così anche le donne a quel tavolo. I palmi delle mani accarezzavano le cosce di Darien, le sue braccia, i suoi fianchi—

Le dita di una donna si avventurarono un po' troppo vicino al centro, e Darien, da professionista, riuscì a far sembrare la mossa parte della sua routine, afferrandole la mano e portandola fuori dalla zona di pericolo, il tutto senza che lei si rendesse conto di ciò che stava facendo.

Quell'uomo era bravo.

I suoi fianchi seguivano il ritmo, i suoi addominali facevano ogni sorta di cose meravigliose mentre allungava le braccia sopra la testa e si voltava—

Nella sua direzione.

Non poteva assolutamente vederla. Le luci erano su di lui, il locale era buio e lei era dietro una colonna nell'ombra, eppure avrebbe giurato che stava guardando proprio lei.

Sorrise comunque.

Proprio mentre un riflettore la illuminava.

Durò solo pochi secondi, poi la luce rimbalzò in giro per il pubblico, ma lei sapeva che l'aveva fatto fare lui, per lei. Aveva visto abbastanza spettacoli lì da sapere che di solito non illuminavano il pubblico.

Darien, con il suo sorriso sfacciato e quelle fossette, fece una capriola all'indietro dal tavolo per tornare sul palco, poi balzò in piedi e ricominciò a ondeggiare.

Verso il suo lato del palco.

Ma se la prese comoda.

I ragazzi dietro di lui si buttarono a terra, alcuni facendo *il verme*, altri strusciandosi sul palco, altri ancora eseguendo quella mossa fica di strisciare sulle ginocchia, il ritmo pesante della musica che trasudava sesso in tutto il locale. Avrebbero dovuto sembrare ridicoli con i cappelli rossi e i pantaloni da Babbo Natale, ma nemmeno uno di loro lo sembrava. Oh, aspettare che *quello* scendesse dal camino la mattina di Natale...

Il sudore scintillava sul petto di Darien, e le sue dita fremettero dal desiderio di tracciare quei rivoli. La sua pelle sfrigolò al pensiero di scivolare contro la sua. E la sua bocca... la sua bocca desiderava assaggiarlo.

Erano passati più di tre lunghi anni dall'ultima volta che aveva desiderato un uomo e, francamente, non era sicura che le sue parti intime sapessero ancora cosa fare.

È come andare in bicicletta, tesoro.

Santa verità...

Darien si mosse con il suo splendido corpo attraverso il palco, offrendo uno spettacolo incredibile. I ragazzi sullo sfondo lo lasciarono fare — a causa sua.

Come aveva fatto tutto a diventare così intenso così in fretta? Se il pubblico non l'aveva capito, lo staff di sicuro sì.

Grida di apprezzamento scoppiarono quando Darien fece una verticale e poi si abbassò lentamente fino al pavimento in una prova di forza magnifica da vedere, i bicipiti e i muscoli della schiena che si gonfiavano per lo sforzo. Era un lavoro duro e Darien era molto bravo in quello che faceva.

Non c'era più alcun dubbio su quello che c'era tra di loro. Le piaceva che Darien avesse una cotta per lei. Perché lei ne stava decisamente avendo una per lui in quel momento.

Rotolando sulla schiena, con quegli stivali da Babbo Natale che non avrebbero dovuto essere sexy-ma-lo-erano ben piantati sul palco, spinse il bacino verso il soffitto.

Gina dovette chiudere gli occhi mentre un tremito la attraversava.

Potrebbe essere tutto tuo al solo prezzo di un sì, lo sai.

Inspirò profondamente e riaprì gli occhi.

Piegò le ginocchia, poi in qualche modo riuscì a scalciare e a rimettersi in piedi, girando su se stesso e atterrando in una spaccata laterale, con i pantaloni bassi sui fianchi.

Sfilò le braccia dalle bretelle che sembravano l'unica cosa a tenergli su i pantaloni.

Beh, quello e il velcro.

Che cedette meravigliosamente quando lui tirò.

Oh, ragazzi.

Non poteva... Non avrebbe... Non avrebbe dovuto...

Gina serrò di nuovo gli occhi.

Solo per riaprirli.

Tutto quello che doveva fare era dire di *sì*.

La stava fissando, ancora in posizione di spaccata, il suo, ehm, pacco nel tanga di seta rossa a pochi centimetri dal pavimento, il suo bacino che pulsava a ritmo.

Le donne stavano impazzendo.

Le sue farfalle non erano da meno.

Darien sorrise con quel suo ghigno da saputello che faceva risaltare le sue fossette, poi mise le dita sul pavimento di fronte a sé, si sollevò e si ribaltò, aggiungendo una qualche torsione, e finì nella stessa posizione ma con il fondoschiena rivolto verso di loro.

E che fondoschiena sodo, tonico e — a tutti gli effetti — *nudo* che era.

Che lui contrasse. Poi rilassò. Poi contrasse di nuovo. Il che fece contrarre i suoi tendini del ginocchio, i suoi polpacci diventare in alta definizione, e la V della sua schiena sembrare la perfezione assoluta, per non parlare dei suoi glutei... Quell'uomo era un'opera d'arte vivente, che respira, cammina, parla e balla.

E tutto ciò che doveva fare era dire di *sì*.

Una pioggia di banconote da un dollaro cadde sul palco. Alcune si attaccarono alla sua schiena. Una delle donne in prima fila saltò su e iniziò a staccargliele di dosso.

Darien si guardò alle spalle e le fece l'occhiolino.

A Gina.

Il suo occhiolino era molto più sexy di quello del nuovo ragazzo. Quello di Darien non le faceva sentire il bisogno di farsi una doccia — beh, non da sola.

Si agitò sulla sedia a quell'immagine. Lei e Darien sotto la doccia, l'acqua che pioveva su di loro, lui che si esercitava con quelle mosse, lei che si godeva l'allenamento...

Una donna dal tavolo da cui Gina aveva sgraffignato la sedia si chinò verso di lei. «È il tuo uomo?»

La domanda da un milione di dollari. «Sì.» Non si sarebbe messa a dare spiegazioni; si sarebbe semplicemente goduta il poterlo rivendicare come suo.

La donna sospirò. «Beata te.»

Non ancora.

Potresti esserlo.

Vero. E... perché no? Lui aveva detto di avere una cotta per lei, e lei non aveva più dubbi su quello che provava per lui.

Candy aveva ragione. Primo, non lo stava sposando e, secondo, *ci aveva* pensato dopo il diploma. Per lo più era incazzata con lui per lo scherzo, ma era anche incazzata perché non era stato chi lei voleva che fosse.

Allora.

Ora?

Ora, le sue scuse, la sua premura e il non essere andato oltre l'altra sera —

per non parlare della piccola indagine di Candy — cambiavano le carte in tavola. E lei stava decisamente pensando di giocare quella partita.

Sul palco, Darien stava facendo una qualche mossa lungo il perimetro che aveva un bell'aspetto e che gli permise di tornare al centro del palco, dove fece un paio di giri a compasso, qualche rotazione sulla schiena tipica della break dance e... beh, un sacco di altre cose che Gina si sarebbe semplicemente goduta seduta.

E così fecero tutti gli altri. I ragazzi si unirono, circondando Darien, improvvisando le loro mosse, e sul palco si creò una massa di corpi contorti, in perizoma e quasi nudi, che era pura gioia per gli occhi.

La canzone finì con un «Wild thing!» urlato dai ragazzi, con i pugni alzati, i petti ansimanti, le gambe divaricate, mentre le luci impazzivano sulla loro pelle lucida tanto quanto le donne impazzivano per loro.

Gina sogghignò. I Kelton avrebbero dovuto essere lì a vedere questo; ci sarebbe stato un bel po' di *sprint* in più nel signor Kelton, se ci fossero stati.

Neanche tu te la cavi male.

Vero. Il ballo di Darien era un'esperienza — quando non stava cercando di scappare da lui, s'intende.

Ora non ci sarebbe stata nessuna fuga.

«Che ci fai ancora seduta qui?» le chiese la donna al tavolo vicino. «Se quello fosse il mio uomo, sarei già nel backstage a saltargli addosso.»

Era un buon consiglio. «Quando finirà il set.» Quello era stato il primo ballo. Ne avevano altri sei da fare.

Il che sembrava una buona idea in teoria, ma in pratica? Per quanto tempo potevano ballare quei ragazzi senza stancarsi?

Gina rimase seduta per il resto delle canzoni — nessuna vera sofferenza, a parte il fatto che *guardare* non era quello che voleva fare. E ogni canzone non faceva che confermarlo.

Qualcuno si era divertito a coreografare i numeri del Babbo Natale Cattivo e delle Palle di Natale, ma quando finirono, era *lei* che praticamente ballava per alzarsi dalla sedia, ma era stata lì abbastanza spesso da parlare con Bryan per sapere com'era il backstage dopo uno spettacolo. Nessuna privacy, e i ragazzi si sarebbero presi a schiaffi sul culo con gli asciugamani mentre andavano alle docce, scambiandosi un sacco di battute. Non voleva esattamente essere l'argomento di conversazione. O, se lo fosse stata, non voleva essere lì per saperlo.

«Posso portarti un altro Cosmo?» La cameriera le prese il bicchiere vuoto. Il suo secondo.

«Grazie, ma sono a posto.» Si ricordava cosa era successo l'ultima volta che aveva bevuto tre drink vicino a Darien. A sua discolpa, però, ora ne aveva sudato la maggior parte, sia per il caldo generato dal numero di persone nel pubblico, sia per il calore che Darien generava dentro di lei. Era sobria, ma non voleva sfidare la sorte. «Il conto, per favore.»

«Oh, il tuo conto è stato pagato. Bryan ha messo tutto sul conto della casa, quindi sei a posto.»

Bryan? Forse, ma su richiesta di qualcun altro.

Beh, bene. Questo le dava l'occasione perfetta per ripagare Darien.

Le vendette sono una brutta bestia, quindi Dare sperava di non dover pagare per la storia del riflettore. Aveva chiesto a Karen, la cameriera, di scoprire dov'era Gina. L'aveva vista dirlo ai tecnici delle luci, quindi sapeva dove proiettare mentre ballava.

La buona notizia era che Gina non sembrava infastidita.

La notizia ancora migliore era che non se n'era andata.

E la notizia migliore di tutte... Stava aspettando nel corridoio di servizio quando lui finì la doccia.

«Ti è piaciuto lo spettacolo?» Cercò di sembrare disinvolto, ma era molto interessato alla sua risposta.

«Sì. Specialmente il primo numero.»

Si passò un dito sotto il colletto. «Mi dispiace per il riflettore. Ho detto loro di fare in fretta, solo per sapere dove fossi.»

«È quello che ho immaginato.»

«Non sei arrabbiata?»

«Che tu volessi sapere dov'ero per poter ballare per me in un club affollato? Forse prima sarei stata arrabbiata con te, Darien, ma non sono mica morta. Solo un'idiota si arrabbierebbe per una cosa del genere. Non è che mi hai costretta a salire sul palco e ballare con te.»

«Ecco un'idea.» Le mise una mano sulla parte bassa della schiena.

«Buona serata, Foster. Gina.» Markus li salutò mentre usciva dal camerino nella direzione opposta. Una cortesia, perché quella era la via più rapida per il parcheggio sul retro. Poveraccio, avrebbe dovuto schivare le donne ubriache e arrapate all'ingresso.

«Anche a te, Markus.» Dare annuì, poi guardò di nuovo Gina per vedere come avesse preso la notizia che la voce si era sparsa. Nel caso in cui la storia del riflettore non l'avesse convinta. «Allora, dove eravamo rimasti?»

«Hai detto che farmi ballare con te era una buona idea.»

«Ah, sì. Quello. *Sarebbe* una buona idea, se non fosse per una cosa.»

«Ehi, so ballare.»

Lui rise. «Non parlo di quello.» Fece un passo verso di lei. «Non voglio nessuno intorno quando ballerò con te.»

«Beh, caspita, che sfortuna. Non ci sono molti locali da ballo per una coppia sola da queste parti.»

Si tirò indietro. «Aspetta. Sei seria? Vuoi uscire a ballare? Con me?»

Inclinò la testa, guardandolo da sotto le ciglia. «Ballare... sì. Uscire? No. Assolutamente non ho intenzione di uscire. Ma assolutamente con te.»

Il sorriso sul suo viso non rendeva la cosa più facile da capire. «Gina, di cosa stai parlando?»

Lei allungò la mano dietro di sé e intrecciò le dita con le sue. «Non c'ero per lo spettacolo precedente. Penso che dovresti mostrarmi cosa mi sono persa.»

Dare la fissò. Intendeva quello che pensava che intendesse?

No. Doveva aver capito male. Doveva averci letto qualcosa che non c'era. Non poteva intendere—»

«Hai sentito la signora, Foster.» Jace lo urtò con la spalla uscendo dal camerino. «Vuole uno spettacolo privato. Sei abbastanza uomo da gestirlo o devo mostrarti io come si fa?»

Dare non staccò gli occhi dal volto di Gina. «Fatti da parte, Jace. Non è interessata.» Le strinse le dita. «Andiamocene da qui.»

Lei sospirò. «È quello che ha detto lei.»

La risata di Jace li seguì fino all'uscita dal locale.

Capitolo Tredici

Dare non disse una parola per tutto il tragitto fino al parcheggio. Nemmeno quando l'aiutò a salire sul suo pick-up. O quando fece retromarcia, mise la marcia avanti e poi si fermò all'incrocio dove dovevano svoltare da una parte o dall'altra. «Dove andiamo?» furono le sue prime parole, ma non la guardò. Tenne lo sguardo fisso sul semaforo.

Lei si girò di lato, con la schiena contro lo sportello e il braccio sinistro appoggiato allo schienale del sedile. «Dove vuoi andare *tu*?»

«Ah-ah. Assolutamente no.» Scosse la testa, ma continuava a non guardarla. «Hai iniziato tu, a te la scelta.» Il semaforo diventò verde, ma lui non si mosse. Non c'era nessuno dietro di loro, ma neanche quello l'avrebbe fatto muovere. La decisione spettava interamente a Gina.

«Hai portato il costume con te... *Babbo Natale*?» Tamburellò sullo schienale del sedile, a pochi centimetri dalla spalla di lui.

Poteva percepire il calore del suo corpo da lì. «Cosa c'entra questo con tutto il resto?»

«Beh.» Si mosse, facendo scivolare il ginocchio sinistro sul sedile. «Se hai intenzione di mostrarmi cosa mi sono persa, avrai bisogno del tuo costume. O forse ne hai un altro a casa tua?»

«Non farò il mio numero per te, Gina.»

«Perché no?»

Le lanciò un'occhiata e poi distolse lo sguardo. «Senti, se questa è una ripicca per quello che ho fatto alla lezione di Nester, mi dispiace, ok? Mi sono già scusato e pensavo che avessi accettato le mie scuse. Non so che altro posso fare...»

«Non è per quello, Darien.»

«E allora per cos'è?»

«Io...» Sospirò e si voltò verso il finestrino; il silenzio riempì lo spazio tra loro.

Si sarebbero potute dire così tante parole. Lui scelse: «Appunto,» e svoltò a destra. Verso l'appartamento di lei. La stava portando a casa. Per poi lasciarla lì.

Le dita di lei ora tamburellavano sul pannello della portiera sotto il finestrino, l'aria nell'abitacolo del pick-up era pesante quanto quella esterna, carica di neve.

Ma lei non gli disse di invertire la marcia.

Lui accese la radio — una stazione che trasmetteva musica natalizia di bassa lega — con la mascella — e un'altra parte in particolare — che si contraeva. Dare tenne gli occhi fissi sulla strada. Se lei avesse davvero voluto andare a casa sua, la sua reticenza l'aveva evidentemente fatta ricredere. Il che era una buona cosa, giusto? Certo, poteva essere su di giri e arrapata per essere stata al locale — Dio solo sapeva quanto lo era lui, ma solo perché c'era stata lei — ma ciò non significava che non si sarebbe pentita di quella sua idea il mattino dopo. Doveva essere lui la voce della ragione, in quel frangente.

Anche se stava diventando sempre più difficile.

Così come qualcos'altro.

Si mosse sul sedile, i jeans improvvisamente troppo stretti. Non aveva mai — *mai* — lasciato il locale con il bisogno di scaricare la tensione prima di allora. Beh, tranne quando lei c'era stata la settimana scorsa. E, in quel caso, l'aveva baciata. Adesso?

Adesso, questa volta, non si sarebbe avvicinato a lei. Perché, sapendo che il ghiaccio tra loro si stava sciogliendo — e sapendo di che sapore era lei — non poteva fidarsi di se stesso e rischiare di spingersi oltre. Di affrettare le cose. E con lei che era venuta al locale quella sera e aveva chiesto uno spettacolo privato...

Un uomo poteva avere solo un certo autocontrollo.

Le lanciò un'occhiata. Di profilo, con i ricci che le sfioravano le guance —

uno le si era persino impigliato nelle ciglia — mentre si mordicchiava il labbro inferiore, era — che Dio l'aiutasse — la cosa più sexy che avesse mai visto. Tutte le sue fantasie adolescenziali, cresciute e sedute accanto a lui. Desiderose di *ballare* con lui.

Il suo autocontrollo era messo a dura prova in quel momento.

Riportò lo sguardo sulla strada, la tensione che si allungava tra loro, i suoi avidi tentacoli che affondavano in lui, facendolo domandare... E se avesse semplicemente detto di sì? Se avesse gettato la prudenza al vento e l'avesse portata a casa sua?

Dio, la tentazione di farlo ancora era così fottutamente forte.

Ma non poteva. Non voleva. Gina non era un'avventura da una notte, non che ne avesse avute molte in vita sua. Ma lei era speciale. E quando fossero stati insieme, doveva essere altrettanto speciale.

Si schiarì la gola, sentendo il bisogno di spezzare quel bozzolo di aspettativa che li avvolgeva. «Allora, i Kelton erano al locale prima.»

«Buon per loro. È bello vedere una coppia della loro età ancora insieme e, uh...»

«Vivace?» Sembrava una parola abbastanza innocua per descrivere ciò che i Kelton stavano probabilmente facendo in quel momento.

E ciò che lui non stava facendo.

Dannazione.

«Direi che è la parola giusta.»

Sentì lo sguardo di lei su di sé e si voltò.

Il chiaro di luna le faceva brillare gli occhi. E gli scaldava il cazzo. «Dio, Gina, sei bellissima.»

Le parole gli sfuggirono. Non si era reso conto di pensarle. Oh, aveva pensato che fosse stupenda, diavolo, l'aveva sempre pensato. Ma quella sera, con l'attrazione sessuale tra loro, e la luce che le colpiva il viso in quel modo, e, cavolo, il profumo di lei, e sapendo che si era eccitata per quello che aveva fatto nel locale... Meritava il premio Uomo dell'Anno per il suo autocontrollo.

Lei arrossì al suo complimento, e lui non pensava che potesse diventare ancora più bella, ma ci riuscì.

Aprì il finestrino — non aveva voglia di rispondere a domande sul perché accendesse l'aria condizionata mentre nevicava — e pregò che l'aria fresca abbassasse la sua temperatura corporea.

Immagini di ciò che sarebbe potuto accadere lo assalirono. Era stato un idiota a darle una via d'uscita. E ancora di più a non averle semplicemente afferrato la mano e trascinata nel pied-à-terre sopra il locale. No, doveva fare il nobile e la cosa giusta, quando ciò che *voleva* davvero fare *era* la cosa giusta, per quanto lo riguardava.

Ma per quanto riguardava lei?

Dare inspirò a fondo e si concentrò per portarli sani e salvi a casa di lei.

Ci vollero solo sette minuti carichi di tensione sessuale. Ma sarebbero potuti essere settanta, per la raffica di pensieri e idee che gli attraversarono la testa.

Pestò il freno un po' troppo forte quando si fermò in un parcheggio, e l'inerzia li sbalzò contro le cinture di sicurezza.

«Scusa.»

Lei borbottò qualcosa che somigliava molto a: «Dovresti esserlo.»

Non avrebbe toccato l'argomento neanche per sogno. Già faceva fatica a non toccare *lei* con qualcos'altro.

Specialmente quando si slacciò la cintura di sicurezza.

Lui teneva la sua cintura ben allacciata per evitare qualsiasi tentazione.

Ma poi, invece di scendere dal pick-up — che sarebbe stata l'opzione più sicura per entrambi — lei prese un respiro profondo e si voltò verso di lui.

Stava per perdere la guerra, lo sapeva.

«Senti, Darien, ho interpretato male i segnali? Voglio dire, so di essere fuori allenamento, ma quando un ragazzo dice di avere un debole per te, poi si spoglia di fronte a te, dicendoti che sta ballando *solo* per te, mi sembra che quel ragazzo sia interessato a qualcosa di più che al semplice ballo. E anche se siamo nel ventunesimo secolo e non nell'Inghilterra vittoriana, e quindi non devo aspettare che sia tu a fare la prima mossa, pensavo che l'avessi già fatta, con tutta la faccenda dello spogliarti. Quindi, sto cercando di capire solo co...»

Lui l'attirò a sé e la baciò.

Al diavolo la cosa giusta, *questa* era la cosa giusta.

Dio, aveva un sapore incredibile. E la sensazione era ancora meglio. Le sue labbra, la sua lingua, il calore del suo respiro che si mescolava al suo. Il modo in cui le sue dita gli affondavano tra i capelli. Il suo seno schiacciato contro il suo petto, il profumo di lei, il sapore di ciò che aveva bevuto — qualcosa di fruttato e dolce... Se questa era la sconfitta, era stato stupido a combattere anche solo una battaglia.

Non si sarebbe mai stancato di baciare Gina.

Lei si avvicinò di più e la maledetta cintura lo tenne bloccato.

Armeggiando, riuscì a liberarsene e poi si spinse contro il volante per avvicinarsi di più...

E urtò il clacson.

Gina si tirò indietro, ansimante, con gli occhi sgranati e i capelli in disordine. «*Cosa* è stato?»

«Uh, il clacson?» Grande lui, per averla eccitata così tanto da non riconoscere un clacson quando lo sentiva.

«Questo lo so.» I ricci le sfiorarono le guance quando scosse la testa. «Voglio dire...» Fece un gesto con la mano tra loro. «*Quello.* Vorrai mica dirmi che non stai pensando la stessa cosa che penso io?» La sua voce era di qualche tono più bassa, una raucedine roca che gli scivolò addosso come avrebbe voluto che facesse lei. «Non ci crederei.»

«E non devi. Perché...» Prese un respiro profondo, prendendo un impegno, mentre paura ed euforia lo pervadevano. «Hai ragione.» Le strinse le dita. «Entriamo.»

Il cuore di Gina batteva più veloce della neve che cadeva. Doveva essere impazzita.

Finalmente hai riacquistato il senno, quindi non rovinare tutto.

Quella sì che era un'idea...

Gina afferrò la maniglia e si trascinò fuori dall'abitacolo del pick-up. Prendendo la mano di lui mentre aggirava il muso del veicolo, chinò la testa per proteggersi il viso dalla neve, anche se, in realtà, chi voleva prendere in giro? Non le importava un fico secco della neve — riusciva a malapena a sentirla, concentrata com'era su ciò che poteva accadere tra loro. Senza contare che probabilmente si scioglieva al contatto, visto che lui le aveva acceso un inferno dentro.

Inciampò sul terzo gradino che portava all'ingresso del condominio, dando la colpa al ghiaccio piuttosto che a ciò che aveva messo in moto.

Ma le parole di Candy avevano avuto senso. Era stato John a deluderla, e Darien non era John. Inoltre, le sue sentite scuse l'avevano aiutata molto a perdonarlo. E poi c'era il fatto che lo desiderava, quindi perché no? Darien non le stava dichiarando amore eterno — non gli avrebbe creduto (ci era già cascata una volta) — ma che dicesse di essere attratto da lei? C'erano cose peggiori. E, Dio solo sa, aveva sognato per anni che succedesse qualcosa tra loro. Sarebbe stata un'idiota a non fare un tentativo.

Lui aprì il portone dell'atrio e glielo tenne, poi la condusse su per le scale fino al secondo piano. Troppo impaziente per aspettare l'ascensore?

Bene, era d'accordo con lui.

Le tese la mano. «Chiave?»

«Eh?»

Fece un cenno con la testa.

Oh. La porta del suo appartamento.

«La tua chiave? Così possiamo entrare?» Quella fossetta sexy apparve sulla sua guancia. «A meno che tu non abbia cambiato idea sull'invitarmi a entrare.»

Assolutamente no.

«No, non ho cambiato idea.» Per fortuna, la sua voce uscì chiara e calma, così diversa dalla rumba che le ballava dentro.

Gli porse la chiave.

Le sue dita incontrarono il palmo della mano di lui.

E poi i loro occhi si incontrarono.

E in qualche modo, anche le loro labbra, e fu solo quando la sua nuca incontrò la porta dell'appartamento che si rese conto di cosa stavano facendo in corridoio. Dove chiunque dei suoi vicini avrebbe potuto vederli.

«Uh, Darien...» Gli spinse le spalle.

Lui sbatté le palpebre, poi appoggiò la fronte contro la sua. «Dio, donna, mi stai uccidendo, ma me ne andrò.» Le sfiorò il naso con il suo, un sorriso triste sul viso. «Finché sono ancora in tempo.»

Lei gli pizzicò il mento. «Sono contenta che tu abbia questa opzione, ma io no. Apri quella maledetta porta.»

Dando prova che non tutto il suo sangue era ancora defluito a sud, l'uomo colse il senso di ciò che gli stava dicendo e in qualche modo riuscì a infilare la chiave nella serratura e a farla entrare nell'appartamento in pochi secondi.

Poi lei si ritrovò con la schiena contro la porta e i palmi di Darien appoggiati accanto alla sua testa, mentre lui procedeva a baciarla come aveva sempre sognato.

Beh, non proprio. Aveva ancora il cappotto addosso.

E i vestiti.

Ed erano in piedi.

«Darien, aspetta.» Riuscì — in qualche modo — a staccare le labbra dalle sue.

«Sì, hai ragione.» Si passò una mano tra i capelli, scompigliandoli in un modo che lei era più che ansiosa di imitare. «Dobbiamo rallentare.»

«Non sono sicura di esserne capace,» borbottò mentre cercava di sfilare il braccio dalla maledetta manica del suo cappotto. «Mi aiuti con questo?»

Lo guardò quando lui non rispose.

Aveva di nuovo quel sorriso sexy e una o due scintille negli occhi.

«Sì, posso aiutarti.»

Tirò fuori il cellulare dalla tasca.

«Vuoi fare una foto?» Scosse il braccio, ma in qualche modo il polsino si era impigliato nella manica del suo maglione o qualcosa del genere, ed era praticamente intrappolata.

«Aspetta un attimo.» Il suo pollice scorse sullo schermo, poi lo toccò.

Snoop Dogg iniziò a parlare sulla base di *Buttons* delle Pussycat Dolls. Se il ritmo non era già abbastanza sexy, le parole erano una garanzia per mettere chiunque dell'umore giusto.

E lei era già dell'umore giusto.

Ma fare ciò che quella musica suggeriva... «Sul serio?»

Lui scrollò le spalle e tese le mani. «Ehi, se vuoi che mi tolga i vestiti, puoi farlo anche tu.»

«Vuoi che faccia uno spogliarello?»

«Come hai detto tu, siamo nel ventunesimo secolo. Le donne possono fare quello che vogliono. E io sono un uomo decisamente emancipato.» Posò il telefono sullo stesso tavolino da cui lei aveva fatto cadere la bottiglia di vino.

Forse avrebbe dovuto erigere un altare su quel tavolo.

«Hai il fegato, Taormina?» Ancheggiando, le tese le mani e... le fece l'occhiolino.

Capitolo Quattordici

Gina si morse un labbro per trattenere un sorriso. Darien pensava che non l'avrebbe fatto.

Gliel'avrebbe fatta vedere.

Ti prego, ti prego, ti prego, *fagliela vedere...*

Inarcò la schiena staccandosi dalla porta mentre le donne iniziavano a cantare il ritornello, entrando nella stanza ancheggiando a tempo con la musica.

L'avrebbe fatto, eccome se l'avrebbe fatto.

Fece vibrare le spalle a tempo di musica, piegandosi leggermente in avanti e portandosi le mani dietro la schiena, mentre il ritmo martellante della batteria le pulsava nelle vene.

Liberatasi dalla porta, la manica non era più impigliata, così poté farla scivolare lungo il braccio.

Lentamente.

I fianchi di Darien ondeggiavano a ritmo mentre si toglieva la sua giacca; un piede batteva il tempo, ma lui non si mosse dal suo posto.

Meglio così. Perché era lei a muoversi verso di lui.

Intorno a lui.

Proprio intorno a lui.

Si sfilò la giacca dall'altro braccio, il sedere che ondeggiava contro il fianco di lui, i capelli che gli sfioravano appena il braccio mentre ruotava lentamente intorno a lui, con i fianchi che seguivano il ritmo.

Darien la guardò da sopra la spalla, voltandosi leggermente, ma Gina scosse la testa e si allontanò da lui con un inchino. Con un rapido movimento dei capelli, si ritrovò di fronte a lui vicino al tavolo, poi piantò i piedi alla larghezza delle spalle proprio mentre iniziava la prima strofa dopo il ritornello.

Gettò la giacca sul divano.

Poi fece scorrere un dito lungo il davanti della camicia di Darien.

Amava gli uomini con la camicia con i bottoni. Rendeva le cose più, uhm, interessanti. Specialmente quando i primi due erano già slacciati.

Punteggiò ogni battuta con i fianchi mentre slacciava il bottone successivo, grata di essere stata abbastanza volte nel locale di Bryan da aver imparato qualche mossa.

Darien lasciò cadere la giacca ai suoi piedi, poi le afferrò le mani. «Ehi, pensavo fossi tu quella che doveva spogliarsi.»

Si liberò dalla sua presa con un gesto secco, i fianchi che ancora si muovevano a tempo di musica. «Posso fare quello che voglio, ricordi? E tu sei emancipato.»

Fece scorrere il palmo della mano lungo la fila di bottoni rimasti, sorridendo quando sentì i suoi addominali contrarsi. I suoi fianchi imitavano la rotazione dei suoi mentre lui alzava le mani in segno di resa.

«Giusto. Lo sono. Assolutamente pronto a essere emancipato.» Aggiunse un paio di sensuali ancheggiamenti. «Se capisci cosa intendo.»

Il suo sguardo scese sui fianchi di lui. Poi più in basso.

Era ovvio cosa intendesse.

Con la bocca improvvisamente secca, Gina si leccò le labbra mentre alzava lo sguardo.

Darien gemette. «Ma quanto dura questa canzone?»

«Lo chiedi a me? Non sono io ad averla nella mia playlist. Comunque...» Liberò un altro bottone. «Potrei doverla aggiungere.»

«Sbrigati, dannazione, Geen.» L'impazienza nella sua voce la fece sorridere.

«Non sei tu a darmi ordini, Darien.»

«Potrei esserlo... *se* me lo chiedi con gentilezza.»

Lei sorrise. «Vedremo chi comanda.» Slacciò un altro bottone con un gesto secco.

Lui allungò le mani verso i fianchi di lei.

«Ah ah ah.» Scosse un dito mentre ondeggiava a tempo di musica e si allontanava. All'indietro. Fuori dalla sua portata. «Non si tocca. Non è questa la regola del locale?»

«Veramente, sono le ballerine che non possono toccare. I clienti possono toccare quanto vogliono, purché la ballerina sia a suo agio.»

«A proposito di questo...» Afferrò l'orlo del suo maglione e lo fece frusciare, stuzzicandolo, stupita di quanto fosse liberatorio. Lei, che era sempre stata insicura riguardo al suo corpo, ora non lo era.

Avrebbe capito il perché più tardi. Per ora, si stava godendo quel senso di libertà.

E il sentirsi desiderata.

«Sta diventando un po' *scomodo* qui dentro. Un po'...» Si girò lentamente, i fianchi che ruotavano con la musica, il maglione in movimento che lo stuzzicava con scorci di pelle nuda... «*caldo* qui dentro.» Scosse la testa, facendo ricadere i ricci sulla schiena mentre lo guardava da sopra la spalla. «Se capisci cosa intendo.»

Darien gemette e si staccò dal tavolo, poi la tirò a sé per le braccia. «Vieni qui, donna.»

Lei si liberò dalla sua presa ancheggiando. «Non si tocca, ricordi?»

Lui scosse la testa e mosse i fianchi a ritmo con i suoi, battuta per battuta. «Ma sei tu la ballerina. Sei tu quella che non può toccare.»

Lei smise di muoversi. «Dici sul serio? Non vuoi che ti tocchi? Allora che ci facciamo qui?» Okay, era ora di rintanarsi di nuovo nel suo guscio di autodifesa. Dio, cosa stava facendo? Lasciò cadere il maglione e si avvolse le braccia intorno al corpo. Doveva farlo uscire da lì.

«Ehi, ehi. Mi stai fraintendendo.» Smettendo di ballare, le sciolse le braccia dalla vita e le sostituì con le sue. «Stavo scherzando, scusa. Fidati, Gina, voglio che tu mi tocchi.» Si chinò e le sussurrò: «Dappertutto.»

La pelle d'oca le percorse la pelle.

Ancora di più quando lui le passò la lingua sul punto morbido sotto l'orecchio. «Continua a fare quello che stavi facendo.»

Lei avvicinò le labbra al suo orecchio e rispose: «Non sei tu a darmi ordini, Foster,» prima di riprendere il ritmo con i fianchi.

Lui fece un passo indietro, con un sorriso spavaldo sul volto. «Così continui a dire, Taormina, eppure eccoti qui, a ballare di nuovo, proprio come ti ho detto di fare.»

Lei afferrò l'apertura della sua camicia e lo tirò di nuovo a sé. «Sai, se non volessi toglierti questa camicia così disperatamente, potrei smettere.»

«E se smettessi,» le fece scorrere il dorso delle dita sullo stomaco, *sotto* il maglione, «dovrei togliere io la *tua*.»

«Buona fortuna.» Si sforzò di pronunciare le parole con calma, ma dentro di sé era tutto *fuorché* calma.

«Non ho bisogno di fortuna.»

I suoi fianchi raddoppiarono il ritmo a tempo di musica mentre si allontanava di nuovo. «Ti senti un po' troppo pieno di te, non trovi?»

Lui allungò una mano per passarle il dorso delle dita lungo la guancia. «Preferirei che fossi tu a sentirti *molto* piena di me.»

Lei perse un passo.

Darien sorrise. «Presa.»

«Non ancora.» Afferrò i suoi fianchi e lo tirò più vicino. «Ora smetti di parlare, così posso concentrarmi a slacciare il resto di questi bottoni.»

«Conosco un modo più semplice.» Afferrò la camicia e strattonò.

Gli ultimi bottoni volarono via.

E con essi, l'immaginazione di Gina.

Il suo petto era ancora meglio di come lo ricordava, anche se era passata solo un'ora o giù di lì da quando l'aveva visto.

Per prima cosa, era più vicino. E poi, era suo.

Poteva leccargli quegli addominali se voleva e l'unico che poteva fermarla era Darien.

Lo sguardo nei suoi occhi diceva che non ne aveva la minima intenzione.

«Toccami.» Il tono tormentato nella sua voce lo confermò.

Mettendo fine alla sofferenza di entrambi, Gina tracciò i contorni dei suoi muscoli. Caldi, duri e lisci, scivolavano sotto i suoi polpastrelli. Il respiro di lui divenne affannoso, tanto quanto le sue mani, man mano che lei lo toccava.

Spalmò un palmo sul suo pettorale, il capezzolo che si induriva vicino al suo pollice.

«Non fermarti,» gracchiò lui.

Non aveva alcuna intenzione di fermarsi.

Fece scivolare l'altra mano lungo lo stesso percorso sul suo lato sinistro, avvicinandosi, i loro fianchi che si muovevano all'unisono, specialmente quando lui le sbatté una mano sulla parte bassa della schiena e la tirò contro di sé.

Non c'erano dubbi su come si sentisse riguardo a quello che stavano facendo.

«Mi. Stai. Facendo. Impazzire.» Scandì le parole a denti stretti, a tempo col ritmo.

«Bene,» sussurrò lei, inspirando il suo profumo, le labbra a pochi millimetri dalla sua gola, il suo respiro caldo sulla guancia di lei.

«Gina.» Bassa, gutturale, la sua voce era intrisa di bisogno.

Lei alzò lo sguardo.

La mascella di Darien era contratta e una goccia di sudore gli scendeva lungo il lato del viso.

Lei la leccò—

Un attimo dopo, lui l'aveva piegata all'indietro in un bacio così incredibilmente bollente che si stupì di non sentire fiamme sprigionarsi dalla sua pelle.

La sua lingua le riempì la bocca, assaggiando, esigendo la sua. Le sue dita si aprirono sulla sua schiena, sostenendone il peso, ma senza affondare nella pelle. I suoi muscoli si contrassero contro i palmi di lei, il suo cuore che martellava.

«Ti voglio, Gina. Qui, ora, di fretta, veloce, forte... tutto. Tutta te.»

Tracciò le parole lungo la colonna della sua gola in modo che lei le sentisse oltre che udirle, e le ci volle tutta la forza che aveva per trovare abbastanza fiato da pronunciare quella singola parola che avrebbe sistemato ogni cosa.

«Sì.»

Quando la musica si interruppe per il riff di Snoop Dogg, Darien, per fortuna, la rimise in piedi, così il "qui" non fu il pavimento di legno del suo soggiorno.

Poi le sollevò una gamba sul fianco, tenendola incollata a sé con l'altra mano, e la portò ballando fino alla sua camera da letto, baciandola per tutto il tragitto, la mano di lui impigliata tra i suoi capelli, guidando la sua bocca a combaciare perfettamente con la sua.

Come sapesse dove fosse la sua stanza, non lo sapeva. Non le importava nemmeno. Era solo grata che avesse un senso dell'orientamento impeccabilmente magistrale.

La musica si affievolì mentre entravano nella sua stanza, ma poteva ancora sentire il ritmo, anche se, forse, era il martellare del suo cuore. O di quello di Darien.

Probabilmente di entrambi.

Aveva passato un braccio intorno al suo collo quando lui le aveva sollevato la gamba, le dita ora intrecciate tra i capelli che gli sfioravano il colletto, della lunghezza giusta per aggrapparsi—

Mentre la calava sul suo letto.

Appoggiandosi con una mano accanto a lei sul materasso, il suo peso la seguì verso il basso.

Dio, che bella sensazione averlo sopra di lei.

E, nonostante tutto, i suoi fianchi continuavano a muoversi.

Gina si sentì sciogliere mentre i loro corpi si incontravano, così strinse una gamba intorno alla coscia di lui, tirandosi contro di lui, bisognosa di quella pressione. Bisognosa di lui contro di lei.

Dentro di lei.

«Ti prego, dimmi che hai portato i preservativi.» Non voleva dover andare in bagno a prenderli. Avrebbe dovuto metterli nel comodino, ma prima era andata troppo di fretta per pensare così avanti.

«Non esco mai di casa senza,» disse Darien con una piccola risata.

Playboy.

La parola le rimbombò nel cervello — l'esperienza passata e tutto il resto — e Gina si irrigidì.

Darien si tirò indietro, appoggiandosi su entrambe le mani. «Rilassati, Gina. Sto scherzando. Non c'è stata nessuna per molto tempo.»

«Quanto tempo?» Le sue dita tamburellarono sul colletto della camicia di lui.

«Vuoi davvero parlare delle nostre storie passate adesso?»

Sì.

No. Non cercare una via d'uscita. Lui non è John. Lasciati andare.

Espirò e scosse la testa. «Finché hai un preservativo — e niente che devi dirmi — quello può aspettare.»

Le sfiorò il naso con il suo, poi le labbra con una delicatezza infinita, e Gina si sentì sciogliere di nuovo.

«Beh, in realtà ho *qualcosa* da dirti.»

E allora *non* si stava più sciogliendo. Anzi, era pronta a sgusciare da sotto di lui e a prenderlo a calci fino alla porta. Farla eccitare in quel modo per poi sganciarle una bomba come una malattia venerea—

«Ho portato più di un preservativo.»

Oh.

Uh... Gli tirò indietro i capelli per potergli vedere il viso. «È *questo* quello che devi dirmi?»

Lui sollevò un sopracciglio. «Non ti piace che ne abbia più di uno?»

«Non è questo e lo sai. Le tue battute non le trovo molto divertenti.»

«Bene, perché non voglio assolutamente che tu rida quando ti stuzzico.» Si chinò per sfiorarle di nuovo il naso. «Esempio lampante—»

Questa volta, la sfiorò un po' più in basso. A livello del capezzolo. E, questa volta, con la lingua. Proprio attraverso il maglione.

Come una scossa elettrica, il suo corpo rispose, inarcandosi verso il suo tocco, il capezzolo che si induriva sotto i vestiti.

Lui sollevò la testa, il suo sguardo incrociò quello di lei, ma non si mosse.

Per lei andava bene. Poteva rimanere proprio lì dov'era e fare la sua magia.

«Dobbiamo toglierti questo coso.»

«Sì.» Ed ecco la *sua* magia: una piccola parola di due lettere.

«Metti le braccia sopra la testa,» disse da un punto imprecisato vicino alla sua vita.

Più che felice di obbedire, lasciò i suoi capelli e gettò le braccia all'indietro sul materasso proprio mentre lui—

Oh, wow.

Prese l'orlo del suo maglione tra i denti e lo tirò su lungo il suo corpo.

Una delle sue mani accorse in aiuto, facendo scivolare la lana sulla sua pelle a tempo di musica, mentre la canzone ricominciava.

«Consumeremo la batteria,» riuscì a pronunciare, anche se le dita di lui stavano armeggiando con il gancio anteriore del suo reggiseno di pizzo dopo che il maglione era stato gettato da qualche parte sul letto.

Lui ridacchiò. «Piccola, fidati. Non consumerai la mia batteria. Non per molto, molto tempo.»

«Intendevo quella del tuo telefono, narcisista presuntuoso.»

«Il mio telefono è l'ultima delle mie preoccupazioni al momento. Ma questo capezzolo, ecco, questo è decisamente sul mio radar.»

Cosa che dimostrò egregiamente. La sua lingua, le sue labbra, i suoi denti, le sue dita... tutti la indussero a ringraziare la sua buona stella che lui fosse — cosa aveva pensato prima? Così impeccabilmente magistrale.

«Dio, Gina, sei bellissima.» La riverenza nella sua voce la fece sentire bellissima.

L'espressione sul suo viso glielo fece credere.

«Vieni qui, Darien.» Gli accarezzò la guancia, la sua barba corta che lo rendeva ancora più sexy mentre le sue dita danzavano sotto il suo mento.

«I tuoi desideri sono ordini, mia signora.»

Lei sorrise mentre lui si avvicinava per il bacio.

«Ora chi comanda chi?» sussurrò un attimo prima che le loro labbra si incontrassero.

Lui sorrise contro la sua bocca, i loro denti che si scontrarono leggermente, ma ciò non fece che aumentare il fattore erotico della sua lingua che accarezzava la sua.

E poi, grazie Signore Gesù, il suo petto sfiorò i suoi capezzoli. Santo cielo, pensò che sarebbe venuta proprio in quel momento, le sensazioni che si propagarono in tutto il suo corpo, arricciandole le dita dei piedi, le dita delle mani e probabilmente anche ogni singola ciocca dei suoi capelli.

Gemette nella sua bocca, muovendosi contro di lui, l'ondata di desiderio dentro di lei che soffocava la musica mentre cercava di avvicinarsi a lui il più possibile.

Affondò le dita tra i suoi capelli, mettendo tutto il suo peso su di lei — i suoi fianchi *ancora* a ritmo di canzone.

Avrebbe amato quella canzone per sempre.

«Chi comanda adesso, tesoro?» sussurrò lui, la lingua che le saettava nell'orecchio, provocandole brividi — *altri* brividi — lungo tutto il corpo. «Sembra che ti abbia intrappolata, quindi comando io.»

«Ne sei sicuro?» Fece scivolare l'altra gamba intorno a lui. «Anche io ti ho intrappolato.»

Lui gemette contro la sua gola, poi li fece rotolare, le gambe di lei sotto di lui. La spinse finché non fu quasi seduta. «Di' "mi arrendo",» disse prima di prenderle il seno in bocca.

L'ondata di desiderio le fece reclinare la testa all'indietro. Le era impossibile pronunciare *qualsiasi* parola, ma se avesse potuto, non avrebbe detto quella, perché avrebbe messo fine a tutto questo. E questo, non voleva che finisse.

Le sue dita imitarono ciò che la sua lingua stava facendo e Gina non riuscì a trattenere i gemiti. Era passato così tanto tempo. E John non era stato neanche lontanamente bravo quanto lo era Darien.

E quello fu l'*ultimo* pensiero che avrebbe dedicato a John in quel momento.

La lingua di Darien saettò sul suo capezzolo.

Forse per sempre.

La sua mano le scivolò sul sedere, impastandole i muscoli mentre lei si dondolava contro di lui. Dovevano finire di spogliarsi. E glielo avrebbe detto. Appena fosse riuscita a pronunciare anche solo una frase a metà.

La sua bocca si liberò, spargendo baci sulla cassa toracica, poi sul seno fino alla clavicola, e tutto ciò che Gina poté fare fu lasciarsi guidare per il piacere di lui. E per il suo. Santo cielo, sì, per il suo.

«Chi comanda adesso?» le sussurrò contro la gola, prima di succhiarle la pelle nella sua bocca.

«Io» riuscì a pronunciare lei in un gemito.

Lui la lasciò con uno *schiocco*. Le avrebbe lasciato il segno.

Non le importava, anche se Candy le avrebbe fatto un sacco di domande.

Già, niente Candy in mezzo a questa storia. Riguardava lei e Darien e nessun altro.

«E perché mai saresti tu a comandare?» Le diede una pacca sul sedere. Non troppo forte... ma perfetta.

Gina si scostò i capelli dagli occhi mentre gli sorrideva dall'alto. «Perché ho fatto in modo che fossi tu a darmi piacere.»

«Strega.» Le abbassò la testa per un bacio rovente.

Si lasciò godere quel momento per qualche secondo, ma non gli avrebbe lasciato l'ultima parola. Non lì. «Darmi dei nomi *non* è il modo per ottenere quello che vuoi, Foster.»

«Lo so. Questo sì.» La sua bocca trovò l'altro seno.

Gina espirò e lasciò cadere la testa in avanti, facendo scivolare le labbra tra i suoi capelli. Sì, in quel preciso istante avrebbe potuto ottenere praticamente tutto ciò che voleva. Persino il diritto di vantarsi.

Non che glielo avrebbe detto.

Non che potesse, del resto.

I suoi fianchi tenevano ancora il tempo della musica, un ritmo così primordiale che quasi non lo sentiva più. Ma lo percepiva.

Dovevano essere nudi.

«Per me va bene.»

I suoi occhi si aprirono fremendo quando lui le lasciò il seno. «L'ho detto ad alta voce?»

«Puoi scommetterci. Ma lo stavo pensando anche io.» Le mosse i fianchi contro. «Tirati su, donna, e fammi vedere qualche mossa.»

«Non sei tu il c...»

«E prima che tu lo dica...» sollevò una mano. «*Per favore, per favore, per favore*, ti andrebbe di fare un balletto provocante e spogliarti, così posso fare di te quello che voglio?»

«Oh, be', se la metti così...» Sgrovigliò le gambe e si mise in piedi, muovendosi al ritmo della canzone. «Spero che quell'affare sia carico al massimo.»

Darien si sollevò sui gomiti e guardò in basso. «Carico al massimo e pronto a scatenarmi, piccola.»

Non stavano parlando della stessa cosa.

O... forse sì.

Gina fece una lenta piroetta, godendosi la carezza dei capelli che le scivolavano sulla pelle, una sensazione così sensuale che dovette farlo di nuovo.

Stavolta, con i capelli sul seno.

«Non coprirti, Gina. Voglio vedere.»

Sorprendentemente, non era affatto a disagio per il suo seno con lui. Non ora. Specialmente dopo che ci aveva posato le labbra. E la lingua. Aveva persino usato i denti.

Rabbrividì a quel pensiero. Non avrebbe mai pensato che un giorno avrebbe dato a Darien Foster l'opportunità di vedere le sue, ehm, *tette*.

Sorridente, si allontanò dal letto, godendosi il potere che aveva su di lui. La voleva; glielo si leggeva negli occhi, tra le altre parti. E ancora meglio, era in suo potere esaudire quel desiderio.

O andarsene.

Tu non *te ne andrai da qui.*

Be', certo che no; quello era il suo appartamento. E finalmente aveva Darien Foster proprio dove lo voleva.

Be', quasi.

Fece qualche passo avanti.

«Dio, sei bellissima. Vieni qui.» Allungò una mano verso di lei, ma lei lo respinse sul letto.

«Un momento, Signor Non-Precipitiamo-Le-Cose. Ho qualche idea anche io.» Idee che si concentravano molto sulla patta dei suoi jeans.

Si mise tra le sue gambe e gli posò una mano sullo stomaco. «Non muoverti.»

«Ti sento, ma qualcuno» contrasse i muscoli della coscia «non sta prestando attenzione.»

Gina fece scorrere la mano sulla sua lunghezza. «Oh, non ne sarei così sicura. A me sembra che stia prestando molta attenzione.»

Darien si lasciò ricadere sul letto, con le braccia aperte ai lati. «Mi stai uccidendo.»

«Non è mia intenzione. Ma se così fosse, immagino che farò meglio ad assicurarmi che tu te ne vada con un sorriso.» Detto questo, afferrò la sua patta.

Altri bottoni.

«Credo che non possiamo strapparli, eh?»

Darien sogghignò. «No. Dovrai guadagnartelo, piccola.»

«Che fatica.» Che fosse per la pratica fatta con la sua camicia o per la foga, riuscì a sbottonare i bottoni abbastanza in fretta.

Ovviamente Darien non portava niente sotto.

Lo toccò.

Lui inspirò di colpo insieme alle parole: «Preservativo. Tasca. Posteriore.»

«Divertente, visto che ci sei sdraiato sopra. Dovrai girarti perché io li prenda.»

«O, meglio ancora...» Si sfilò i jeans lungo i fianchi, poi si mise a sedere e se li tolse dalle gambe. «Ecco.» Glieli porse. «Tasca posteriore.»

Lei scelse di ascoltare la disperazione nella sua voce invece del comando, mentre trovava quello che cercava.

Gettò il mucchietto sul letto. «Ma guarda un po'. Abbiamo un'alta opinione di noi stessi, non è vero?»

Le agganciò un piede intorno alla coscia e la tirò in avanti.

Lei gli cadde praticamente in grembo.

Il che non era necessariamente una cosa negativa.

«Scegline uno, Gina, e mettiamocelo. Non so quanto ancora posso aspettare.»

Ne afferrò alcuni. «Be', dovremo vedere quanto a lungo è, vero?»

Lui gliene sfilò uno dalle dita, lo aprì con i denti e se lo infilò così in fretta che lei avrebbe dovuto essere inorridita da quanta pratica doveva aver richiesto, ma invece era elettrizzata dal fatto che fosse così eccitato da non poter aspettare.

Le fece cenno con un dito come aveva fatto al locale. «Vieni qui.»

«Non sei tu...»

«Per favore.»

Era divertente stuzzicarlo, ma era ancora più divertente assecondare i suoi desideri.

Si prese un po' di tempo per calarsi su di lui, sostenendo il proprio peso con le mani mentre gli sfiorava il petto con i capezzoli.

Lui gemette.

«Ti piace?»

«Si potrebbe dire di sì.» Inarcò il bacino. «E hai ancora troppi vestiti addosso.»

Gina sollevò una mano dal letto e la fece scivolare sulla vita dei suoi jeans. Dannazione, non riusciva a slacciare il bottone con una mano sola, così provò a sfilarli oltre i fianchi.

Di nuovo, difficile da fare con una mano sola.

«Permettimi.» Darien la tirò giù sopra di sé e la fece rotolare sulla schiena, poi scivolò in ginocchio sul pavimento, sfiorandole le cosce con i palmi delle mani.

Lo stomaco le si contrasse quando le dita di lui le slacciarono il bottone in vita.

Il respiro le si bloccò del tutto quando lui abbassò la zip, le dita che le sfioravano gentilmente la pelle per tutto il tragitto.

Poi allargò la cerniera con i palmi, facendoli scivolare sulle ossa dei fianchi prima di affondare le dita sopra la vita dei pantaloni e sfilarglieli lungo le gambe.

Si fermò all'inguine. «Pizzo abbinato, vedo.»

La sua lingerie era stata un buon investimento.

«Credo di riconoscerla dall'altra sera.»

Quando era stato nel suo bagno a cercare delle bende. «Solo tu potevi tirare fuori quel momento imbarazzante adesso, Foster.»

«Sarà meglio che sia l'unico. Non mi piace condividere.» Le fece scivolare i jeans fino in fondo.

Poi procedette a risalire leccandola.

Ma non fino in cima. Si fermò in un punto molto propizio.

E la rese una donna molto felice.

Gina si aggrappò al piumone mentre Darien le dava un piacere che non aveva mai immaginato, portandola all'apice, per poi fermarsi prima che lei venisse. La stuzzicava, la metteva alla prova finché lei riuscì a malapena a pensare oltre la parola *sì*.

Era abbastanza sicura di averla detta più di qualche volta. E anche piuttosto forte.

Darien finalmente si spostò più a nord, baciandola fino all'ombelico, poi su, tra i suoi seni. Quando fece una sortita a destra, lei gli afferrò la testa. «Okay, ti sei divertito, ora finisci il lavoro» disse, portandogli la bocca sulla sua.

«Autoritaria, autoritaria.» Le sorrise mordicchiandole le labbra.

«Allora finalmente lo ammetti.»

«Devo dire che è piuttosto sexy.»

Lei sogghignò. «Allora preparati a un sovraccarico di sensualità, Foster.» Gli afferrò il culo. «Facciamolo.»

«Sul serio, Taormina, non sono mai state pronunciate parole più sexy.» Le allargò un ginocchio, aprendola, prima di scivolare dentro.

Gina esalò. «Oh, mio Dio.»

«Non esattamente.» Le sue parole erano tese mentre spingeva. «Dolce... okay. *Non* femmina. E decisamente non un genitore. Ma accetto il riferimento a Dio.»

Gli diede una pacca sul sedere. «Presuntuoso.»

«Colpevole.» Inarcò i fianchi, andando più a fondo.

«Oh. Mio. Dio.» Le parole le sfuggirono da sole.

«Grazie.» Le sorrise contro la gola.

Rise, un'azione interessante considerando le sensazioni che la travolgevano. Darien la faceva sentire accaldata ma con la pelle d'oca, la riempiva ma non abbastanza, la stava quasi consumando, ma la faceva ridere. «Fare sesso con te è divertente.»

«Grazie. Credo.» Si tirò indietro per guardarla. «Finché raggiunge il suo scopo... per così dire.» Inarcò di nuovo i fianchi.

Lei gemette. «Sì, lo sta facendo.»

«Bene.» Pompò ancora un po'. Più veloce. Un po' più a fondo.

Gli avvolse le gambe intorno alla vita. «Non fermarti, Darien.»

«Non ne avevo alcuna intenzione.» Con la mascella serrata, accelerò il ritmo.

Il che, curiosamente, corrispondeva a quello della canzone.

Gina rise di nuovo. «Il tuo telefono è ancora acceso.»

«Bene. Saprò dov'è quando mi servirà. Ma in questo momento,» fece una torsione sexy con i fianchi «in questo momento, sei l'unica cosa di cui ho bisogno.»

Si lasciò ricadere di nuovo su di lei, le sue labbra che reclamavano le sue, le sue spalle che si muovevano mentre si spingeva dentro di lei, e Gina lasciò che quel commento sul *bisogno* scivolasse via mentre le sensazioni prendevano il sopravvento sul suo corpo.

Darien sapeva esattamente dove muoversi, come toccarla, i suoi baci, i suoi morsi e la sua lingua la portavano a vette inimmaginabili.

Chi sapeva che un piccolo morso acuto sul lobo dell'orecchio le avrebbe mandato brividi fino alla punta dei piedi, che, in quel momento, erano praticamente vicino alle sue orecchie. Quella era un'altra meraviglia. Era piuttosto flessibile, normalmente, ma questo... ora... Quel ragazzo l'aveva completamente aggrovigliata, sia dentro che fuori.

Gli conficcò le unghie nel sedere, seguendo il suo ritmo, cercando di avvicinarsi ancora di più. Ci siamo quasi... solo un altro po'...

«Ah, Dio, sì, Gina, così, piccola.» Si dondolò dentro di lei, il sudore che li rendeva scivolosi. Le sue labbra trovarono la curva del suo collo, e Gina inarcò la schiena, concedendogli pieno accesso.

I suoi denti... oh cavolo... piccole punte di piacere extra la colpivano ogni volta che le sfioravano la pelle.

E il suo sedere... Dannazione, quell'uomo aveva dei glutei incredibili. Colse ogni occasione per afferrarli, impastarli, facendo persino scivolare un dito tra di essi.

Darien ruggì, la sua mano che colpì il materasso accanto alla spalla di lei mentre la guardava. «*Cosa* è stato?»

«Non lo sai?» Lo fece di nuovo.

Lui gemette, a lungo e ad alta voce. Probabilmente i suoi vicini stavano sentendo tutto. E a lei non importava.

Lo accarezzò di nuovo.

«Gesù... Gina... Oh Dio... Cazzo...»

Quanto al contenuto, quelle non erano le parole più romantiche che avesse mai immaginato, ma le azioni? Già, lui era bravo tanto a dare quanto a ricevere.

E a giudicare da come sembrava, stava ricevendo molto.

Darien stava stringendo i denti, gli occhi strizzati, e i suoi fianchi andavano al doppio del tempo della musica. Il sudore gli bagnava il petto, il suono dei loro corpi che si incontravano era meglio di qualsiasi ritmo.

Adesso aveva entrambe le mani piantate vicino alle sue spalle, la testa bassa, i capelli che le sfioravano il viso mentre quasi le ringhiava contro – no, in realtà, le *ringhiò* contro. «Guarda. Mi.» Ansimava a tempo con i fianchi.

Gina non poteva *non* guardarlo. Dio, era bellissimo. E per quel momento, quella notte, era suo.

«Vieni con me, Gina.» Fece di nuovo quella mossa ondeggiante e – dannazione – le beccò il punto G.

«Darien!» Metà singhiozzo, metà meraviglia senza fiato, fu l'ultimo respiro che prese mentre l'orgasmo la travolgeva. Brividi, tensione, le spinte ritmiche che non avrebbe mai dovuto interrompere... tutto la fece precipitare oltre il limite e tutto ciò che poteva fare era aggrapparsi a lui come se ne andasse della sua vita.

Lui gridò il suo nome, un lungo ruggito, e il suo corpo si fermò per un secondo prima di schiantarsi di nuovo dentro di lei, spingendo più e più volte, versandosi in lei finché tra loro non ci fu altro che sensazione. Nessun senso di sopra o sotto, davanti o dietro, solo la perfezione di essere così intimamente connessa a lui.

Il suo peso la premette contro il materasso. Fu la prima sensazione che registrò mentre la nuvola euforica si dissipava.

Stava bene su di lei. E se le sue braccia avessero trovato un po' di forza, avrebbe potuto effettivamente avvolgerle intorno a lui.

Ci avrebbe pensato più tardi.

«Ehi, Bella Addormentata.» La sfiorò con il naso sul collo.

Riuscì a passargli una mano tra i capelli. «Pensavo di essere Wonder Woman.»

«E adesso chi è la narcisista presuntuosa?»

«Non è presunzione se è vero.» Aprì un occhio. Lui era appoggiato su un gomito, dall'aspetto fin troppo sexy – e sveglio – quando tutto ciò che lei voleva era stare lì e crogiolarsi nell'estasi del dopo. «E visto che me l'hai detto tu, deve essere vero.»

«Ah, come le leggi di Internet. Questo fa di me un modello francese?»

Lei ridacchiò. «Se tu fossi un modello francese, non saremmo qui. Saremmo—»

«In Francia» dissero insieme.

Darien ridacchiò e rotolò su un fianco, portandola con sé. Gina non era del tutto sicura di come fossero riusciti a rimanere ancora uniti, ma non avrebbe messo in discussione le mosse di un ballerino di grande talento.

Sempre appoggiato sul gomito, le posò l'altro braccio sul fianco. «Allora, Gina Taormina, ti è piaciuto?»

«Ah, andiamo, Foster, mi aspettavo qualcosa di meglio di un vecchio cliché da te.» Gli pizzicò il naso.

«E non appena il mio cervello tornerà da qualsiasi stratosfera tu l'abbia spedito, tirerò fuori qualcosa di arguto. Argutino? Più arguto?» Fece spallucce. «Non riesco a capirlo, quindi, per ora, ti becchi il cliché.» La baciò.

Non c'era niente di cliché in *quello*.

«Allora, ehm, a proposito di quegli altri preservativi...» Allungò la mano dietro di sé. «Che credo mi si siano appiccicati alla schiena, in realtà...»

Le sue dita le scivolarono sulla pelle – portando con sé altri brividi – e ne staccarono uno. «Stai davvero cercando di uccidermi, non è vero? Ti ho chiesto scusa, sai.»

Gli prese il preservativo. «Hai ragione, l'hai fatto. Ma penso che tu debba dimostrare quanto sei pentito.»

«Ah, una scopata di compassione. Capisco dove vuoi arrivare.»

«Ehi! Non è quello che intendevo.»

«E non è quello che avrai, Gina. Sappi questo: quello che stiamo facendo ora non ha assolutamente nulla a che fare con quello che è successo in quell'aula, a parte il fatto che ti desidero da anni. E finalmente, ho la possibilità di averti. Quindi mettiti comoda e preparati a sperimentare vent'anni e passa di desiderio.»

Be', se la metteva così...

Capitolo Quindici

Non usarono tutti i preservativi. Una buona parte, sì, ma non tutti.

Il che significava che sarebbero dovuti tornare per prenderne altri.

Gina non sapeva se sarebbe stato possibile, mentre scendeva dal letto la mattina seguente. Aveva dolori a muscoli che non sapeva nemmeno di avere.

Darien dormiva ancora e, per quanto desiderasse svegliarlo, un po' di sonno gli avrebbe fatto bene e lei doveva andare alla spa, dove sperava di evitare l'Inquisizione di Candy.

Niente da fare.

L'occhio di falco di Candy individuò il succhiotto nemmeno dieci secondi dopo che Gina si fu tolta il cappotto.

«Avete consumato». Candy la seguì in ufficio, chiudendo per fortuna la porta in modo che il resto dello staff non potesse sentirla. Non che fosse facile, con la musica natalizia dei Chipmunks in sottofondo, e quella fu la prima volta in cui Gina fu felice di sentire Alvin e i suoi amici, ma dava loro un ulteriore strato di privacy per quella conversazione.

«Candy...»

«È inutile negare, Geen. Vedo quel segnetto d'amore non proprio piccolo spuntare da sopra la sciarpa. È un po' da disperate, non trovi, mettersi una sciarpa sopra un dolcevita? E poi, chi porta più i dolcevita di questi tempi? Quella cosa sembra tirata fuori dal fondo del tuo armadio. Devo assolutamente portarti a fare shopping». Si piazzò sulla scrivania di Gina. «Sputa il rospo».

«Cosa c'è da dire? Ho pensato a quello che hai detto, sono andata al club dopo che te ne sei andata, e il resto... be', puoi farti un'idea abbastanza precisa di quello che è successo dopo». Compreso il fatto che il dolcevita nero avesse circa dieci anni. Ma quando tutti i suoi soldi extra finivano nella spa e nelle bollette, i vestiti se li teneva a lungo. E guarda un po', aveva giocato a suo favore. Be', lo avrebbe fatto se Candy non avesse notato il succhiotto.

Candy inclinò la testa e socchiuse gli occhi. L'eyeliner di oggi era fucsia. Lo abbinava a un ombretto verde avocado, un maglione dorato scintillante e una gonna nera a matita con una svasatura a sirena al ginocchio. Solo Candy poteva mettere insieme quei colori e risultare chic. «Non me lo dirai, vero?»

«Dirti cosa? I dettagli?». Gina spostò una cartella dalla scrivania alla credenza. Probabilmente avrebbe dovuto archiviarla. «Credo che abbiamo superato quella fase. Non c'è molto da dire».

«Oh, tesoro, è un vero peccato».

Si voltò a guardare Candy. «Non è quello che intendevo e lo sai. È stato...». Aprì un cassetto dell'archivio. «Bello». In un modo stupendo, da lasciarla senza fiato.

«Bello, eh? Be', accidenti. Questo spiega il dolcevita, allora. Hai anche degli stivali di gomma per completare l'outfit?»

«Ehi, gli stivali di gomma sono di moda. E poi, cosa vorresti che indossassi? Vuoi che vada in giro a sbandierare questa cosa per tutta la città?». Si voltò di nuovo e si abbassò il colletto. «Si è, эм, lasciato un po' prendere la mano».

Due pollici in su da parte di Candy. «Così mi piaci. Fai perdere la testa al ragazzo. È il modo migliore per tenerlo interessato».

«O per farlo finire al manicomio», borbottò Gina mentre infilava la cartella al suo posto nel cassetto prima di voltarsi di nuovo. «Senti, Cand, non mi piace fare giochetti. Non vorrei che li facesse neanche lui, quindi se questa storia va da qualche parte, bene. Altrimenti, non starò a rimuginarci sopra».

«Oh, sì che lo farai. Perché è quello che fai sempre. Ecco perché volevo sapere se avesse detto qualcosa».

«Cosa avrebbe dovuto dire, Candy? Che sono l'amore della sua vita e che nessuna è mai stata alla sua altezza?». Gina prese lo spruzzino per inumidire il mini abete sulla sua scrivania che sua madre le aveva regalato per darle "un po' di spirito natalizio", completo di mini palline di Natale e sottili fili di ghirlanda. «Ti prego, vivo nel mondo reale. Ieri sera è stato bello. E probabilmente si ripeterà». Se fosse dipeso da lei.

Anche se sarebbe stato bello se avessero potuto parlare quella mattina ma, dato che lui non aveva un appuntamento per un massaggio fino alle undici e doveva lavorare la sera, aveva bisogno di dormire. Specialmente perché non ne avevano avuto molto la notte prima.

«Ahhh, ecco quel sorriso». Candy saltò giù dalla scrivania, un'impresa notevole considerata l'altezza dei suoi tacchi a spillo.

E Candy stava prendendo in giro *lei* perché indossava un dolcevita? Almeno *quello* era appropriato per il tempo. Se Candy fosse uscita con quelle scarpe, avrebbe fatto un bel capitombolo sul più piccolo pezzetto di ghiaccio.

Si avvicinò a Gina, le mise un dito sotto il mento e glielo sollevò. «Questo mi dice tutto quello che ho bisogno di sapere. Be', quello e il succhiotto». Le sistemò la sciarpa dorata per coprirlo. «Forse dovresti dirgli di non essere così plateale. Voglio dire, sono felice per te e tutto il resto, ma se non vuole che la gente parli, dovrebbe lasciarteli dove solo lui può vederli».

Gina si morse il labbro e distolse lo sguardo.

«Ah ha!». Candy le diede un colpetto sul naso. «Brava, Geen. Brava». Eseguì una giravolta militare e se ne andò ancheggiando fuori dalla porta. «Sarà una bella giornata oggi. Me lo sento».

Si girò sull'uscio e afferrò la maniglia. «La tua prima cliente arriva tra quindici minuti. La stanza è pronta. Quindi hai un po' di tempo per... rilassarti e distenderti». Chiuse la porta con un occhiolino.

Rilassarsi, sì, come no. Gina ricordava l'esatto momento in cui si era procurata quel succhiotto. Lo riviveva ancora e ancora nella sua mente. Tutta la notte, in realtà.

Lei e Darien... Era quasi troppo incredibile per essere vero.

Era questo che la preoccupava.

* * *

Darien sbatté le palpebre contro la luce del sole. Gli ci vollero meno di due secondi per ricordare dove si trovasse.

169

E con chi fosse.

Si girò su un fianco...

O con chi non fosse. Era sparita.

Dannazione.

Posò il palmo sull'impronta lasciata da lei. Hmmm... Non molto calda. Il che significava che si era alzata da un po'. Perché non l'aveva svegliato?

Gettò via il lenzuolo — a un certo punto erano riusciti a sfilarselo di dosso — poi scese dal letto. Prima in bagno, poi sarebbe andato a cercarla.

C'era un biglietto sul lavandino.

Sono andata al lavoro. Non volevo svegliarti; avevi bisogno di dormire. Ci vediamo lì.

~ Io

Darien lo raccolse. Quell'*Io* lo toccò da qualche parte nella zona del cuore. Un modo così intimo di comunicare.

Come lo era stata la notte precedente.

Aveva riso con lei mentre facevano l'amore. Lei l'aveva chiamato sesso, ma lui sapeva che era di più. Almeno, da parte sua. Sperava con tutto il cuore che anche lei potesse arrivare a quel punto, perché, sì, suo padre aveva ragione. Gina era quella giusta per lui.

Fece la doccia con il suo sapone e il suo shampoo, apprezzando l'idea di avere il suo profumo addosso per tutto il giorno. Indossò i vestiti della sera prima, infilando la camicia nei jeans dato che i bottoni inferiori erano da qualche parte nel suo appartamento, poi trovò i suoi stivali sotto il letto di lei.

Sorrise a quella vista. Non c'era un vecchio detto sul lasciare i propri stivali sotto il letto di una donna? Non ne era sicuro, ma se non c'era, avrebbe dovuto esserci.

Cominciò a rifare il letto, ma poi ci ripensò. Voleva che lei tornasse a casa e lo vedesse. Che si ricordasse di nuovo tutto. Dio solo sapeva che lui non lo avrebbe dimenticato tanto presto.

Gettò il piumone sulla sedia nell'angolo — ricordando esattamente quando era caduto sul pavimento — e sorrise come un idiota. Sembrava di essere tornato a quattordici anni.

Prima dello stupido commento del cavolo...

Ah, be'. Tutto è bene quel che finisce bene e farebbe meglio ad andare alla spa per assicurarsi che quella storia avesse un lieto fine.

No, un buon inizio.

Infilò il biglietto nella tasca posteriore e dovette tirare fuori un preservativo che Gina non aveva visto. Ridacchiando, lo mise nel cassetto del suo comodino per la prossima volta.

La prossima volta.

Sì, *la prossima volta* doveva fare qualcosa di speciale. Non rose; troppo cliché. Forse gigli. Gigli dorati. Sì, ecco cosa avrebbe fatto.

Raccolse il cappotto in soggiorno — sorridendo di nuovo al ricordo di cosa stava succedendo quando l'aveva lasciato cadere lì — poi prese il cellulare dall'ingresso. Sì, la batteria era scarica.

Nessun problema. Preferiva di gran lunga avere una batteria del cellulare scarica e una notte come quella appena passata piuttosto che il contrario.

* * *

«Be', be', be', guarda un po' chi si vede». Candy gli diede un'occhiata d'intesa quando entrò. «Fatto il tuo sonno di bellezza, Foster?»

Lei sapeva. Non avrebbe dovuto sorprendersi.

«La miglior dormita della mia vita». Si tolse il cappotto. «Come è andato il tuo fine settimana, Candy?»

Lei inclinò la testa verso di lui. «Non buono quanto quello di Gina, temo».

«Be', non arrenderti. C'è ancora speranza per te». Tamburellò con le dita sul bancone della reception. «Michelle dovrebbe arrivare a breve. Sarò nella sala trattamen... эм, suite tre».

«Sarà mia premura riferirlo a tutte le parti interessate».

Lui ridacchiò. «Fallo pure. E potrei anche ringraziarti per questo».

«Sì, sei in debito con me, Foster. Solo, non costringermi a farti del male».

Cos'avevano tutti a minacciare di fargli del male? Certo, volevano bene a Gina, ma perché davano per scontato che l'avrebbe ferita? Semmai, era lui quello che avrebbe dovuto preoccuparsi. Mentre lui era coinvolto al cento per cento, non sapeva quanto lo fosse lei. Poteva sperarlo, ma finché lei non avesse detto le parole, non ci avrebbe contato.

Certo, nemmeno lui aveva ancora detto le parole.

«C'è Gina?»

«E dove altro dovrebbe essere?». Candy fece un cenno con la testa verso il corridoio. «Nel suo ufficio. Scelta interessante di abbigliamento oggi, a proposito. Colpa tua, a quanto ho capito».

Non era sicuro di cosa stesse parlando, ma questo gli fece venire ancora più voglia di vedere Gina.

Bussò alla porta del suo ufficio, anche se la vedeva alla scrivania attraverso la finestra laterale.

Lei sorrise quando alzò lo sguardo. E, sì, il suo cuore perse un battito o due. «Entra pure».

Era esattamente quello che intendeva fare.

Cavolo, se aveva ragione papà. Quando lo sai, lo sai.

Lei aggirò la scrivania mentre lui entrava. Non era sicuro di cosa parlasse Candy; indossava il suo solito camice bianco, un paio di jeans, una maglietta e una sciarpa dorata in linea con il tema *dorato*.

Fu solo quando si avvicinò che vide il segno sbucare da sopra il colletto.

«Sono stato io?». Le spostò i capelli dalle spalle, poi le toccò il collo.

«Sì, e Candy l'ha notato subito».

«Questo spiega il suo commento sul tuo outfit». Le abbassò il colletto per guardarlo. «Giovanile, lo so, ma devo dire che mi piace vedertelo addosso».

Lei gli diede uno schiaffetto sul petto. «Tornato a fare il cavernicolo, eh?»

«Non ricordo di averti sentita fermarmi». Le appoggiò i polsi sulle spalle semplicemente perché non poteva non toccarla.

«Come se ne avessi avuto la possibilità».

«Oh, giusto. Eri così fuori di te in quel momento che avrei potuto farti qualsiasi cosa». Giocò con una ciocca dei suoi capelli.

«Vuoi dire che c'è di più?»

«Oh sì, tesoro. C'è molto altro da dove è venuta fuori la notte scorsa». Le passò la punta delle dita sulla nuca, amando il fatto che lei rabbrividisse. «Cosa fai stasera?»

«Lavoro. Come te, ricordi?». Lo punzecchiò.

Gli sarebbe piaciuto *punzecchiarla*… «Adesso balli anche a livello professionale? Accidenti, una notte con me e sei disposta a spogliarti per *chiunque*».

«Smettila di darti arie, Foster. Devo finire questo posto nelle prossime tre notti per essere pronta per giovedì. A proposito—»

La baciò. Dio, quella donna sapeva parlare, ma a volte c'erano così tante cose migliori da fare con la sua bocca.

Lei sospirò dentro il suo bacio e lui lo addolcì.

La avvolse con le braccia e la piegò all'indietro, amando la sensazione di averla tra le braccia.

«Buongiorno», le sussurrò contro le labbra.

Lei sorrise. «Buongiorno».

«Non andartene mai più senza svegliarmi. Mi sei mancata».

«Di nuovo, eh?». Sbatté le ciglia mentre lui si raddrizzava. «Significa che avrò una replica?»

«Puoi avere una replica, puoi avere uno spettacolo tutto nuovo, coreografato apposta per te».

«A proposito di questo...». Gli passò una mano sul davanti della camicia — non avrebbe dovuto fermarsi a casa a cambiarsi, ma tenere quella con i bottoni — «Sei ancora in debito con me».

«Per cosa?». Non che si stesse lamentando; voleva solo sapere per cosa si stava scusando. Così da poter far corrispondere le scuse al reato.

«Non mi hai mai fatto vedere cosa mi sono persa durante il tuo primo spettacolo di ieri sera».

Lui sorrise e alzò le mani. «Colpevole. Ha intenzione di punirmi, signora?»

Lei gli afferrò il maglione in un pugno. «Penso che si possa organizzare».

«Non vedo l'ora».

«Ehi, Geen... oh, merda. Scusate». Debby entrò e uscì dall'ufficio in due secondi.

Abbastanza a lungo da aver visto cosa stava succedendo.

«Oh, cavolo». Gina lasciò la sua camicia e si diresse verso la porta. «Non ho ancora avuto modo di dirle niente».

«Riguardo a cosa?»

«Il codice tra amiche, ricordi? Mi ha chiesto il permesso per te, e ovviamente mi sono tirata indietro». Si girò sulla porta. «Devo scappare. Non dimenticare che Michelle arriverà a momenti».

Be', se proprio doveva lasciarlo, almeno la vista era bella.

· · ·

«Deb, aspetta». Gina riuscì a raggiungerla vicino all'ultima sala trattamenti — suite — per fortuna. Non voleva avere quella conversazione nella reception o nell'area del salone.

Deb si girò di scatto. «Ehi, mi dispiace. Avrei dovuto bussare prima di irrompere, ma non pensavo—»

«Non è colpa tua. Non avremmo dovuto...». Accidenti, odiava arrossire. «Non potevi saperlo. Non è che uno si aspetta di entrare e trovare una scena del genere».

«Certo che ce lo aspettavamo».

«Eh?»

Deb si mise una mano sul fianco, inclinandolo. «Andiamo, Gina. Sapevamo tutti che avevi un debole per quel ragazzo. E lui non è riuscito a staccarti gli occhi di dosso da quando è arrivato. Penso che l'unica ragione per cui è qui sia *per te*, quindi, vai così, ragazza». Alzò una mano per darle il pugno e Gina, distratta, la accontentò.

«Candy mi ha detto quello che hai fatto».

Deb annuì. «Chiederti se eri interessata? Ma per favore. Sapevamo tutti che lo eri. Era ora che te ne accorgessi anche tu, però. Non potevo credere che mi avessi detto di provarci. Mi hai sorpreso con quella».

«Non sei stata l'unica».

Deb ridacchiò. «Ma ora è tutto a posto, giusto? Vi siete chiariti e avete entrambi un sorrisone stampato in faccia. Bisogna amare l'amore». Il campanello della porta suonò. «Oh, e a proposito di *bisogna*, io devo scappare. La signora Sermignano vuole una messa in piega oggi, e sai come sono i suoi capelli. Ciao». Deb fece una giravolta saltellante, i suoi capelli viola che le ondeggiavano dietro come la coda di una sirena. Il mese scorso erano rosso fuoco e Deb si portava dietro una borsetta a forma di conchiglia in onore della sua Sirenetta preferita, di cui si travestiva spesso per le convention di sirene.

Gina scosse la testa. Nell'ultimo anno, il suo staff era diventato un gruppo di amiche. Questo creava una grande dinamica lavorativa, ma lo rendeva imbarazzante in casi come questo. Non che avesse mai avuto un caso come questo prima. Darien era il primo ragazzo con cui avesse anche solo pensato di cenare — o pranzare in una caserma dei pompieri — figuriamoci, dormirci insieme.

Per fortuna, Deb non l'aveva ancora capito.

«Oh, e a proposito». Deb si fermò in mezzo alla reception. «Bella, эм, sciarpa». Le fece l'occhiolino e si diresse alla sua postazione.

Okay, quindi forse l'aveva capito.

Arrossendo ancora di più, Gina tornò a grandi passi nel suo ufficio. La voce si sarebbe sparsa tra lo staff, se non si era già sparsa. Poteva solo sperare che non arrivasse alla clientela. Anche se sapeva che non c'era niente di male a frequentare Darien — se così si poteva chiamare dopo esserci andata a letto — non voleva che si scatenassero pettegolezzi, specialmente con la visita imminente delle sorelle Cavanaugh.

Sette e più ore dopo, a Gina non sarebbe potuto importare di meno se tutti lo sapessero. Aveva lottato tutto il giorno tra il desiderio di vedere Darien e quello di mantenere la cosa privata. Aggiungi l'afflusso di clienti senza appuntamento che si poteva spiegare solo se l'intera popolazione si fosse data all'esercizio fisico e avesse bisogno di massaggi — oppure si era sparsa la voce che Darien lavorava lì — e lo vide a malapena.

«Ancora arrabbiata perché l'ho assunto?». Candy le lanciò il commento alle spalle mentre si incrociavano nel corridoio delle *suite*, mentre Gina tornava verso la reception dopo essersi cambiata con i suoi abiti da pittura. «Voglio dire, per ragioni che vanno oltre quella più ovvia».

Conoscendo Candy, la ragione "ovvia" poteva essere sia i nuovi affari che la notte precedente di Gina, ma in entrambi i casi la risposta era sì. «Grazie, Candy».

«Prego». Eseguì una giravolta che avrebbe fatto invidia a una pattinatrice artistica e seguì Gina lungo il corridoio. «Ora, sei sicura di non volere che assuma Gage per finire di ridecorare così puoi *finire* con Strafico McBollente là dentro invece di lavorare durante le ore più deliziose della notte?»

«Sono sicura». Gina continuò a camminare.

«Okay, affari tuoi se ti fa male la schiena, e non nel modo che preferiresti, se capisci cosa intendo». Candy dovette quasi correre per raggiungerla, il lato *negativo* dei tacchi a spillo.

«Ho capito».

«Non stasera. Le suite devono essere dipinte e le finiture completate per rimanere nei tempi. Il tuo Romeo tornerà dal club stasera per dare una mano?»

«Non lo s—»

«Non me lo perderei per niente al mondo». Il cosiddetto Romeo uscì con fare disinvolto dalla suite tre, tenendo la mano dell'ottantaduenne signora Patterson come se fosse una regina. «Permettimi di accompagnare questa adorabile signora alla sua auto e poi tornerò per discutere» — fece l'occhiolino — «di cosa avrai bisogno da me».

«Pensavo dovessi essere da qualche parte». Candy si picchiettò sull'orologio. «Il tuo pubblico attende».

«Cosa sei, mia madre?»

«Lascerò quella piccola fantasia al nostro ricettacolo di succhiotti qui presente». Fece un cenno verso Gina. «Mi sto solo assicurando che tu sia abbastanza responsabile dal punto di vista economico per uscire con lei».

«Candy!». Gina voleva sprofondare.

«Cosa?». Le sopracciglia perfettamente disegnate di Candy si inarcarono. «Sono la tua migliore amica. Devo badare a te. Forse se avessi detto qualcosa a Sai-Tu-Chi, non sarebbe diventato un problema».

«Accidenti, con amiche come te, chi ha bisogno di nemici?». Gina scosse la testa e guardò Darien. «Per favore, cancella l'ultimo commento dalla tua mente. Candy soffre di ipoglicemia o qualcosa del genere. La fa parlare a vanvera».

«Sto solo dicendo—»

Gina alzò una mano. «Hai detto abbastanza. Grazie e ti voglio bene, ora potresti per favore aiutare la signora Patterson ad andare alla sua auto?»

«Accidenti. Provi a fare qualcosa di carino per qualcuno e vieni relegata a fare da babysitter», borbottò Candy.

«Cosa dici, cara?». La signora Patterson, per fortuna, aveva problemi di udito — anche se nessun altro intorno a lei li aveva, dato che lei tendeva a urlare ogni parola.

Le labbra perfette di Candy si piegarono in un sorriso perfetto. «Ho detto, è bello quando aiuti qualcuno e ti concedono il privilegio di accompagnare la tua dolce personcina alla sua auto».

«È molto gentile da parte tua, cara, ma preferirei che lo facesse questo bel giovanotto». La signora Patterson diede una pacca sul braccio di Candy. «Capisci, ne sono certa».

Candy lanciò un'occhiata complice a Gina. «Gina capisce di sicuro».

«Be', certo che capisce. La ragazza non è cieca». La signora Patterson si infilò a braccetto di Darien. «Ora, dove eravamo rimasti?»

Darien fece l'occhiolino a Gina. «Stavamo giusto andando alla sua auto».

«Esatto. E credo che tu stessi per mettermi un braccio intorno per non farmi cadere».

Ora fu la signora Patterson a fare l'occhiolino a Gina.

Gina rise. «Vai, prenditi cura di lei, Darien. Ci vediamo quando torni».

Purtroppo, non accadde. La signora Patterson, che non era così fragile come aveva finto di essere, sfruttò l'illusione fino all'osso, così quando Darien riuscì a tornare dentro, dovette girarsi subito e andare al club.

«Torno dopo lo spettacolo», fu tutto il tempo che poté concederle prima di andarsene.

Probabilmente era un bene. Gina non era sicura che sarebbe stata abbastanza disciplinata da mettersi al lavoro se fossero stati solo loro due.

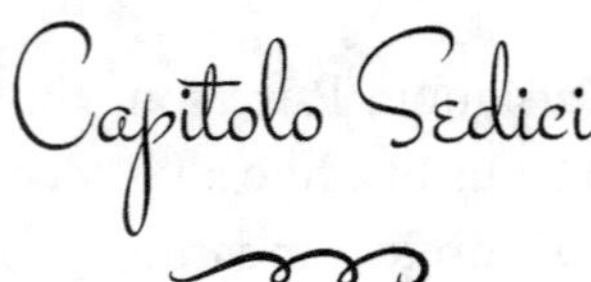

Capitolo Sedici

In realtà, si rivelò essere una festa. Ma con una lista di invitati diversa.

Candy, Deb, Kaya, Charlotte e Stacey si presentarono tutte verso le otto, pennelli alla mano, per dare una mano.

«Che ci fate qui, ragazze? Non rientra nelle vostre mansioni.»

«Onestamente, Geen, quando ti deciderai ad accettare l'aiuto di qualcuno quando te lo offre? È come cavarti un dente, te lo dico io.» Candy si fece vento con le sue lunghe unghie verde lime, che si abbinavano alla striscia di colore verde lime sul suo body... altrimenti bianco.

E l'aveva criticata per aver indossato un dolcevita?

Gina alzò gli occhi al cielo. «Oh, cielo, è arrivata Rossella O'Hara. Ti sei fatta i vestiti per dipingere con le tende?»

«Molto divertente.» Candy toccò il colletto. «Ti faccio sapere che questa è una vera e autentica tuta da imbianchino.»

«Lo vedo.»

«L'ho comprata online. ImbianchiniSiamoNoi o qualcosa del genere.»

«Compri a caso vestiti per il fai da te nella remota eventualità che si presenti l'occasione?»

Candy emise una risatina educata che avrebbe fatto invidia a qualsiasi donna dell'alta società. «Certo che no. Li ho ordinati quando ho comprato tutto il resto del materiale. C'era un piccolo chiosco con dépliant di varie cose, e questa sembrava adorabile.» Candy fece una piroetta come se stesse sfilando in passerella. «Che ne pensi?»

«Penso che siano una bomba.» Kaya si mise una scala sotto il braccio. «Iniziamo. Mike mi ha dato tre ore prima di chiamare i rinforzi, cioè mia suocera, per aiutarlo con Sarah. Ultimamente ha un po' di coliche.»

«Tua suocera?» Charlotte prese un barattolo di vernice.

«Ah. Di solito è lei, ma no, si tratta di Sarah.»

«Oh, ti prego, Kaya, non devi farlo.» Sebbene Gina apprezzasse l'aiuto e la compagnia, non voleva allontanare Kaya dalla sua bambina. Kaya lavorava già abbastanza ore. «Ti prego, vai a stare con la tua piccolina.»

«Stai scherzando? Ovviamente non sei mai stata vicino a un bambino con le coliche. Preferisco di gran lunga il lavoro manuale a quello. Diventa estenuante. Specialmente dopo quattro notti di fila. Mi rende quasi felice di vedere mia suocera. Quasi. Ma per ora, sono libera.» Fece un cenno con la testa verso Charlotte. «Andiamo a sbrigarci.»

Si diressero nella suite due. Le altre andarono nella suite quattro. Con loro quattro, la stanza sarebbe stata finita in fretta, anche se sarebbero state un po' strette.

«Allora, hai visto che Joe's Pizza si trasferisce?» Deb sistemò il telo di protezione nell'angolo in fondo a destra.

«Davvero? E dove?» Questa era una novità per Gina. I suoi genitori avevano iniziato a portarla lì a mangiare la pizza dopo il suo primissimo saggio di danza in seconda elementare ed era diventata una tradizione.

«Al centro commerciale. Stanno aprendo una nuova ala oltre il cinema.»

Una nuova ala? Le due che avevano già costruito non erano abbastanza grandi? «Siamo a quattro attività che si trasferiscono lì.»

«Cinque,» Deb intinse il rullo nella vaschetta della vernice. «Jenni's Nails ha firmato una lettera di intenti per quando scadrà il suo contratto d'affitto qui.»

«Pensi di trasferirti, Gina?» Stacey finì di applicare il nastro adesivo sul battiscopa della prima parete.

«No.» Non poteva permetterselo. La direzione le aveva offerto un ottimo incentivo per firmare un contratto di tre anni in questa sede e, dato che all'inizio il viavai di clienti era stato buono, era entusiasta dell'accordo. Ma poi il negozio principale del centro commerciale si era ritirato e improvvisamente il nuovo centro, anche con i suoi affitti più alti, era diventato più attraente per le attività che dipendevano dalla clientela di passaggio. Da qui la sua campagna pubblicitaria.

Non avrebbe dovuto lasciare che Candy la convincesse a fare questa ristrutturazione.

«Almeno abbiamo ancora clienti che entrano. Oggi è stato pienissimo.» Stacey iniziò a mettere il nastro adesivo sulla parete che Gina avrebbe dipinto.

«È merito di Darien,» disse Deb.

«E della pubblicità che abbiamo fatto. Non dimenticarlo. È il motivo per cui avevamo bisogno di Darien in primo luogo.» Candy se ne stava in un angolo, bellissima, con il rullo sul suo manico accanto a lei che la faceva sembrare uno spaventapasseri affascinante.

Gina non pensava che Candy lo avrebbe preso come un complimento, quindi tenne il pensiero per sé.

«Si potrebbe discutere della teoria dell'uovo e la gallina,» continuò Deb, «ma in fin dei conti spero che l'aumento delle mie mance copra il calo degli affari dopo che se ne sarà andato.»

«Se ne va?» Stacey era una madre single con due figli. La settimana successiva sarebbe stata la sua prima vacanza da quando suo marito se n'era andato. Le sue mance davano da mangiare alla sua famiglia.

Il gruppo nuziale dei Cavanaugh doveva andare bene. Se altri negozi continuavano a trasferirsi nei luccicanti nuovi edifici del centro, a prescindere dall'enorme aumento dell'affitto, la gente avrebbe avuto bisogno di un motivo per deviare e venire da questa parte della città. Il passaparola di Sophie Cavanaugh poteva essere la boccata d'ossigeno di cui The Gilded Lily aveva bisogno.

Gina avrebbe dovuto rivedere di nuovo il suo budget pubblicitario per vedere se poteva aumentarlo, perché se il centro commerciale moriva, sarebbe morto anche The Gilded Lily. Semplicemente non aveva i soldi per ricominciare da capo.

«Okay, okay, ragazze, così ci deprimiamo. Tiriamo su il morale a questa festa. Ho la cosa giusta.» Candy appoggiò la sua cassa bluetooth sul lettino da massaggio, poi scorse la sua playlist. «Ecco un po' di buona musica.»

Ti prego, Dio, fa' che non siano i One Direction a Natale o qualcosa di altrettanto zuccheroso.

No, era...

Buttons.

Gina volle sprofondare nel pavimento.

Le altre, tuttavia, si stavano divertendo un mondo, ancheggiando e dimenandosi a ritmo.

«Sembri un po' accaldata, Geen. Ti senti bene?» Candy si avvicinò ballando a Gina e le mise il dorso della mano sulla fronte mentre la canzone volgeva al termine, giusto in tempo...

«Sto bene.» *Continua a dipingere, continua a dipingere.*

«Non so... Sembri un po' calda.» Candy piantò il rullo sul pavimento. Meno male che non aveva ancora iniziato a dipingere, così non c'erano gocce che cadevano sulla moquette. «Oh no. Non dirmi che.»

«Non lo farò. E anche tu puoi stare zitta.» Odiava che Candy la conoscesse così bene.

«Seriamente? Questa canzone?» Candy iniziò a roteare i fianchi. «Mmm mmm, ragazza. Posso proprio immaginarmelo...»

«Ti prego, non farlo.»

Candy smise di ballare. «Sì, immagino sia un po', non so, incestuoso?»

«Devi proprio arrivare a tanto? Sul serio?»

«Beh, lo è. Voglio dire, tu per me sei come una sorella, quindi questo lo rende, be'...»

Gina la fulminò con lo sguardo. «Che ne dici di andare nella suite tre, Candy? È stata quasi tutta dipinta durante il fine settimana, quindi è quasi finita.»

«Più che altro sei *tu* a essere quasi finita, ma capisco l'antifona,» borbottò Candy, dirigendosi verso la porta.

Su questo aveva ragione.

«Andiamo, Stacey. Possiamo iniziare con quella di fronte. Si sta facendo un po' caldo qui dentro, con tutti questi corpi accaldati in uno spazio così piccolo.» Candy incrociò lo sguardo di Gina. «Se capisci cosa intendo.»

Gina alzò gli occhi al cielo. «Grazie, Candy.»

«Ma certo, tesoro.» Uscì dalla porta ancheggiando con fare impertinente.

«Sono io, o l'accento di Candy sta diventando più marcato?» Deb girò l'angolo verso l'ultima parete da dipingere.

Gina sbuffò. «Candy non ha un accento. È nata al Nord e ha vissuto qui tutta la vita.»

«Non l'avrei mai detto. Quella donna sa fare la bellezza del Sud meglio di Vivien Leigh in persona.»

«E Candy ti ringrazierebbe per il complimento.»

«Allora, ehm, Gina...»

Gina si preparò. «Mmm?»

«Riguardo a Darien.»

Se lo immaginava.

«Potresti pensare di tenerlo anche dopo che Charlotte e Stacey torneranno dalle vacanze. *È* un bene per i clienti occasionali. E immagino che potrebbe piacerti averlo qui.»

Dio, le si leggeva in faccia?

«Le ragazze potrebbero non voler condividere i loro clienti.» *Continua a dipingere, continua a dipingere.* «Sai quanto Stacey ha bisogno delle sue mance.»

L'intera conversazione si basava sulla convinzione che The Gilded Lily potesse rimanere in attività nonostante la fuga degli altri negozi.

Pensa positivo!

Giusto. Doveva farlo. Dopotutto, aveva avviato quest'attività nonostante il disastro di John; poteva gestire un basso afflusso di clienti.

«Ma se attira più gente, compenserebbe lo spostamento dei clienti. E sai, non tutte le donne lo vorranno.»

Come potevano non volerlo?

Oh, come loro massaggiatore. Ovvio.

«Alcune donne non sono a proprio agio con un uomo e nemmeno alcuni mariti. Ma il solo effetto del passaparola è ovviamente sufficiente a portare più affari. Penso che dovresti assumerlo a tempo indeterminato.»

Avrebbe dovuto fare qualcosa con lui a tempo indeterminato, ma non sapeva se assumerlo fosse la soluzione. «Ci penserò, Deb.»

D'altra parte... in quel modo sarebbe sempre stata il suo capo.

Sorrise. Quello sì che *suonava* bene.

* * *

Il locale era strapieno. Dare non avrebbe dovuto sorprendersi così tanto. A quanto pare, il Monday Night Football concedeva alle mogli un lasciapassare per lo strip club.

«Ehi, vuoi andare da Joe's Pizza?» gli chiese Steve nello spogliatoio dopo lo spettacolo. «Birre alla spina a un dollaro e novantanove per il dopopartita.»

«Non posso, ma grazie per l'invito. Magari la prossima volta.» Anche se Dare ne dubitava. All'improvviso, uscire con i ragazzi dopo uno spettacolo non sembrava più così attraente come la settimana precedente.

«Probabilmente non ci sarà una prossima volta. Joe si trasferisce al centro commerciale. L'affitto deve essere alto, quindi non potrà permettersi drink scontati *e* l'affitto.»

Dare inclinò la testa. «Joe's è nello stesso posto da sempre. Perché si trasferisce?»

Steve si strinse nelle spalle. «Magari vuole un posto nuovo. Dove si trova adesso sta diventando un po' malfamato. I negozi stanno chiudendo. Non so come faccia quel centro commerciale a restare aperto.»

Dannazione. La pizzeria di Joe era all'estremità opposta della zona commerciale rispetto alla spa di Gina. Se lui era in difficoltà, quanto tempo ci sarebbe voluto prima che la crisi si ripercuotesse su Gina?

Dare si gettò il cappotto sulla spalla. «Devo andare, Steve. Ci sentiamo.»

Tirò fuori il telefono per mandarle un messaggio e fu contento di vedere che lei gli aveva scritto per prima.

E così aveva fatto anche Jonas.

Aprì prima quello. Il dovere prima del piacere.

Sorrise mentre aspettava che si caricasse. Gli affari con Gina *erano* un piacere.

Domani una lista completa di proprietà da visionare. Troviamoci nel mio ufficio alle 9.

Una lista completa sembrava promettente. Doveva essercene almeno una che gli sarebbe interessata.

Mandò un messaggio a suo padre, contento che il babbo avrebbe avuto un motivo per alzarsi e uscire l'indomani, poi aprì il messaggio di Gina.

Lasciando il meglio per ultimo.

O forse no.

Si accigliò quando lo lesse.

. . .

Le ragazze sono venute ad aiutare. Hanno intenzione di restare finché non sarà tutto finito. Forse è meglio che non passi.

Lui avrebbe *sempre* voluto passare. Ma ne sapeva abbastanza di donne — e ne aveva viste abbastanza al club — per sapere che una serata tra ragazze era esattamente quello.

Sospirando, si infilò il telefono nella tasca posteriore. «Ehi, Steve? Aspetta. Ho cambiato idea.»

Capitolo Diciassette

«Ho, ho, ho!» La voce di Darien fu un suono gradito, dato che non l'aveva visto il giorno prima. Lui era stato fuori a visionare delle proprietà per la sua prossima impresa e, sebbene si fossero mandati dei messaggi, non era la stessa cosa.

Cielo. Si stava comportando come un'adolescente con una gran cotta.

Ma no, era solo un caso di sana, vecchia lussuria. E aveva i suoi vantaggi. Come la storia dei succhiotti da ragazzini.

«Ho, ho, ho!» disse di nuovo lui, mentre la punta dell'abete che Candy aveva ordinato – meglio non far cominciare Gina a parlare di *ordinare* un albero di Natale – si fece strada attraverso la porta. Almeno non era quello dorato metallizzato con le lucine viola e fucsia lampeggianti da cui Gina aveva dovuto dissuaderla.

Candy bloccò l'ingresso. «*Non* è il modo giusto per conquistare una donna, Casanova, chiamandola una poco di buono.» Lanciò un'occhiataccia alle sue spalle verso Gina e le puntò contro un bastoncino di zucchero. «È così che vuoi che ti parli? O è meglio che non sappia?»

Gina non si sarebbe degnata di rispondere. «Fallo entrare, Candy, prima che ci ritroviamo una valanga di aghi di pino sulla soglia. Sarà un casino da pulire.»

«Come ti pa-*re*.»

Candy tenne la porta più aperta che poteva, in equilibrio precario su un altro paio di tacchi a spillo. Il fatto che fossero stivali – di camoscio rosa al polpaccio – non faceva differenza. «Non rovinare la vernice nuova.»

«Non ne avevo intenzione. O preferiresti che lo lasciassi fuori, così potresti usare le tue arti per convincere qualche povero sprovveduto a fare il lavoro sporco per te?» Trascinò l'albero all'interno.

«Caspita, Darien Foster, dichiaro ufficialmente che sai proprio come arrivare dritto al cuore di una donna.» Candy riuscì a far sì che quell'ultima parola avesse due sillabe mentre faceva un gesto lezioso con la mano come fosse un ventaglio.

Darien diede un ultimo strattone all'albero per farlo entrare del tutto. «Dove lo vuoi?»

«Non darmi quest'assist.»

Lui sbuffò. «Mia madre mi ha cresciuto troppo da gentiluomo per continuare questa discussione.» Abbassò l'albero e sbirciò da sopra. «Gina? Hai una preferenza su dove metterlo?»

«Sì, qui nell'angolo. Ho già preparato il supporto.»

Aveva pensato che la ditta di consegne l'avrebbe portato dentro, ma a quanto pareva no.

Scosse la testa. Candy la stava contagiando – be', non troppo, dato che ancora *non* riusciva a capacitarsi che si potesse ordinare un *albero* online e farselo recapitare a casa. Dov'erano finiti il vestirsi pesante, la cioccolata calda e il congelarsi il naso, vagando per acri di alberi alla ricerca di quello perfetto?

Non per lei quell'anno. Troppo impegnata. Il che non era un male, ma avrebbe dovuto tirare fuori dalla scatola l'albero da tavolo della nonna – già montato e con le luci – per il suo appartamento. Non avrebbe avuto un momento per respirare, figuriamoci per andare a comprare l'albero di Natale. Almeno le candele profumate all'abete e al gelso aiutavano a infondere lo spirito natalizio nella spa.

Darien sistemò l'albero nel supporto, poi fece un passo indietro per guardarlo. Accanto a lei.

Lei cercò di non rabbrividire.

Perse la battaglia quando lui le prese la mano. «Che ne pensi? Questo lato? O dovremmo girarlo?»

Immagini di qualcos'altro che ruotava le apparvero chiare e vivide nella mente. Quell'uomo conosceva delle mosse incredibili. Sia sulla pista da ballo che fuori.

Santo cielo. Attorno a loro c'era musica di *Natale*, non una riproduzione continua di *Buttons*. Doveva davvero darsi una calmata; non era come se non avesse mai fatto sesso prima.

Non così però.

«Io... Così mi sembra che vada bene. Vado a prendere le forbici per tagliare la rete.» Prima di fare qualcosa di imbarazzante, come saltargli addosso con i clienti nei paraggi.

Lui le strinse le dita. Poi la tirò più vicino. «Mi sei mancata ieri sera,» le sussurrò all'orecchio.

Addio autocontrollo; le aveva appena fatto rammollire le ginocchia. Come avrebbe dovuto attraversare la reception per prendere le forbici?

«Niente da dire? O non *riesci*?» Il suo respiro era caldo sul collo di lei e un'infinità di ricordi le danzava nel cervello.

«Io... Ci sono clienti.» Non era sicura se il promemoria fosse per lui o per se stessa, ma in ogni caso, le bloccò le ginocchia, le raddrizzò la schiena e le permise di dirigersi verso la reception con dignità, mentre i campanelli sulle slitte rallegravano gli spiriti.

Lo sguardo che sentiva Darien dedicarle la rese *brillante*, certo; rosso *fuoco*.

Candy inarcò un sopracciglio quando arrivò, porgendole le forbici come un bisturi in pronto soccorso. «Accidenti, ragazza. Forse *avrei dovuto* provarci con lui l'altra sera, a giudicare dalla tua espressione. Quel tipo dev'essere incredibile.»

Gina scosse la testa. «Concentriamoci sul nostro compito, ok? Tu gestisci la reception e io mi occupo dell'albero.»

Candy sbuffò. «Compito? Albero? Stai facendo un sacco di allusioni sessuali, Geen.»

Gina sospirò. «Torna al lavoro e basta, Candy.»

«Sissignora, capo.» Candy le fece il saluto, poi rivolse il suo sorriso più affascinante all'ultimo cliente entrato, il suo vestito fucsia in jersey che le ondeggiava sui fianchi. Candy era come un arcobaleno ambulante. O una palla di Natale, data la stagione...

Dopo aver liberato l'albero dalla sua rete, Gina e Dare lo addobbarono con le luci, poi Gina sistemò dei secchi di ornamenti davanti. «La mia speranza è che i clienti – cioè gli *ospiti*, secondo il nuovo gergo di Candy – lo decorino durante la giornata. Quello che resterà alla fine, lo metterò io.»

Tempestivamente, la canzone "Do You Hear What I Hear?" arrivò alla strofa della stella splendente mentre Darien raddrizzava quella in cima al loro albero. «Lavori di nuovo fino a tardi?»

«I rischi del mestiere. Voglio che tutto sia perfetto per domani. Sophie e sua sorella verranno alle due. Ci sarai, vero?»

Lui scese dalla scala, poi la chiuse. «Rilassati, andrà tutto bene. Il posto è magnifico, l'albero sarà bellissimo, il tuo staff sa quello che fa e, sì, ci sarò. Non me lo perderei per niente al mondo. Le sorelle Cavanaugh rimarranno colpite.» Si chinò e le diede un rapido bacio sulla guancia. «Io di sicuro lo sono.»

Stavolta non riuscì a fermare il brivido.

Lui le fece l'occhiolino mentre tornava verso il ripostiglio con la scala. «Beccata.»

Già, l'aveva beccata.

La giornata volò. La voce si era decisamente sparsa riguardo a Darien, perché il novanta per cento dei clienti senza appuntamento aveva chiesto di lui. Sfortunatamente, era dovuto andare via prima per il locale, quindi la sua agenda si era riempita immediatamente, ma questo tenne il resto dello staff impegnato fino all'orario di chiusura.

«Vai a vedere lo spettacolo?» Candy schioccò la lingua mentre passava dalle sue scarpe da principessa a... stivali da principessa. Onestamente, dove avesse trovato degli stivali da neve pratici ma al tempo stesso adatti a una reale era un mistero per Gina.

«Non posso. L'amico elettricista di Gage verrà a montare i lampadari e voglio assicurarmi che tutto il resto sia pronto per domani.»

«Sei sicura di non volere che resti ad aiutarti?»

«Non dovevi essere da qualche parte?»

Candy aveva ricevuto una telefonata poco prima che le aveva spento il sorriso. Oh, se l'era rimesso in faccia non appena aveva finito di parlare con chiunque fosse, ma il suo era un sorriso finto. Gina la conosceva abbastanza bene da notare la differenza.

Ma ovviamente non abbastanza bene da spingere Candy a confidarsi su qualsiasi cosa stesse succedendo.

«Oh, giusto. Dimenticavo.» Candy si girò per abbottonarsi il cappotto – di nuovo, non la solita ragazza solare.

«Candy, sta succedendo qualcosa? Vuoi parlarne?»

«Parlare è l'ultima cosa che voglio fare,» mormorò lei proprio mentre *Jingle Bells* finiva – per almeno la venticinquesima volta quel giorno. Ma quando si girò, aveva stampato in faccia il suo sorriso caratteristico. Ed era finto quanto l'albero metallizzato che avrebbe voluto. «Non iniziare a preoccuparti per me. Va tutto bene. Solo un paio di cose di cui devo occuparmi e che non mi entusiasmano. Ma tu concentrati su te stessa. Domani è un grande giorno, ricordi?»

«Come potrei dimenticarlo?»

«Bene. Allora porta il tuo bel sederino fuori di qui il prima possibile e rinuncia a quel delizioso pezzo di manzo che ti sbava dietro, così potrai fare il tuo sonno di bellezza. Ci sarà tempo più avanti per, ehm, assaggiare il suo fascino.»

«Certo, *mamma*.» Gina strinse il braccio di Candy. «Comunque... Chiamami se hai bisogno.»

Candy deglutì, poi annuì. «Lo farò, *mamma*.»

* * *

«Benvenute a The Gilded Lily. Sono Gina Taormina, la proprietaria.» C'era musica classica natalizia in sottofondo quando Gina tenne aperta la porta per Sophie e Amalie il pomeriggio seguente. Il locale era in fermento. I parrucchieri erano impegnati e c'erano altre due ospiti in attesa per lo shampoo, Charlotte e Stacey erano nelle loro suite, Maria e sua nipote si stavano occupando delle clienti nelle varie fasi della cura delle unghie, e Darien era particolarmente magnifico nella sua uniforme.

Be', d'accordo, quest'ultima poteva essere un'osservazione personale, ma comunque... Aggiungeva atmosfera.

Gina fece le presentazioni dopo che Candy – professionalmente sobria in un abito-maglione color crema con fili dorati – offrì alle Cavanaugh un bicchiere di champagne. Le sorelle non avrebbero potuto essere più diverse, una bionda e affascinante, l'altra rossa e, be', altrettanto affascinante, ma in un modo quasi esotico.

«E questo è Darien Foster, uno dei nostri massoterapisti. Gli altri sono

189

con degli ospiti al momento.»

«Darien Foster?» Amalie inclinò la testa. «Non è lei un ballerino al Beef-Cake, Inc.?»

«Colpevole, signora.»

«Signora?» Sophie inarcò il suo sopracciglio perfetto. «È più giovane di me, quindi questo cosa farebbe di me, una matrona?»

«Niente affatto. Fa di lei la mia ospite per la prossima mezz'ora.» Indicò la suite tre con un gesto ampio. «Se vuole seguirmi, la faccio accomodare.»

«Pensavo di essere *io* l'ospite d'onore?» Amalie mise una mano sul braccio di Sophie.

Sophie gliela accarezzò. «Vuoi essere *tu* a dire a Reggie chi ti ha fatto il massaggio così a ridosso del matrimonio? Non vorrai che lo annulli.»

Amalie sospirò. «Guastafeste.»

Sophie sollevò il suo bicchiere di champagne. «No, Damigella d'onore. È mio compito assicurarmi che questo matrimonio vada liscio come l'olio.» Finì il drink e poi guardò Darien. «Mi faccia strada, signor Foster.»

«Certamente, ma la prego, mi chiami Dare.» Lui annuì, poi guardò Amalie. «E non si preoccupi, signorina Cavanaugh, Gina è un'eccellente massoterapista. Ho iniziato da poco al The Gilded Lily, ma tutta questa affluenza è merito suo e del resto dello staff.»

Gina avrebbe potuto baciarlo per quella promozione.

Anzi, l'avrebbe fatto più tardi.

Il resto della visita delle sorelle andò liscio come l'olio. Il cibo di Lara fu un grande successo. Amalie ordinò alcuni vassoi per il ricevimento nuziale su due piedi e lasciò persino che Kaya le acconciasse i capelli.

Kaya fece un lavoro così eccezionale che Amalie le chiese di rifarlo per il matrimonio.

E Sophie, come previsto, uscì dalla suite tre cantando le lodi di Darien.

«Immagino che dovremmo fare un salto al BeefCake, Inc. per completare la nostra giornata.» Prese il flûte di acqua frizzante dal vassoio che Gina le porgeva – un altro suggerimento di Candy per *elevare* l'esperienza della spa. «Se quel ragazzo è così bravo in questa veste, posso solo immaginare come sia nell'altra.»

Amalie fece tintinnare il suo bicchiere con quello di Sophie. «Oh, io non devo immaginarlo. Sono stata allo spettacolo. E *merita* assolutamente di essere visto.»

Bene, questo smorzò l'entusiasmo di Gina. Sì, altre donne guardavano Darien ballare – lei stessa era stata una di loro – ma Sophie Cavanaugh non era una donna qualunque.

«Su col morale, Geen,» le sussurrò Candy mentre le prendeva il vassoio dalle mani. «Ha scelto te. Non iniziare a farti venire i ripensamenti.»

Gina si sforzò di fare un sorriso ancora più grande. «Scusatemi, signore, vado a prendervi i cappotti.» Trascinò praticamente Candy verso l'ingresso della spa. «Non è nemmeno una parola.»

Candy scrollò le spalle. «Be', è un'azione, quindi posso trasformarla in una parola.» Appoggiò il vassoio sulla reception. «Ricorda, Darien è un professionista, ed è esattamente ciò che vuoi per prenderti cura delle tue ospiti. Sa dove sono i limiti e non li supererà.»

Lo sapeva. Davvero. Era solo che...

«Non è John.»

Ecco.

Giusto. Non era John. Non gli assomigliava per niente, ma era così preoccupata di non farsi fregare di nuovo da un ragazzo che saltare sul carro dei dubbi era un'abitudine dura a morire.

«È ora del gran finale.» Candy afferrò le borse che aveva convinto Gina a preparare come omaggio, poi tornò dalle sorelle. «Allora, signore, avremo il cibo e lo champagne qui domenica prossima alle due.» Candy porse le borse. «Qui dentro c'è un campionario dei nostri prodotti non ancora disponibili al pubblico. Le vostre ospiti saranno le prime ad averli.» Un altro stratagemma di marketing di Candy: esclusività e una grande rivelazione.

«Credo che sarà perfetto.» Amalie tese la mano a Gina. «Grazie a lei e al suo staff per essere stati così impeccabili con l'esperienza che voglio offrire alle mie damigelle. Sarà molto divertente. Vero, Soph?»

«Assolutamente. Se oggi è un'indicazione di cosa possono aspettarsi le amiche di Amalie, sarà perfetto.»

L'intero locale esplose in un applauso quando Gina si girò dopo aver visto le Cavanaugh andarsene.

«Congratulazioni, tesoro.» Candy le diede il cinque. «Otterrai un bel po' di pubblicità da questa storia. E tu» – puntò un'unghia con una French mani-cure (sobria, per fortuna) verso Darien – «hai superato te stesso, dolcezza. Potresti considerare di smettere con gli spettacoli di ballo e lavorare qui a tempo pieno. Una volta che Sophie inizierà a cantare le tue lodi pubblica-mente, sarai sommerso di prenotazioni.» Candy tirò fuori un altro vassoio di bicchieri da champagne – questa volta con le bollicine buone – e lo porse a lei prima di passarlo al resto dello staff. «Direi, Gina, che sei sulla strada del successo, amica mia.»

Gina sollevò il bicchiere. «Non ce l'avrei fatta senza tutti voi. Grazie, ragazze. E... Darien.»

Darien fece tintinnare il suo bicchiere contro quello di lei. «A una gior-nata di successo.» Poi si chinò per sussurrare: «Che ne dici di andare a festeggiare?»

«Penso che sarebbe carino.»

«*Carino*? Spero che sia un po' meglio di *carino*. Anche se immagino dovrei essere felice che non sia finito per essere *ok*.»

«Non rovinare tutto, Foster.»

Lui ridacchiò. «Ti passo a prendere alle otto. Preparati a qualcosa di *carino*.»

Capitolo Diciotto

Niente avrebbe potuto prepararla a *questo*.

«Hai noleggiato una limousine?» Quasi inciampò uscendo dal portone del suo condominio.

«Non l'ho proprio noleggiata. Markus mi deve un favore e questo è il suo secondo lavoro.»

«C'è Markus, lì dentro?» Conosceva Markus da quando Bryan aveva il locale. A dir poco imbarazzante.

«Niente di cui preoccuparsi, c'è il divisorio.»

«Oh mio Dio, non montarti la testa, Foster. Non faremo niente in quella limousine.»

Lui fece una sceneggiata, schioccando le dita. «Accidenti, donna, addio alle mie speranze e ai miei sogni.»

Lei inarcò le sopracciglia.

«Ok, ok, no, non avevo intenzione di fare pazzie con te nella limousine. Anch'io ho un certo decoro.» Scese i gradini dal vialetto al parcheggio, poi le tese la mano per aiutarla a scendere.

«Detto da uno spogliarellista suona davvero strano.»

Le diede un colpetto sul naso. «Ballerino esotico. Usa la terminologia corretta.»

«Se non è zuppa, è pan bagnato.»

«Avevo in mente un posto un po' più elegante per cena, ma se vuoi andare da qualche parte a mangiare patate...»

«Molto divertente.»

«Grazie, lo penso anch'io.» La condusse alla limousine, assicurandosi che superasse le lastre di ghiaccio senza finire col sedere per terra.

«Sei davvero un burlone perenne, non è vero?»

Un po' di quella luce nei suoi occhi si affievolì. «Sai, a volte è solo una buona facciata.» Aprì la portiera. «Vostra Signoria, la carrozza attende.»

Lo guardò per un secondo o due, finché lui non le fece un cenno con la testa di salire. Non era sicura di cosa avesse voluto dire con quel commento, ma quando la seguì dentro, la luce era tornata nei suoi occhi, così lei dedusse di esserselo immaginato o che lui non volesse parlarne.

«Ciao, Gina» disse Markus dal posto di guida.

«Ehi, Markus. Non sapevo facessi anche questo. Bryan non ti paga abbastanza? Dovrò parlargli.»

«No, paga bene. Ma Winni ha ridotto le ore da quando abbiamo avuto Jeffrey, e io devo coprire l'assicurazione sanitaria. Questo lavoretto non è male. Almeno posso guidare una bella macchina.»

«E tenere i vestiti addosso» aggiunse Darien.

«Già, a Winni va bene così.» Markus si voltò di nuovo in avanti. «Buona serata, ragazzi.» Premette un pulsante e il divisorio si sollevò dietro il suo sedile.

«Ah, finalmente soli.» Darien allungò il braccio sullo schienale del sedile dietro di lei.

«Non posso credere che tu l'abbia fatto.»

«Tra tutte le cose che ho fatto con te, è *questa* quella a cui non puoi credere?» Si sporse verso di lei e aprì un coperchio nella console dal lato del guidatore. «Champagne?»

«Non so, Foster. Sento che dovrei limitare l'alcol quando sono con te.»

«Ah, sì, dobbiamo proteggere il tuo, ehm... derrière a tutti i costi.»

«A pensarci bene, forse un bicchiere lo prendo.»

Per cena, Darien aveva scelto Les Beaux Bijoux, uno dei ristoranti più esclusivi della città. Cucina classica francese, aveva tutta l'atmosfera di uno chateau storico, compreso un maître dalle maniere impeccabili.

Avrebbe dovuto saccheggiare il guardaroba di Candy, perché le sue décolleté beige e l'abito con l'orlo a fazzoletto color bordeaux, sebbene eleganti e divertenti da indossare, non erano all'altezza dei lampadari di cristallo e delle opere d'arte con cornici dorate.

«Sei bellissima.» Darien batté sul tempo il maître nello scostarle la sedia.

«Punti per la gentilezza.» Si mise il proprio tovagliolo in grembo.

Il maître sospirò. Poveretto, gli stavano rubando il mestiere.

Darien le si sedette di sbieco, poi prese la carta dei vini. Ordinò un Bordeaux e una selezione di antipasti, tra cui Escargots a la Bourguignonne e Tapenade Noir a la Figue. Riconobbe le escargot, ma non aveva idea di cosa fosse il resto, anche se sembrava interessante. E data la pronuncia perfetta di *tetons* di Darien ai tempi delle medie, non si sorprese che parlasse francese con un accento autentico.

«Mi sa che dovrò dire *ooh la la* quando porteranno il cibo» disse lei.

«No, tienitelo per dopo. Ti darò io qualcosa per cui dire *ooh*.» Ammiccò, muovendo le sopracciglia.

Fortunatamente, non dovette rispondere, perché il cameriere arrivò per riempire i loro calici d'acqua e porgere loro i menu. «Non sei davvero mai serio, vero?» chiese quando il cameriere si allontanò.

Darien prese il suo calice. «Mi è capitato di esserlo, ma cerco di non esserlo il più possibile.»

«Perché?»

«Perché ho provato a essere serio e fa schifo.»

Bevve un sorso d'acqua, poi posò il bicchiere e la fissò, al punto che lei si chiese se si fosse macchiata.

Si guardò furtivamente, ma rialzò lo sguardo quando lui espirò.

Tamburellò sul tavolo. «Mia madre morì l'estate dopo l'ultimo anno di liceo.»

«Oh, no. Mi dispiace tanto, Darien.» Sì, quello era decisamente serio. Se l'avesse saputo, non avrebbe mai detto nulla.

«Grazie. Anche a me.» Le sue dita tamburellarono sul tavolo. «Era malata da un po'. Cancro... al seno.»

«Che cosa terribile.» Gina ringraziava le sue stelle fortunate ogni giorno di avere ancora entrambi i genitori. Anzi, avrebbero festeggiato il loro anniversario tra pochi giorni con un'enorme festa di famiglia. Come era giusto che fosse. Trentacinque anni era un traguardo importante.

«Già. Le fu diagnosticato quando ero alle medie. Quello stesso anno, in realtà, in cui io...» Agitò una mano. «Sai. Immagino avessi il seno in testa.»

«Quale ragazzo adolescente non ce l'ha?» Non poteva alleviare il dolore per la perdita di sua madre, ma se fosse riuscita a strappargli un sorriso...

Ci riuscì. «Sì, come se non bastassero gli ormoni contro di me, poi mia madre... e *lì*...» Scosse la testa. «E poi c'eri tu, la ragazza più carina della classe, e Nester che parlava di *tetons*... La tempesta perfetta, direi. Avevo saputo di mia madre letteralmente la settimana prima.»

«E per di più ti sei pure beccato una punizione.»

«Fu una benedizione, in realtà. Avevo una scusa per non tornare a casa dopo la scuola. Non ne vado fiero e, ripensandoci ora, vorrei essere stato lì, ma era difficile. Lei faceva del suo meglio per essere allegra e positiva, ma c'erano momenti...» Allungò di nuovo la mano verso l'acqua.

«Mi dispiace per la tua perdita. E per aver fatto un dramma per quello che avevi detto.»

«No, avevi ragione. Fu un commento stupido e sconsiderato, e non avrei dovuto dirlo. Mamma non ne fu affatto contenta.» Scosse la testa. «Sì, *quella* fu una bella conversazione da avere con mia madre. Mi fece una ramanzina. Dio, quanto dev'essere stato difficile per lei.»

Gina non riusciva a immaginarlo. Era legata ai suoi genitori e il pensiero di perdere uno di loro, soprattutto all'età che aveva lui, era straziante. «Parlami di lei.»

«Di mia madre? Era meravigliosa.» Fece rotolare la forchetta sulla tovaglia tenendola per il manico. «Intelligente, divertente, bellissima, vedeva sempre il lato positivo delle cose. Si aspettava sempre il meglio dalle persone. Odiavo averla delusa beccandomi la punizione e aggiungendo stress a quello che già aveva. Allo stesso tempo, però... non riuscivo proprio a gestire la sua diagnosi. O la prognosi.» Appoggiò il palmo sulla forchetta.

Gina coprì la sua mano. «Eri solo un ragazzo, Darien. Sii indulgente con te stesso. Sono sicura che sapeva che era una fase.»

L'angolo della sua bocca si sollevò e lui intrecciò le loro dita. «Non ne sono così sicuro, Gina. Se era una fase, non è finita, perché il mio interesse per te non è svanito.»

Le portò la mano alla bocca e ne baciò il dorso.

Il respiro di Gina si bloccò. Dio, era potente. Non riusciva a pensare lucidamente quando lui la toccava. E dopo questa rivelazione del suo dolore e di quanto fosse amorevole nei confronti di sua madre...

Era possibile che si stesse innamorando di Darien?

Tesoro, credo che abbiamo superato la fase del possibile *qualche giorno fa.*

Il cameriere — per fortuna — si presentò con i loro antipasti, dando a Gina qualche istante per rimettere in ordine le sue emozioni mentre si serviva delle lumache.

«Sei silenziosa all'improvviso» disse Darien quando il cameriere se ne andò.

«Sto mangiando?» Sollevò la sua forchettina da lumache.

«Ah, allora è così che si fa per farti stare zitta? Basta darti da mangiare.»

«Farmi stare zitta? Non è una cosa carina da dire. Stai diventando un bel po' sfacciato, Foster.»

«Se è per avere la tua, di bocca, morirò felice.»

Quasi si strozzò con la lumaca.

Alla fine, dovette sputarla nel tovagliolo senza dare nell'occhio. Aveva la sensazione che i camerieri non avrebbero approvato. E nemmeno lo chef.

«Non farlo!» Allungò la mano verso il bicchiere d'acqua.

«Fare cosa? Fantasticare su quello che voglio farti?»

«Oh mio Dio.»

«Vuoi che te lo dica?»

Sì, maledizione.

«No. Vorrei arrivare a fine cena senza sciogliermi in una pozzanghera. Sono sicura che cose del genere non sono viste di buon occhio qui.»

«Una pozzanghera, eh?» Inarcò un sopracciglio. «Dovrò vedere cosa posso fare al riguardo.»

Il resto della cena fu un'impresa da superare. Lui continuava a lanciare allusioni e sottintesi — con qualche battuta fulminante di tanto in tanto — per tenerla sulle spine. O per portarsela a letto. Che era una conclusione scontata già dal momento in cui assaggiò la crème brûlée.

Chi voleva prendere in giro? Non aveva davvero assaporato più nulla dopo quella lumaca, perché le allusioni di Darien erano molto più deliziose.

Voleva portarselo a casa.

Lui firmò il conto e si mise in tasca la carta. «Pronta?»

In tanti, troppi modi.

Optò per un cenno del capo, non del tutto sicura di quanto stabile sarebbe stata la sua voce. Darien sapeva come gestire un pubblico, di una o cento persone.

«Vi è piaciuto il pasto?» Markus tenne aperta per loro la portiera della limousine.

«Il dessert è la parte migliore» disse Darien, aiutando Gina a salire in macchina.

Il suo tacco si impigliò nel bordo, ma per fortuna Darien la prese prima che cadesse lunga e distesa.

«Ti capisco, amico.» C'era una risatina nella voce di Markus mentre chiudeva la portiera dietro di loro.

«Oh mio Dio, si farà l'idea sbagliata.» Gina tirò fuori il vestito da sotto di sé per non sentirsi strangolata dal tessuto.

«No, si sta facendo l'idea giusta.» Darien le passò un braccio dietro la schiena e con l'altra mano le sollevò il mento. «Almeno... spero sia così?»

«Stai chiedendo il permesso?»

«Mmm, hai ragione. È molto più facile chiedere perdono.» La tirò a sé e la baciò fino a farla quasi svenire per tutto il tragitto di ritorno verso casa sua.

Troppo presto — o forse no, in realtà — Markus suonò il clacson.

«Darien?» sussurrò Gina contro il suo colletto, mentre lui le faceva cose deliziose sul collo.

Lui alzò la testa. «Oh. Ci siamo fermati.»

«No, è la macchina che si è fermata.»

«Ecco perché mi piaci, Gina. Tu mi capisci.»

Lei voleva capirlo. Nel senso biblico.

«Devi scendere da me. Già è abbastanza che si sia fatto un'idea di cosa stiamo facendo; non diamogliene conferma.»

Dare voleva gridarlo ai quattro venti.

Ma, dato che non era il cavernicolo che stava per diventare, si tirò indietro e si sistemò i vestiti. Markus era l'anima della discrezione, ma Dare non aveva bisogno di sguardi complici.

Markus suonò di nuovo il clacson.

Dare si assicurò che tutte le parti del corpo — e i vestiti — fossero dove dovevano essere, poi bussò sul divisorio.

Markus lo abbassò di un paio di centimetri. «Siamo arrivati a destinazione.»

«Grazie, Markus. Da qui me la cavo io.»

«Suppongo che tu possa trovare la strada di casa da solo?»

«Sì, sono a posto.»

«Notte, Gina.» Il divisorio si richiuse.

«Non riuscirò mai più a guardarlo in faccia.» Gina afferrò il vestito e scivolò sul sedile.

Accidenti, a lui non sarebbe dispiaciuto uno spettacolo.

Ok, forse stava *davvero* diventando un cavernicolo, quindi forse avrebbe dovuto gettarsela in spalla e portarla dentro.

Ridicchiando all'idea della faccia che lei avrebbe fatto se l'avesse fatto davvero, Dare scese dalla limousine. «Sei così carina quando sei imbarazzata.»

«Allora devo essere tenera come un cucciolo in questo momento» borbottò lei, sistemandosi il vestito addosso.

Anche senza fasciare il suo corpo, quel vestito era sexy da morire. Faceva venire voglia di infilarsi lì dentro con lei.

O di toglierglielo con un unico gesto deciso.

A proposito di gesti decisi...

La prese in braccio, poi chiuse la portiera con un colpo d'anca prima di dirigersi a grandi passi verso il portone. Ok, non era sulla spalla, ma tra le sue braccia andava bene lo stesso. Ed era decisamente più civile.

«Oh mio Dio, la gente spettegolerà.»

«Se sei davvero preoccupata, posso metterti giù.» Si fermò sull'ultimo gradino e la guardò.

Lei si mordicchiò il labbro inferiore. «Ehm, lascia perdere. Continua pure.»

«Lo immaginavo.» Sorrise. Le piaceva stare tra le sue braccia tanto quanto a lui piaceva avercela.

E procedette a dimostrare quella teoria per tutta la notte.

* * *

Gina aprì gli occhi su una delle viste più belle che avesse ammirato da un po'.

Il fondoschiena nudo di Darien.

«Dove stai andando?» Si sollevò sui gomiti, il lenzuolo che le scivolava sotto il seno.

I capezzoli le si indurirono.

Darien si voltò e gemette. «Stavo andando a prepararti la colazione, ma ora...»

«Vuoi cucinare così?» Accennò alla sua erezione che si stava risvegliando. «Potrebbe essere pericoloso vicino a coltelli e fornelli caldi.»

«Due minuti fa, non era un problema.»

«Due minuti fa, non ero sveglia.»

«Che è il motivo per cui non era un problema.»

«E adesso?» Si lasciò ricadere sul cuscino, poi portò le mani sopra la testa.

«E adesso, donna, dovrai prenderti qualcosa da mangiare mentre vai al lavoro, perché ho intenzione di fare colazione con *te*.»

* * *

«Dev'essere bello essere il capo.» Candy fece schioccare la gomma da masticare quando Gina entrò a Il Giglio Dorato.

«Non sono in ritardo.»

«Beh, non sei in anticipo, e questa è una novità.» Candy, con un vistoso abito svasato rosso acceso con maniche a campana, le porse le schede informative che teneva per ogni cliente. Ogni membro dello staff riceveva una serie di schede dei propri clienti al mattino, così da sapere chi e cosa aspettarsi per la giornata, e in modo che i clienti non dovessero ricordarsi quale olio preferissero, o la combinazione del colore dei capelli, o lo smalto preferito. «Siamo al completo, quindi devi prepararti. Il primo appuntamento è tra otto minuti.»

Appoggiò un'altra pila di schede sul bancone della reception, i suoi braccialetti d'oro che tintinnavano a tempo con la musica. «Puoi dare quelle di Tesorino al tuo uomo quando entra dall'ingresso di servizio.»

Gina non si prese nemmeno la briga di contraddirla. Sarebbe stato inutile, comunque, perché Darien *stava* entrando dal retro. Alla faccia dell'evitare i pettegolezzi arrivando insieme.

«Ricorda, Geen, bisogna alzarsi molto presto per fregare me.» Candy sollevò l'orologio. «E non è affatto presto.»

Gina era comunque contenta di aver dormito un po' di più, dato che la giornata si preannunciava impegnativa. Beh, quello e per il motivo *alla base* del bisogno di dormire di più.

«Vuoi andare al locale stasera dopo la chiusura a mangiare un boccone?»

Candy porse le schede a Stacey mentre entrava, poi abbassò la voce. «Intendo bocconi di *cibo*. Non di Tesorino.»

«Lo so e no. Domani abbiamo un'altra giornata piena e avrò bisogno di dormire un po'.»

«Già, il buon sesso ha questo effetto. Devi aumentare la tua resistenza.»

«La mia resistenza va benissimo.»

«Buono a sapersi.» Candy le diede un colpetto sulla mano. «È bello vederti felice, Gina.»

«È bello essere felici.»

«Ma...? Sento che c'è un ma.»

«No, non c'è.»

«Ok, forse no. Ma me lo aspetto. Perché ti conosco.»

«Questa volta ti sbagli. Sta andando tutto bene con Darien.» Le raccontò la storia della limousine e della cena — in versione abbreviata — ma non menzionò la madre di Darien. Quel dolore spettava a lui condividerlo, se avesse voluto. «Diciamo solo che c'è molto di più in Darien Foster di quanto non sembri.»

«Beh, quello che si vede è già tanta roba, ma stai dicendo che ci sono profondità in Ranocchio che non conoscevi?» Candy sbuffò. «Capito? Profondità... ranocchio?»

«Patetica anche per i tuoi standard, Cand.»

Candy mise il broncio. «Sono ferita. Completamente devastata.»

«Certo. Perché non vai *tu* al locale a tirarti su di morale?» Si diresse verso la suite per la sua prima cliente. «E intendo in qualsiasi modo tu voglia.»

Capitolo Diciannove

«Strapazzate o all'occhio di bue?» Gina uscì dalla cucina per gridare a Darien, che la domenica mattina era ancora a letto.

Non lo biasimò per essersi alzato tardi; il sabato aveva fatto un doppio turno tra la spa e il locale. Quel ragazzo era un gran lavoratore, ma lei non sapeva per quanto tempo avrebbe potuto reggere quel ritmo.

Sogghignò. In realtà, lei *sapeva* benissimo per quanto tempo lui poteva tener*lo* su.

E ne era piuttosto grata.

Darien uscì dalla camera da letto. «La mia schiena non è in vena di fare nulla che assomigli vagamente a essere strapazzata, ma posso girarti con calma e delicatezza, se è l'unica altra scelta.»

Lei gli avvolse le braccia intorno al collo e lo baciò. «Intendevo per colazione», disse, riprendendo fiato.

«Anch'io.» Lui tornò alla carica per il colpo di grazia.

E fu un colpo micidiale. Soprattutto perché il ragazzo non aveva addosso un solo straccio di vestito.

Non se ne sarebbero mai andati di lì se lui non si fosse messo qualcosa addosso, e Gina doveva andarsene. Non poteva fare tardi...

«Oh, cavolo.» Interruppe il bacio e si tirò indietro.

Darien non la lasciò andare. «Così male, eh? Devo migliorare la mia tecnica nel baciare.»

«La tua tecnica nel baciare va benissimo. La mia nel ricordare, invece, avrebbe bisogno di qualche ritocco. Ho dimenticato che mia cugina Nica, Nicoletta, arriverà tra poco. Oggi c'è la festa per l'anniversario dei miei.» Si appoggiò con la fronte sul petto di lui. «Dovrò darti buca per colazione.»

Lui le baciò una tempia. «Stiamo parlando solo di cibo o anche di altre delizie?»

Lei inclinò la testa per guardarlo. Non aveva senso interrompere il contatto pelle a pelle se non era ancora necessario. «Entrambe le cose. Scusa.»

«Nessun problema, ma dovrai darmi qualcosa per tirare avanti.» Le sollevò il mento, e le sue fossette le fecero andare in pappa il cervello.

«Okay», sospirò lei contro la sua bocca, «magari solo un bacino...»

O forse non così piccolo.

Caspita, quel ragazzo sapeva baciare. Le faceva dimenticare dove si trovasse, cosa indossava (o non indossava), persino il suo stesso nome.

«Ehi, cugi, sei pronta per andare... ops!»

E, a quanto pareva, anche l'aprirsi della sua porta.

Merda.

Gina spinse via Darien non appena le parole di Nica le arrivarono al cervello.

Cioè, circa tre secondi troppo tardi.

Darien era lì, in tutto il suo splendore divino.

E Nica *non* si stava girando dall'altra parte.

Gina afferrò un cuscino dal divano e lo spinse davanti all'inguine di Darien. «Uff!»

Okay, forse glielo aveva ficcato *nell'*inguine, ma lo scopo era stato quello di distogliere lo sguardo molto interessato di Nica.

Che risalì più in alto.

«Beh, beh, beh, i miei occhi mi ingannano?»

Purtroppo, no. Nica sapeva chi fosse Darien tanto quanto qualsiasi altro membro della sua famiglia. Era stato persona non grata in casa Taormina sin dall'incidente delle *tette*.

«Sono subito fuori, Nica.» Gina scandì ogni parola, facendo un cenno con la testa verso la porta.

Nica non colse il suggerimento, o scelse di ignorarlo, ed entrò invece baldanzosa in soggiorno, squadrando ogni muscolo del corpo di Darien lungo il tragitto. «Froggy Foster, in carne e ossa.»

«Carne e ossa che non respirerai più se non esci di qui *e* tieni la bocca chiusa.» Gina le lanciò un altro cuscino.

«Andiamo, Gina, che divertimento c'è? Anche se, a giudicare da *quello*», fece un gesto con le mani verso Darien, «siete voi quelli che si sono divertiti un mondo.»

Si lasciò cadere su una delle sedie del soggiorno *di fronte* a loro. «Non fate caso a me. Prego», fece un gesto con la mano, «continuate.»

Gina scosse la testa ed espirò.

«Sarò fuori di qui tra cinque minuti.» Darien spostò il cuscino sul fondo-schiena mentre si dirigeva in camera da letto.

«Okay, com'è successo?» Nica accavallò le gambe come se avesse intenzione di fermarsi per un po'.

«Non abbiamo tempo. Lasciami vestire e sono subito fuori.»

«Vuoi una mano?»

«Sei proprio simpatica.» Gina si affrettò a tornare in camera da letto.

Darien stava giusto uscendo.

«Sei stato veloce.»

Lui si strinse nelle spalle. «Quando impari a toglierteli in fretta, riesci a rimetterteli altrettanto rapidamente.» Le diede un bacio sulla guancia. «Mi dispiace non mangiare e scappare, mi dispiace davvero tanto, ma divertiti alla festa. Fai le mie congratulazioni ai tuoi genitori.»

«Vuoi venire?» Sarebbe stata una dichiarazione importante se lo avesse portato, ma grazie a Nica, tanto lo avrebbero scoperto comunque. Tanto valeva prendere due piccioni con una fava. E rispondere alla miriade di domande che tutti avrebbero avuto.

«In qualsiasi altro momento, verrei. Ma vado a trovare mio padre, e inoltre non voglio rubare la scena alla festa dei tuoi genitori, cosa che sai bene che succederebbe se ci presentassimo insieme.» Le strinse un braccio. «Ci vediamo domani.»

Lei sospirò. «Sì. A domani.»

Per fortuna, non poté andarsene senza un ultimo bacio.

* * *

Gina entrò in soggiorno e si diresse dritta verso la porta, agitando un dito contro sua cugina. «Non una parola.»

Nica le corse dietro. «Darien Foster sono due parole.»

«Non fai ridere per niente.»

«Oh, andiamo, Gina.» Si spostò di lato per permettere a Gina di chiudere a chiave. «Sei tu quella che se lo sta spassando con lui; perché non vuoi dirlo a tutti?»

«Sul serio? Pensi di andare lì e dire: "Ehi zia Theresa, zio Paul. Indovinate con chi se la fa Gina?". Sarebbe un po' rozzo, anche per te.»

«Sì, detta così...» Nica la seguì giù per le scale. «Quindi non mi dirai nemmeno come? O perché?»

«Il *come* lo sai. Riguardo al perché... Lui sta frequentando la scuola di massoterapia e aveva bisogno di un lavoro. Io avevo bisogno di un terapista. Una cosa tira l'altra e...»

«E boom! Avete deciso di esercitare le vostre abilità l'uno sull'altra.»

Volgare anche per Nica. «Qualcosa del genere.» Gina aprì il portone. Maledizione, non aveva messo di nuovo gli stivali. L'amministrazione doveva davvero darsi una mossa a spargere il sale. «Attenta a dove metti i piedi. Potrebbe essere pericoloso.»

«Cercare di sviare il discorso non funzionerà. Devi spiegarmi come lo s*****o più grande della tua adolescenza sia ora il tuo cavaliere dall'armatura scintillante. O *senza*, a quanto pare.»

«Hai visto il suo spettacolo?»

«Non stavo parlando del suo spettacolo dopo quella piccola, uhm, esibizione di prima, ma, cugi, abbiamo *tutte* visto il suo spettacolo. Un ragazzo figo del liceo che cresce e si spoglia per ballare per te? Nessuna se lo perderebbe.» Nica premette il pulsante del telecomando per sbloccare la sua auto. «Penso che potremmo persino convincere la nonna a venire se glielo dicessimo.»

«Noi *non* diremo alla nonna che Darien fa il ballerino.»

«È così che lo chiamano di questi tempi? Ai suoi tempi, sarebbe uno spogliarellista. E uno molto bravo, devo dire. Il tuo gusto sta migliorando, cugi. Decisamente un miglioramento rispetto a quell'ultimo sfigato.»

La famiglia. Si poteva sempre contare su di loro per ricordarle il suo più grande fallimento. Ma d'altronde, era così con una grande famiglia italiana. Tutti sapevano gli affari di tutti e non avevano paura di condividerli o di rinfacciarsi i fallimenti. Naturalmente, non c'era nemmeno un gruppo di fan più grande per celebrare i successi. Ecco perché stava per incontrare più di cento dei suoi parenti più stretti.

Tutti avrebbero voluto sapere di Darien se Nica avesse vuotato il sacco.

Cosa che, ovviamente, fece subito dopo che mamma e papà ebbero tagliato la torta.

«Dovreste lasciarlo fare a Gina. Potrebbe aver bisogno di fare pratica.»

Erano cresciute come sorelle, ma in quel momento, Gina voleva disconoscerla. Specialmente quando Bryan iniziò a tossire a uno degli altri tavoli.

Gina non lo guardò.

«Tesoro, di cosa sta parlando?» La mamma la guardò con un grande sorriso speranzoso sul viso.

Ed era esattamente per questo che Gina non voleva dire a nessuno di Darien. L'avrebbero ingigantita più di quanto non fosse. O le avrebbero fatto passare un inferno per quello che era stata.

«Non è niente, mamma. Nica sta facendo di nuovo la matta.»

«Bel tentativo, cugi», mormorò Nica mentre posava un piatto sul tavolo accanto a lei, per poi sfoderare quel suo ghigno da saputella che faceva sempre digrignare i denti a Gina. «C'è una buona possibilità che sentiremo presto odore di fiori d'arancio, zia Theresa.»

Gina avrebbe voluto dare un ceffone a Nica su quella sua boccaccia lucidata di rossetto rosso Chick-Flick. «È un po' presto per quello, *cugi*.» Si rivolse di nuovo a sua madre. «Sai com'è. Lascia perdere e mangiamo la torta.»

Per fortuna, la mamma si rese conto che non era né il momento né il luogo. Ma ci sarebbero state domande più tardi. La mamma non era stupida.

«Stai uscendo con qualcuno, sì?» La nonna prese il suo monocolo e guardò Gina attraverso di esso quando le porse un piatto.

La nonna aveva bisogno di un monocolo tanto quanto Gina di un ferro arricciacapelli, ma tutti lasciavano che la nonna facesse la gran dama dopo l'operazione all'anca, sedia a rotelle dorata inclusa. Gina aveva provato a spiegare a sua nonna che l'operazione serviva a renderle l'anca *più forte*, così non avrebbe avuto bisogno della sedia, ma era quasi come se per la nonna fosse una medaglia d'onore stare su quella sedia. Così Gina, come il resto della famiglia, lasciò perdere la questione. Se la nonna avesse camminato di nuovo, sarebbe stato perché lo avrebbe scelto lei. Nessuno poteva costringere la nonna a fare qualcosa che non voleva fare.

Nica aveva ereditato quella sua testardaggine. Non che questo rendesse la cosa più facile da gestire.

«Sì, nonna. È una cosa nuova, quindi preferirei non portarmi sfortuna.»

«Nuova?» Nica rise. «Definisci *nuova*, perché dopo quello a cui ho assistito stamattina... *ahi*!»

La povera Nica si beccò improvvisamente un nervo pizzicato.

Tra le scapole.

«Andiamo, Gina, raccontaci.» La sorella di Nica, Franki — abbreviazione di Francesca — era una ficcanaso tanto quanto sua sorella. «Lo conosciamo?»

«Certo che lo conosciamo.» Il sorrisetto di Nica era una diretta rappresaglia per quel pizzicotto.

Conosceva Nica troppo bene per sperare che lasciasse perdere.

Gina sospirò mentre si sedeva. «Sto uscendo con Darien Foster.»

Il sussulto collettivo al suo tavolo fece smettere di parlare tutti agli altri tavoli.

La stavano fissando tutti.

Meraviglioso.

«Chi vuole la torta?» Bryan iniziò a sbattere piatti di porcellana come se stesse suonando la batteria, distraendo almeno metà della sala da questa conversazione. L'avrebbe ringraziato più tardi.

«Quel ragazzo che ti ha fatto piangere?» La nonna, però, non si lasciava scoraggiare. Anche a ottantasette anni, la sua mente era affilata come un rasoio.

«Proprio lui, nonna.»

«Gina Maria Theresa Taormina, non hai ascoltato niente di quello che ti ho detto in tutti questi anni?» La nonna gettò il monocolo e il tovagliolo sul tavolo, poi si spinse sui braccioli della sedia a rotelle fino a mettersi in piedi.

Era incredibile come una matriarca italiana di un metro e quarantacinque potesse sembrare imponente come un qualsiasi dirigente d'azienda.

«Adesso, mamma.» La mamma mise le mani sulle spalle della nonna e la convinse a risedersi. Non era il momento di mettere alla prova la nuova anca. «Sono sicura che Gina ha una buona ragione per frequentare questo ragazzo.»

Ragazzo. Bisognava amare le donne italiane; qualsiasi maschio più giovane di loro era un ragazzo.

«Qual è la tua buona ragione, Gina?» intervenne papà dal capotavola.

Gina lanciò un'occhiataccia a Nica. Era colpa sua.

«So quello che faccio, papà. Fidati di me, okay? Darien è cresciuto e anch'io.»

«Sacrosanta verità», borbottò Nica accanto a lei.

Gina le pestò un piede.

«Ahi!»

«E non credo che dovremmo rovinare la vostra festa per questo, adesso. Possiamo parlarne più tardi.»

«E lo faremo.» Con papà non si discuteva. Era il suo più grande sostenitore, ma non le avrebbe permesso di farla franca con niente. «Va bene, tutti, *mangiamo*!»

Riuscì quasi a raggiungere il vassoio dei dolci — perché la torta non era abbastanza zucchero per questa folla — prima che la nonna tirasse di nuovo fuori l'argomento.

«Allora, questo ragazzo, ti tratta bene?» Le mise una mano sul braccio di Gina.

Gina la coprì con l'altra mano. «Sì, nonna.»

«Si è scusato per averti fatta soffrire?»

«Certo. Mi hai insegnato bene. Se non l'avesse fatto, non sarei uscita con lui.»

Gli occhi della nonna si strinsero. «Ti sposerà?»

Quella era la nonna; andava sempre dritta al cuore della questione. La gente diceva che gli anziani perdevano i filtri con l'età; la nonna non ne aveva mai avuto uno. Diceva le cose come stavano e si aspettava che gli altri facessero lo stesso. Questo aveva causato alcuni momenti angosciosi quando Gina era un'adolescente, ma almeno era tutto alla luce del sole.

Alcuni aspetti di questa relazione con Darien sarebbero però rimasti privati, se avesse potuto farci qualcosa, e la sua evoluzione era una di quelle cose. «Non lo so, nonna. Abbiamo appena iniziato a uscire insieme.»

«Dovresti raccontarle cosa ho visto stamattina entrando in casa tua», mormorò Nica, mettendo un cannolo nel piatto di Gina quando tornò dal vassoio dei dolci.

«Eh? Parla più forte, tu.» La nonna agitò la mano. Gina diede un morso al suo cannolo mentre qualcun altro era sotto tiro. «Non è educato escludere le persone dalle tue conversazioni.»

Non che la nonna seguisse sempre i suoi stessi consigli...

«Ho solo detto che questo cannolo è davvero buono, nonna. Scusa.» Nica sorrise con finta innocenza.

«Ti tengo d'occhio, *ragazza*.» La nonna puntò il monocolo contro Nica. «Non pensare di potermi infinocchiare.»

Nica fu debitamente castigata, e Gina si stupiva sempre quando la nonna se ne usciva con espressioni idiomatiche che non avrebbe dovuto conoscere.

«Allora, Gina.» La nonna le batté sulle nocche con il monocolo. «Qual è la sua storia?»

Gina quasi sputò il cannolo. «La sua *storia*?»

«Sì, sai...» La nonna roteò la mano, cercando la parola. «Che lavoro fa?»

Nica *sputò* il suo. «Avanti, cugi. Spiega *questo*.»

Gina la fulminò con lo sguardo. «Al momento lavora per me, nonna.»

Nica sbuffò. «Oh, di sicuro sta lavorando.»

Le dita dei piedi di Nica si presero una seconda dose di stritolamento. «Ahi!»

«Zitta, tu.» La nonna fulminò Nica, che allora si fece il segno della croce e baciò il cornetto d'oro della sua collana per scacciare il *malocchio*. «Questo non va bene. L'uomo non dovrebbe lavorare per la donna. Lo rende meno uomo.»

Nica si alzò e lasciò il tavolo, soffocando.

Dalle risate.

La nonna sospirò, scuotendo la testa. «Quella lì... non si accalappierà mai un uomo.»

«Ti ho sentita, nonna.» Nica rispose da sopra la spalla mentre tornava al vassoio dei dolci.

«Come era mia intenzione. Potresti imparare da tua cugina.»

Se Nica avesse saputo quante volte la nonna stava agitando il dito dietro la sua schiena, starebbe succhiando quel cornetto senza sosta.

«Fidati, nonna», disse Nica. «Lo so. Non puoi immaginare quanto potrei davvero imparare dalla mia cara, *dolce* cugina.»

Gina voleva solo andarsene da lì.

Ma la nonna non aveva ancora finito il suo interrogatorio. Non era una sorpresa che, tra tutte le amiche di Gina, Candy fosse la preferita della nonna. Chi si somiglia si piglia.

«Lavora per te, quindi non guadagna lui i soldi? Questo non va bene.» La nonna batté le nocche sul tavolo. «La donna non può essere più ricca dell'uomo. Noi siamo più forti, ma lasciamo che loro pensino di esserlo. Senza i soldi, sanno di non esserlo, e questo non va bene. Vanno a cercare una donna di meno per sentirsi più grandi.»

«Lavora per me solo durante le feste, nonna. Sta cercando di comprare un altro palazzo. Ha venduto quello che aveva.»

«Ah, quindi ha i soldi.» Si appoggiò allo schienale e intrecciò le mani sul tavolo, la sua fede d'oro ancora al dito. Si rifiutava di toglierla anche se il nonno era morto dieci anni prima. «Allora non ci sono discussioni. Ti rende felice?»

«Sì.»

«E la sua gente? Ti piace?»

«Non ho ancora conosciuto suo padre. Sua madre è morta subito dopo il liceo.»

La nonna perse il suo sguardo da matriarca feroce e si fece il segno della croce. «È triste. Un ragazzo ha bisogno di sua madre, anche quando crede di essere un uomo. Portamelo. Ti dirò io se è quello giusto per te. Noi madri le sappiamo queste cose.» Batté di nuovo sul tavolo. «Chiamalo ora. Digli di venire. Dobbiamo conoscerlo.»

Sì, era proprio quello che voleva; tutti a torchiare il povero Darien per una relazione che aveva poco più di una settimana. Quella *cosa* che lui provava per lei sarebbe morta di una morte rapida e da lei stessa autorizzata.

«Oggi è con suo padre.»

«Allora invita anche lui. Dovremmo conoscere la sua gente.»

«Mamma.» Papà venne in soccorso di Gina. «Che ne dici se lasciamo che i ragazzi decidano i loro tempi, okay?»

«Facile per te dirlo, Paolo. Io sono più vicina alla tomba di te e desidero vedere mia nipote sposata.»

Oh, cielo. Sempre a fare l'uccello del malaugurio. Era il destino delle madri italiane nella sua famiglia. Le sorelle della nonna erano state tutte uguali, quindi, essendo l'unica sorella rimasta, la nonna sentiva di dover portare avanti la tradizione per tutte loro. Insieme.

«Non morirai tanto presto, mamma.» Papà, il primogenito, non poteva sbagliare agli occhi di sua madre, e sebbene non ne approfittasse spesso, mostrava i muscoli quando necessario. Era l'unico con cui la nonna si tirava indietro. «Lascia stare Gina. È ora che la mia adorabile sposa apra i nostri regali.» Suo padre cercò la mano della mamma. «Ma ho già il regalo più bello che potessi mai chiedere.»

Un coro di «ahhh» fece venire le lacrime agli occhi a Gina. Era quello che voleva per sé. Un amore come quello dei suoi genitori. Erano ancora i migliori amici l'uno dell'altra. L'unica cosa che avrebbe reso la loro vita perfetta sarebbe stata la possibilità di avere altri figli. Ma i problemi che la mamma aveva avuto durante la gravidanza di Gina avevano infranto quella speranza. Giuravano di essere felici di avere lei — e sapeva che lo erano — ma non poteva fare a meno di sentirsi un po' in colpa per il fatto che non ci fossero altri figli. Da adulta, capiva che quel ragionamento era errato, ma si era portata dietro quel senso di colpa crescendo. Non aveva mai voluto deludere i suoi genitori in nessun altro modo, quindi il disastro che era stata la sua relazione con John era qualcosa che si era tenuta per sé.

Nica, d'altro canto, era stata il peggior incubo di ogni genitore: rientrava troppo tardi, beveva, fumava, veniva beccata a nuotare nella piscina del vicino dopo il coprifuoco... il tipico comportamento da ragazza ribelle. Nessuno avrebbe battuto ciglio se *lei* fosse andata a letto con uno spogliarellista dopo una settimana. Gina, invece...?

Sì, la famiglia non aveva bisogno di dettagli.

Capitolo Venti

«Com'è andata la festa?» Dare scivolò nell'ufficio di Gina il mattino seguente e si chiuse la porta alle spalle. Avevano avuto abbastanza interruzioni indesiderate.

Gina alzò lo sguardo e il suo sorriso gli mozzò il fiato. Le era mancata la sera prima.

«La solita. Troppo cibo, troppo rumore, poca privacy.» Uscì da dietro la scrivania.

Le andò incontro a metà strada, desiderando così tanto averla tra le braccia da provare quasi un dolore fisico. Maledizione, era cotto a puntino. «È criptico.»

«Sei mai stato a una riunione di famiglia italiana?» Gli avvolse le braccia intorno alla vita, posizionando i fianchi proprio nel punto giusto.

«No.»

«Fidati, è un'esperienza come nessun'altra.»

«*Tu* sei un'esperienza come nessun'altra.» Doveva baciarla. Sì, voleva sapere della sua famiglia, ma prima doveva assaporarla di nuovo.

In questo, fu lei ad andargli incontro. Le sue labbra, la sua lingua, le sue mani... Gina non si trattenne.

Finché non si sentì applaudire fuori dal suo ufficio.

Lui e Gina si voltarono nello stesso istante.

Avevano un pubblico. Candy, Deb e Kaya stavano sorridendo attraverso la finestra.

«Ti servono delle tende per quella cosa.»

«Adesso non la smetteranno più di prenderci in giro.»

«È un problema?»

Lei inclinò la testa e impiegò qualche secondo per rispondere, qualche secondo più di quanto a lui piacesse.

«Spero di no.»

«Non sembri molto sicura.» Le tolse le braccia da intorno alla vita. Cristo, aveva giudicato male il suo interesse? Era così preso da lei da non essersi fermato a capire che lei non provava lo stesso per lui? Che fosse dentro a questa storia, Dio non voglia, solo per il sesso?

Lei incrociò le braccia e distolse lo sguardo. «Non ho dei precedenti molto incoraggianti.»

Dare sentì il mondo girargli intorno. «Sono una prova su strada?»

«No, non è quello che intendevo.»

Qualcuno bussò alla porta.

«Non ora.» Alzò una mano ma non le tolse gli occhi di dosso. Non si sarebbero fatti interrompere, nemmeno se l'edificio fosse stato in fiamme.

Lei parve sorpresa. «Stai bene?»

«Dimmelo tu. Spiega cosa intendevi con l'avere dei precedenti. Mi stai solo provando per vedere come va?»

«Oh no. Non mi sono espressa bene. Non sei tu.»

Il temuto discorso del "Non sei tu, sono io". Dare non poteva crederci. Non poteva credere di essersi sbagliato così tanto su di lei.

Non poteva credere di essersi innamorato di lei e adesso... Lo *sapeva* che non sarebbe finita bene. Avrebbe dovuto risparmiarsi quel dolore. «Lascia perdere, Gina. Fa lo stesso.» Doveva andarsene da lì.

Lei lo afferrò per un braccio. «No, Darien, mi stai fraintendendo.» Si morse il labbro inferiore. «È solo che... be'...» distolse lo sguardo, poi inspirò profondamente. «Ho messo anima e corpo in un'altra relazione e sono finita col farmi male. Lui non ci stava dentro per la ragione che pensavo io e, be', alla fine ho perso molto. La mia autostima, la mia spa, i miei risparmi...»

«Il tuo cuore?» John. Il bastardo.

Lei espirò. «Fortunatamente, non quello. Il mio orgoglio è stato più danneggiato a lungo andare, ma non me ne sono resa conto subito. Ero troppo impegnata a realizzare tutto ciò a cui avevo rinunciato per lui.»

«E mi stai mettendo nella stessa categoria.»

«No. È solo che...» Gli prese le mani. «Tu sei importante per me, Darien. Più importante di quanto lo sia mai stato lui e io... ho paura di farmi male.»

Dare espirò. «Grazie a Dio.» Voleva dirle esattamente quanto fosse importante lei per lui, ma le parole non sarebbero bastate. Doveva dimostrarglielo. Lei doveva *sentirlo. Saperlo.*

«Non è esattamente la risposta che speravo.»

Le portò le mani al petto. «Voglio dire, grazie a Dio lo senti anche tu.»

«Cosa?»

Picchiettò il proprio cuore con le loro mani. «Questo. Noi.»

Le sue labbra si incurvarono leggermente. «C'è un noi, allora. Non è solo...»

«Sesso? Un viaggio nei ricordi? No. Questo è reale, Gina. Per me tanto quanto per te.»

«Phew.» Il suo sorriso non era più titubante; era come se qualcuno avesse acceso un interruttore.

Lui diede un'occhiata alla porta per vedere se le ragazze se ne fossero andate, ma fortunatamente non c'erano più.

Così la baciò. A lungo e con passione, stringendola a sé, avvolgendola con entrambe le braccia. Se non fossero stati nel suo ufficio, o se quella maledetta finestra avesse avuto una tenda, le avrebbe mostrato esattamente quanto fosse reale tutto questo.

Ma dato che quello non era il posto più romantico per dichiarare i suoi sentimenti, ed entrambi avevano un lavoro da fare, alla fine dovette smettere.

Le prese il viso tra le mani per un ultimo bacio. «Per aiutarmi a superare la giornata.»

Lei sorrise. «Mi dispiace per prima. Per essere stata insicura...»

«Non scusarti. È comprensibile. Hai dovuto baciare un sacco di rospi per trovare il tuo principe.»

«Non esageriamo, *Ranocchio*. È ancora tutto da vedere se hai la stoffa del principe.»

«Peccato per te.» Furbescamente, mosse le sopracciglia. «I rospi hanno lingue molto lunghe.»

Il suo viso divenne rosso come un peperone e lui dovette ridere. «Oh, andiamo, Gina. Non può imbarazzarti. Voglio dire, tu *c'eri*, no? Non è che non sai di cosa sto parlando.»

«Lo so, lo so, è solo che...» Si divincolò dal suo abbraccio. «Ho bisogno di sedermi.»

«Ti ho lasciata senza fiato, vero?»

«Più che altro mi hai eccitata in due secondi netti.»

«Così tanto? Dovrò lavorarci su.»

«Non con loro che si presentano senza preavviso.» Fece un cenno con il pollice verso la porta.

«Oh, non so. Sono abituato a dare un bello spettacolo.»

«Esatto, *tu* ci sei abituato. Io? Preferisco rimanere dietro le quinte, grazie tante.»

«Per quanto mi piacerebbe portarti dietro le quinte e fare di te ciò che voglio, abbiamo ancora otto ore di massaggi da affrontare prima di poter anche solo pensare a BeefCake, Inc.»

«Forse tu, ma io penserò ai manzi tutto il giorno.» Fece un respiro profondo, poi si rimise in piedi e gli diede un colpetto sugli addominali con il dorso della mano. «È ora di andare al lavoro.»

* * *

E lavorarono. Lunedì, martedì, mercoledì, giovedì... Il passaparola aveva decisamente iniziato a funzionare, e Gina riuscì a ripagare Candy, con gli interessi, con gli incassi delle due settimane precedenti, oltre a mettere via qualcosa per i tempi difficili.

Che arrivarono molto prima di quanto si aspettasse. Ma sotto forma di neve.

Gina fissò la porta d'ingresso, guardando i fiocchi scendere... e i suoi sogni congelarsi.

Purtroppo, non era a causa del tempo. Il centro commerciale era stato venduto e tutti i contratti di locazione sarebbero stati annullati. La lettera era arrivata quel pomeriggio.

Non sapeva cosa avrebbe fatto.

«Yuhuu, Gina?» Candy le sventolò le unghie, precedentemente note come color porpora, davanti al viso. «Stai bene? Sembri una che ha visto un fantasma. O che sta per diventarlo. Che succede?»

Gina espirò. Non avrebbe ancora condiviso la notizia. Non con l'addio al nubilato a meno di quarantotto ore di distanza. Certo, non sapeva per quanto tempo sarebbe rimasto un segreto; ovviamente non era l'unica inquilina ad aver ricevuto la notifica, ma la lettera diceva che la società non avrebbe reso pubblica l'informazione fino a dopo il primo dell'anno.

Molto gentili da parte loro.

Buon fottuto Natale.

«Non è niente.»

Candy si appoggiò alla porta d'ingresso, a braccia conserte. «Non raccontarmela. Sono la Regina del Niente, quindi riconosco un Qualcosa quando lo vedo. Sputa il rospo.»

Gina deglutì e cercò di inventare una storia dal nulla, dall'aria umida, carica di neve e desolata. «Io, ehm...» Fece un respiro profondo, odiando mentire, ma niente avrebbe rovinato la festa di Amalie. «Ho scoperto che è morta la madre di una delle mie compagne di stanza del college.»

«Quale?»

«Sono abbastanza sicura che avesse una sola madre. La gente non era così illuminata una trentina di anni fa.»

«No, Signorina Volutamente Ottusa. Quale compagna di stanza? Le conoscevo più o meno dato che, sai, andavo alla stessa università. *Con* te, se posso aggiungere. È lì che siamo diventate amiche, no? Ti dice niente?»

A lei qualcosa diceva, eccome: l'inizio di un gran mal di testa. Che, purtroppo, non poteva essere attribuito alla versione non proprio sommessa di "Santa Claus Is Coming To Town" del Boss.

«Era, ehm... Johanna. È stata lì solo per un semestre.»

«Senza voler essere insensibile, ma l'hai conosciuta per un semestre e sei così scossa per la morte di sua madre?»

Gina fece una smorfia e incrociò le dita della mano sinistra. Ci voleva Candy per costringerla a infiocchettare quella bugia terribile. Sperava che l'inesistente Johanna l'avrebbe perdonata.

«Era malata. È per questo che Johanna ha dovuto lasciare l'università. Ci scambiamo i biglietti di Natale ogni anno e oggi ho ricevuto il suo.»

«Oh, be', mi dispiace sentirlo. Deve essere dura, specialmente in questo periodo dell'anno.» Candy le accarezzò il braccio con genuina compassione.

Il che fece sentire Gina solo peggio. «Sì, questo periodo dell'anno non è decisamente il momento in cui vuoi perdere qualcosa.»

«Volevi dire qualcun*o*.»

«Sì, giusto. Qualcuno.»

«Te la caverai?»

Gina si sforzò di sfoggiare un sorriso genuino e strinse il braccio di Candy. «Sì. Ce la farò.» La spa era tutta un'altra faccenda.

Accidenti, se c'era mai stato un momento per tirare fuori la sua Rossella O'Hara interiore, era quello.

Solo che non ci avrebbe pensato domani. O domenica. Avrebbe aspettato fino a dopo la festa.

Capitolo Ventuno

«Beh, guarda chi si è finalmente ricordato di controllare i messaggi.» L'agente immobiliare di Dare sembrava seccato dall'altro capo del telefono.

Considerando che Jonas gli aveva mandato più di cinquanta messaggi martedì, nessuno dei quali Dare aveva notato, figurarsi rispondere, il tipo ne aveva ben donde.

Spazzò via un po' di neve dal muro di mattoni vicino alla banchina di carico e ci appoggiò sopra lo stivale. Quella era la prima pausa che si prendeva in tutta la settimana e la prima volta che aveva la possibilità di richiamarlo. «Mi dispiace, Jonas, ma è stata una settimana pazzesca.»

«A chi lo dici. Avevo la proprietà perfetta per te e te la sei fatta scappare perché non mi hai risposto in tempo. È apparsa e scomparsa dal mercato in meno di sei ore.»

Venderla così in fretta significava che era stato un ottimo affare. Dannazione. «Allora, cos'altro hai?»

«È proprio questo il punto, Dare, non c'è niente. Il mercato per i tuoi parametri si è prosciugato come se tutta questa neve fosse sabbia. Terrò comunque le orecchie tese, ma puoi farmi il favore di tenere il telefono con te? Non ti chiedo di raccontarmi la storia della tua vita o di leggermi la lista delle tue finanze; basterà un sì o un no veloce. Almeno così potremo avere una possibilità se dovesse apparire qualcos'altro sul mercato.»

Dare si massaggiò le tempie. Era stata una settimana lunga per tutti. Tra i turni di giorno alla spa e le notti al club, era a pezzi. E non aveva visto Gina fuori dall'orario di lavoro neanche una volta. Quella era la cosa peggiore. Come avrebbe potuto dimostrarle che la amava se lei non lo vedeva nemmeno *se non* in veste professionale?

Almeno la cena per presentarla a Pop era in programma per quella sera. E l'addio al nubilato sarebbe finito quel fine settimana, e Charlotte sarebbe tornata lunedì per riprendere i suoi clienti abituali, così lui avrebbe potuto ridurre le ore. «Mi dispiace, Jonas. Stai lavorando sodo e io ho fatto cilecca stavolta. Aggiungerò altri mille alla tua commissione. Ti va bene?»

«Solo se trovo qualcos'altro. Di questo passo, non so quando accadrà.» Jonas sembrava più frustrato che grato.

Forse avrebbe dovuto offrirgliene altri cinquemila. «Ho fiducia in te.»

«Non me ne frega un accidente se ci sono altri cinquantamila dollari in più per me. Rispondi a quel dannato telefono. Anche se, aspetta. Sì, cinquantamila dollari mi interessano.»

Dare ridacchiò. «Meno male che hai ritrattato o avrei iniziato a mettere in discussione le tue capacità di negoziazione.»

«Nessun problema su quel fronte. La prossima volta rispondi a quel dannato telefono e basta.»

«Ti ho sentito la prima volta.»

«No, non è vero. Non hai risposto.»

Dare concluse la telefonata con la promessa di dormire con il telefono. Beh, tranne quando era con Gina. *Quando mai* sarebbe successo. Allora, lo avrebbe tenuto sul comodino. Ma non condivise quell'informazione con Jonas.

Si mise in tasca il cellulare — dopo essersi assicurato che la vibrazione fosse attiva — e si diresse verso la spa per qualcosa che non fosse lavoro.

«Ehi, tesoro, sei pronta per uscire?» Darien fece capolino nel suo ufficio.

Gina alzò lo sguardo. Da cosa, non lo sapeva. Erano dieci minuti che fissava un pezzo di carta, ma per quanto si sforzasse non avrebbe saputo dirgli di cosa si trattasse perché non ne aveva la più pallida idea.

Proprio come per quello di cui stava parlando lui. «Pronta? Per cosa?»

«Per cena? Con mio padre? Ricordi?»

Oh, Dio, se n'era dimenticata. «Ti dispiacerebbe se rimandassimo?» L'ultima cosa che voleva fare era dover fingere di essere felice e senza pensieri mentre quel mondo le girava vertiginosamente attorno in ogni direzione.

Darien attraversò la stanza in due secondi. «Perché? Che c'è?»

«È che...» no, non glielo avrebbe detto. Non ancora. Non finché non avesse capito cosa avrebbe fatto. Conosceva Darien; si sarebbe offerto di aiutarla. E sebbene ciò fosse più che gentile e quasi meraviglioso, non voleva essere in debito con nessuno. Era sopravvissuta a John, sarebbe sopravvissuta anche a questo.

Fece un respiro profondo. «Sono un po' stressata. C'è così tanto in gioco con questo evento, sai?»

Lui si inginocchiò accanto a lei. «Andrà alla grande. Abbiamo già superato la prima prova. Niente rovinerà la festa di Amalie.»

Ecco perché non avrebbe detto niente a nessuno. Avevano tutti lavorato sodo per portare la spa allo stato attuale ed erano entusiasti della crescita dell'attività. Stacey era elettrizzata di poter comprare ai suoi figli i grossi regali che avevano chiesto a Babbo Natale, e Kaya aveva organizzato un weekend fuori porta per fare una sorpresa a suo marito. Come poteva Gina dare loro la notizia e rovinare le loro feste?

«Sei sicura di non sentirtela?» Il suo dito le percorse la guancia.

Come poteva dirgli di no? Aveva trovato qualcuno che coprisse il suo turno da BeefCake e aveva lavorato tantissimo quella settimana per aiutarla, e tutto ciò che le aveva chiesto era di incontrare suo padre. Già era abbastanza brutto aver mentito a Candy e nascondere la notizia al suo staff, non poteva deludere anche lui in aggiunta a tutto il resto.

«No, hai ragione. Andrà tutto bene.» E sarebbe stato così, di questo non aveva dubbi. Quindi doveva concentrarsi su quello e superare la cena. «Andiamo.»

* * *

«Mio figlio ha certamente buon gusto. L'ha preso da me, sa.»

Pop fece una gran scena ammiccando a Gina quando li raggiunse da Charlie's. Dare si era offerto di andarlo a prendere, ma Pop non aveva voluto "essergli d'intralcio". Parole sue.

«E ha decisamente preso anche da Lei il suo bell'aspetto.» Gina si spostò a destra mentre Pop si calava su una sedia. Charlie avrebbe dovuto rendere le sedie più adatte alla clientela attuale invece che a quella per cui erano state originariamente progettate. Lo stile provinciale francese non era esattamente la cosa più comoda su cui sedersi, specialmente quando si mangiavano costolette o alette.

«Con i complimenti si ottiene tutto da me, signorina.» Diede una gomitata a Dare. «Sì, hai scelto bene.»

«Accidenti, Pop, non è un cavallo.»

«Ah, ma è una bella puledra.»

Dare alzò gli occhi al cielo. A che punto i genitori smettevano di mettere in imbarazzo i propri figli?

«Allora, ho sentito che ha messo al lavoro questo mio figlio.»

«L'ho fatto. È stato un gran successo alla spa.»

«Scommetto. Se la cava abbastanza bene in quel posto dove balla. Ci è mai stata?»

«Ehi, Pop, cosa bevi?» Gina non aveva bisogno di un interrogatorio.

«Niente al momento. Perché non te ne vai a prendermi qualcosa mentre chiacchiero con questa tua bella signorina.»

Okay, forse la cena non era stata la migliore delle idee. Ma gli aveva permesso di vedere come stava Pop e di farlo uscire di casa, dato che non erano riusciti a visitare nessuna proprietà quella settimana a causa dei suoi impegni. In più, gli dava l'opportunità di passare un po' di tempo con Gina, cosa che era gravemente mancata nell'ultima settimana. Niente di peggio che iniziare una relazione intensa e passionale per poi piantare una frenata brusca. Almeno si vedevano al lavoro, ma erano le notti insieme che gli mancavano.

Dare chiamò una delle cameriere. «Gina? Tu cosa prendi?»

«Oh, solo acqua per me. Qualsiasi cosa alcolica mi farebbe addormentare, sono così stanca.»

«Ho sentito che ha un grande evento in arrivo» disse Pop, molto più interessato di quanto fosse sembrato a Dare quando *lui* gli aveva menzionato la festa. «Dare dice che potrebbe fare grandi cose per la sua attività.»

Il sorriso di Gina si spense un po'.

Doveva essere davvero preoccupata, ma lui non capiva perché. C'erano molti più nuovi clienti che non erano ancora stati attirati da nulla di ciò che aveva detto Sophie Cavanaugh, quindi questo deponeva a favore degli sforzi pubblicitari di Gina. E se Sophie fosse stata soddisfatta domenica come lo era stata durante la loro visita — e non c'era motivo per cui non dovesse esserlo — l'*unica* cosa di cui Gina avrebbe dovuto preoccuparsi sarebbe stata trovare abbastanza personale per gestire tutti i nuovi affari.

* * *

Sì, quel pensiero volò fuori dal finestrino del suo furgone con la telefonata di Pop dopo che ebbe lasciato Gina a casa sua.

«Hai fatto *cosa*?» Non poteva *assolutamente* aver sentito bene.

«Ho comprato una proprietà per noi.»

«Quella parte l'ho capita e tra un secondo arriveremo all'aspetto finanziario, ma potresti per favore ripetere *quale* proprietà hai comprato?»

«Te l'ho detto, figliolo, ho comprato il negozio della tua ragazza.»

«Hai comprato la spa?»

«Beh, in realtà tutto il complesso. Lo vendevano per un tozzo di pane.»

«Hai comprato un intero complesso di negozi.» Dare non riusciva nemmeno a elaborare la cosa. «Pop, che diavolo ti è saltato in mente?»

«Te l'ho detto, figliolo. Quel posto costava poco per quella quantità di terreno. Raderemo al suolo gli edifici e ricominceremo da zero. A dire il vero, è quello che ho scritto sulla richiesta per il permesso di demolizione.»

Demolizione... Il cervello di Dare sfrecciava così tanto da tutte le parti che dovette accostare a lato della strada. «Vuoi radere al suolo l'intero complesso.»

«Gli edifici non sono messi molto bene. Inoltre, non si possono ricavare appartamenti da negozi. Lo sanno tutti.»

E Dare pensava che tutti sapessero che c'erano differenze tra la destinazione d'uso commerciale e quella residenziale, ma a quanto pare Pop era l'eccezione alla regola. Per una cifra così alta che Dare non voleva nemmeno pensarci.

Ma doveva pensarci, perché *suo padre aveva comprato un complesso di negozi*.

E quando fosse riuscito a superare quello, si sarebbe preoccupato del fatto che fosse il complesso di negozi di *Gina*.

<h1 style="text-align:center">Capitolo Ventidue</h1>

«Okay, per tutti i santi, che cosa sta succedendo qui?» Il pomeriggio seguente, Candy sbatté i palmi delle mani sulla scrivania di Gina, priva di qualunque traccia di allegria nella voce, in diretto contrasto con le voci cherubiche dei bambini che cantavano "Deck the Halls".

Gina aveva voglia di prendere a pugni qualcuno.

«Tu e il tuo amoroso avete litigato?»

Lei chiuse la cartellina sopra i documenti finanziari sulla sua scrivania. Candy leggeva quella roba per divertimento; avrebbe capito subito cosa stava succedendo se li avesse visti. «Certo che no. Perché lo pensi?»

«Gli hai parlato di recente? No.» Candy rispose per lei. «Certo che non l'hai fatto. Perché non parla con nessuno. Un paio di grugniti e poi fa: "Fai entrare il prossimo cliente, Candy", come se io vivessi per eseguire i suoi ordini.» Le sue unghie a strisce rosse e bianche gesticolavano freneticamente.

«Beh, *è* il tuo lavoro...»

«E tu.» Salì di un'ottava. «Te ne stai qui a deprimerti da quando è arrivata la lettera di Johanna. Capisco che sia triste, ma non è che sia morta *tua* madre. Voglio dire, gli affari stanno andando a gonfie vele, domani hai l'evento più importante della tua vita professionale e hai una faccia da funerale. Tra voi due, l'atmosfera qui sta andando a picco. Potete darvi una svegliata e ridare un po' di brio a questo posto, o il morale andrà a rotoli e possiamo aspettarci che gli affari facciano la stessa fine.»

Candy non sapeva che sarebbe successo comunque.

Gina sospirò. «Vedrò cosa posso fare, Candy.»

«Vedi di farlo, perché ho solo un tot di vaselina.»

Gina sgranò gli occhi. «Okay, non ho idea di cosa significhi. I massaggiatori usano l'olio.»

Candy sbuffò e infilò le mani nelle tasche dei suoi pantaloni di raso nero. «Non per loro. Per me.» Si indicò il viso. «Per questo sorriso. Sono là fuori che cerco di fare buon viso a cattivo gioco e voi due ve ne andate in giro come se fossimo a un'impresa di pompe funebri.»

«So che mi pentirò di averlo chiesto, ma cosa c'entra la vaselina con il tuo sorriso?»

«Pronto? Te la metti sulle gengive per continuare a sorridere. Non hai *mai* partecipato a un concorso di bellezza?»

Gina spinse indietro la sedia e fece un gesto plateale verso sé stessa. «Un metro e cinquantasette e formosa non entra nemmeno dalla porta principale dei concorsi di bellezza, Candy. Su questo mi batti tu.»

«Arggh.» Candy gettò le mani all'aria. «Giuro, devo fare tutto io qui.» Si diresse a grandi passi verso il corridoio — un'impresa non da poco con le sue Jimmy Choo che sembravano qualcosa che Cenerentola avrebbe indossato al ballo — risucchiando tutta l'aria della stanza con sé.

Gina sospirò. L'unica cosa che si poteva dire della sfuriata di Candy era che l'aveva fatta uscire dalla sua testa.

Ora doveva entrare in quella di Darien. Cosa gli stava succedendo?

Andò nell'area della reception. Il suo prossimo appuntamento non era prima di venti minuti, motivo per cui si era immersa nei documenti finanziari per vedere cosa poteva racimolare per aprire un'attività altrove.

O forse avrebbe potuto convincere il nuovo proprietario a non radere al suolo questa parte del centro commerciale. Aveva investito molto lavoro e denaro nel locale; era in buone condizioni. Forse il proprietario avrebbe potuto semplicemente rifare la facciata. Magari sarebbe anche riuscita a contribuire, se fosse riuscita a trovare un'eccedenza sufficiente da qualche parte nel suo budget.

Guardò l'agenda degli appuntamenti sopra la spalla di Candy.

Candy agitò le mani. «Non controllarmi. Questo è il mio territorio. Ho tutto sotto controllo.»

«Non ti sto controllando e lo sai. Sto cercando di vedere quando Darien sarà libero per potergli parlare.»

«In bocca al lupo. Non so se persino *tu* riesca a fare breccia. Per fortuna, con i clienti è tutto un chiacchiericcio, quindi va bene, ma col resto di noi? A malapena ci guarda. Non so cosa abbiamo fatto per offenderlo così tanto, ma di certo quel ragazzo non è nello spirito natalizio con lo staff.»

La porta della suite tre si aprì.

«Parli del diavolo. E oggi, lo dico letteralmente,» disse Candy sottovoce.

«Mi raccomando, beva molta acqua, signora Beecham,» disse lui alla cliente che stava accompagnando alla reception. «È importante eliminare le tossine dal corpo.»

«Onestamente, Darien, può chiamarmi Susan.» La donna gli mise una mano sul braccio. «Signora Beecham è mia suocera.»

Dal modo in cui Susan Beecham stava toccando e guardando Darien, farebbe meglio a non dimenticare di *avere* una suocera.

Gina scosse la testa. Buono a sapersi che, di fronte alla rovina finanziaria, sapeva ancora essere territoriale.

«Va bene, *Susan*. Le auguro buone feste.» Le fossette di Darien fecero la loro comparsa.

Accidenti, quelle fossette erano per *lei*.

«Oh, ma volevo fissare un appuntamento di controllo,» disse la molto-sposata-Susan-Beecham. «Forse domani?»

«Mi dispiace,» intervenne Candy con un sorriso zuccheroso, «ma domani siamo al completo. Una festa privata. Potremmo trovarle un posto la prossima settimana.»

Gina conosceva quel tono. Candy aveva capito subito la piccola sceneggiata di Susan Beecham. Anche se non fossero stati al completo domani, per Susan, lo sarebbero stati.

«Oh, beh.» Che sospiro drammatico. «Immagino di non avere scelta. Qual è il primo appuntamento libero di Darien?»

Candy finse di controllare l'agenda. «Beh, caspita, è al completo fino alla fine dell'anno e non abbiamo ancora il nuovo calendario. Ma Gina fa dei massaggi fantastici. Affonda davvero in quei muscoli. Fa un male cane che fa bene, se capisce cosa intendo.»

L'ultima frase era detta a beneficio di Gina. Candy voleva darle la possibilità di ripagare la donna per averci provato con Darien.

Gina apprezzò il gesto, ma una volta che si fosse sparsa la voce della vendita, sarebbe stato inutile.

«Hmmm.» Susan Beecham finse di pensarci mentre porgeva la sua carta di credito, ma tutti sapevano quale sarebbe stata la sua risposta. «Non sono sicura di aver bisogno di qualcosa di così, ehm, doloroso. Ma ci penserò.»

«Le auguro una splendida giornata, Susan.» Darien le fece un piccolo saluto, poi si voltò verso l'area d'attesa.

Gina gli mise una mano sul braccio. Era la prima volta che lo toccava da giorni e se non si fosse addormentata nell'istante in cui toccava il letto ogni notte, si sarebbe ricordata di quanto le mancasse. «Darien, posso parlarti un secondo?»

«Scusa, Gina, ma la mia prossima cliente è qui.»

«Lo so, ma...» Abbassò la voce. «C'è qualcosa che non va? Ti comporti in modo... non so. Non da te. L'hanno notato tutti.»

Lui la guardò per alcuni secondi, poi espirò e scosse la testa. «Mi dispiace. È che... c'era un affare. Un immobile. E, beh...» Si passò una mano tra i capelli. «Diciamo solo che non è andata come volevo.»

«Mi dispiace tanto sentirlo.» Fantastico. Entrambi stavano affrontando casini professionali.

«Sì, beh...» Si schiarì la gola. «Devo tornare dalla signora Mooney. Devo andarmene in orario stasera. Grande serata al club. Bryan e Gage hanno organizzato uno "spettacolo" natalizio,» — fece le virgolette con le dita — «se ci puoi credere. Quindi immagino che ci vedremo domani per la festa.» Si rivolse di nuovo all'area della reception. «Signora Mooney?» Indicò la sua sala trattamenti con un gesto della mano. «Quando è pronta.»

Gina lo guardò andare, desiderando che ci fosse qualcosa da poter dire per migliorare la sua situazione, ma era già sommersa dai suoi problemi. Avrebbe affrontato tutto dopo la festa di Amalie.

Dare fece entrare la signora Mooney nella suite il più rapidamente possibile. Aveva evitato Gina tutto il giorno perché non aveva ancora trovato un modo per dirle che ora sarebbe stato il suo padrone di casa. Era un livello completamente diverso da *capo* e lei sarebbe andata fuori di testa.

Diavolo, *lui* stava andando fuori di testa.

Papà aveva voluto essere suo socio nel vero senso della parola, tanto da aver incassato la sua liquidazione, utilizzato la linea di credito sulla casa, venduto azioni e messo sul piatto i soldi dell'assicurazione sulla vita di mamma, tutto per comprare il centro commerciale.

Dare aveva sbattuto la testa sul volante a quella notizia. E poi di nuovo quando aveva scoperto che era successo martedì.

Papà aveva comprato la proprietà che Jonas voleva mostrargli *quel giorno*. E ora, non c'era modo di tirarsi indietro. Quindi Dare era responsabile per l'intera esistenza finanziaria di suo padre *e* per l'attività di Gina. Due delle persone che amava di più al mondo ed erano su lati opposti di questa altalena.

E sì, l'ironia di innamorarsi di Gina — del tipo di amore onesto-e-sincero-voglio-passare-il-resto-della-mia-vita-con-lei — e allo stesso tempo essere responsabile della chiusura della sua attività faceva così schifo che non aveva la più pallida idea di come risolvere la situazione.

Grazie a Dio, papà non gli aveva sganciato questa bomba a cena — voleva che Dare avesse il "divertimento" di dire a Gina che avrebbero lavorato insieme. Pensava che sarebbe stato un bel regalo di nozze.

Diavolo, sarebbe stato fortunato se lei non l'avesse *ucciso* quando l'avesse scoperto; altro che matrimonio.

Doveva solo assicurarsi che lei non scoprisse che papà aveva comprato il posto finché non avesse trovato un modo per renderli tutti felici.

* * *

«Beh, amica mia, puoi definirlo un successo.» Il pomeriggio seguente, durante la festa di Amalie Cavanaugh, Candy diede una gomitata a Gina tra un appuntamento di massaggio per damigelle e l'altro. «La metà di queste donne finisce nella sezione Stile ogni fine settimana. È sicuro che otterrai nuovi clienti da questo. E io mi guadagno un sacco di "te-l'avevo-detto".»

Gina riuscì a fare un sorriso. Certo, avrebbe ottenuto clienti; solo che non avrebbe avuto un posto dove metterli. «Sì, Candy, avevi ragione. Sull'arredamento, su Darien e sul successo.»

«Ma che ti prende? Questo è, nella migliore delle ipotesi, un entusiasmo tiepido. Perché non stai ballando sui muri dalla gioia?»

«Perché abbiamo ospiti?» Prese un'altra pila di asciugamani. «Chi è la prossima sul mio programma?»

«Nellie Day. Mondana per eccellenza e la Prossima Grande Novità.»

«Nella sua testa?»

«E sulla stampa.»

«Avresti dovuto darla a Darien.»

«Oh, credimi, stavo per farlo. Tuttavia, il +1 di Nellie, l'altezzoso Richard Effington *Terzo* — non ti sto prendendo in giro — ha chiamato e ha richiesto specificamente te. Beh, ha richiesto specificamente che una donna si occupasse del massaggio della sua amata. Il suo status sociale e il suo conto in banca superano quelli di lei, quindi ho dovuto acconsentire. Perciò, a te l'onore.»

Che fortuna. Ma Gina si stampò di nuovo in faccia quel sorriso che indossava da quarantotto ore e fece alla signorina Nellie Day il miglior massaggio della sua vita.

Quando tutte furono state coccolate fino all'ultima extension di capelli e unghie, Candy, dall'aspetto estremamente professionale nel suo abito a portafoglio dorato con colletto ad aletta e décolleté color crema così semplici da urlare il prezzo che aveva pagato, portò fuori il vassoio di pasticcini che Lara aveva creato appositamente per l'evento: bignè ripieni di ricotta zuccherata e ricoperti da una glassa al mango — il frutto preferito di Amalie — una selezione di petit four insuperabile da qualsiasi cosa Gina avesse mai visto prima, e crostatine gourmet personalizzate che sembravano opere d'arte deliziose. Champagne in flûte di cristallo completavano il buffet, e Amalie e le sue invitate si radunarono nell'area della reception, curate, acconciate e rilassate a loro piacimento.

«Hai uno staff eccellente, Gina.» Amalie alzò il bicchiere. «Grazie a tutti per aver reso questa giornata così speciale per me.»

«È un piacere per noi. Sono felice che vi siate divertite.»

Se solo avesse potuto farlo anche *lei*.

«Sto pensando di prenotare la festa per il secondo compleanno di Emilie qui,» disse la ben-maritata Donna Bradin-Biggs. «Le bambine amano essere coccolate.»

«Anche le ragazze grandi,» disse Candy.

Solo Gina conosceva il sarcasmo dietro quelle parole. Candy aveva un'avversione per le donne il cui principale obiettivo di carriera era sposarsi molto bene e lavorare molto poco.

«A mia nipote piacerebbe tantissimo per la sua *quinceañera*. Dovrò parlarne a mia sorella.» La compagna di college di Amalie, l'ex Miss Nuovo Messico, intervenne. Le sorelle Cavanaugh avevano ottime conoscenze, se non nobili natali, ma Gina scommise che non avrebbero mai dovuto preoccuparsi di da dove sarebbe arrivato il loro prossimo stipendio.

Il suo staff, d'altra parte...

Dio, non voleva dover dare loro la cattiva notizia.

Si scoprì che non ce ne fu bisogno.

«Allora, Gina, che piani hai una volta che il nuovo proprietario prenderà in consegna il centro commerciale?» Sophie posò il suo piattino da dessert sul tavolino delle riviste che Candy aveva designato esattamente a quello scopo.

Candy fece cadere qualcosa sulla reception. Sembrava qualcosa di fragile.

Il resto dello staff si bloccò, guardandola come un branco di cervi abbagliati da fari molto luminosi. Amalie e le sue amiche interruppero le loro conversazioni per guardarla.

Gina raddrizzò la schiena. *Mai far vedere che stai sudando.* «Ci stiamo ancora lavorando, Sophie.»

Sophie inclinò la testa — la posa che Gina le aveva visto usare durante le interviste. «Scommetto che questo rende le chiacchiere da cuscino, ehm, interessanti.»

«Scusa?» Gina non capì il riferimento.

«Oh, immagino che tu e Darien non parliate di lavoro dopo l'orario di chiusura.» Si guardò intorno verso le donne e ridacchiò. «So che io non lo farei.»

Anche le altre donne risero, ma Gina...

Stava succedendo qualcosa e Gina non lo stava afferrando del tutto.

«Sì, sai, la sacralità della camera da letto e tutto il resto.» Candy, tuttavia, sembrava avere il pieno controllo della situazione mentre si affrettava con un altro vassoio di dessert. «Ecco, signore, finiamo questi. Non vorremmo che tutto questo duro lavoro andasse sprecato.»

Nellie Day scosse la testa. «No, grazie. Finirebbero *sui* miei fianchi e poi dovrei farmi fare un intero nuovo guardaroba primaverile, e sapete quanto sia estenuante.»

Gina stava guardando le amiche di Amalie commiserarsi, ma non sentiva davvero le parole. Cosa intendeva Sophie dicendo che lei e Darien non parlavano di lavoro? Non gli aveva nemmeno detto della vendita—

Oh...

Il suo affare che non era andato a buon fine. Aveva pensato che intendesse che non si fosse concluso.

Ma... si era concluso.

Chiuse gli occhi mentre la stanza girava.

Era quello. Era *quello* il motivo per cui la stava evitando.

Aveva comprato il centro commerciale.

E, secondo la lettera che aveva ricevuto, stava pianificando di raderlo al suolo.

«Gina? Ti senti bene?»

Aprì gli occhi e vide una genuina preoccupazione in quelli di Sophie. La donna non sapeva che Gina non sapeva.

Ma ora lo sapeva.

Non sarebbe stata una storia deliziosa per il telegiornale delle undici?

Ancora una volta, Gina sarebbe stata sulla bocca di tutti.

Tutto grazie a Darien.

Capitolo Ventitré

«Dai, Gina, almeno digli di persona che non vuoi parlargli». Candy la seguì zampettando fino all'ufficio, quel mercoledì pomeriggio.

«Ma così facendo gli parlerei, e ti ho detto che non succederà».

«Senti, tesoro, capisco. Davvero. È un porco. Avevi ragione tu e io torto. Puoi rinfacciarmelo fino alla nausea, ma nel frattempo, devi essere *tu* a dirgli di andarsene. Non mi sta a sentire. Vuole parlare solo con te».

«Non. Mi. Interessa». Gina si sbatté la porta dell'ufficio alle spalle.

Candy la fermò prima che le sbattesse in faccia.

Meno male; Gina non voleva fare del male alla sua amica. Be', non più di quanto le avrebbe fatto male perdere il lavoro. Sebbene Candy fosse fortunata. Non aveva bisogno dello stipendio, non che ne ricevesse uno, comunque. Ma Stacey, Charlotte, Kaya e Deb? Loro avevano bisogno di quel lavoro. Dipendevano da esso. Da lei.

E lei le aveva deluse.

Candy appoggiò il fianco coperto dai jeans alla scrivania di Gina e ci lasciò cadere sopra la posta. «Non se ne andrà».

Gina si lasciò cadere la fronte sulla mano. Non poteva avere un po' di pace e tranquillità per pensare? Darien le aveva bombardato il telefono di chiamate e messaggi finché non era stata costretta a bloccargli il numero.

Già, come se *quello* non le avesse fatto male.

Dio, come aveva potuto essere così stupida? A lui importava più dell'accordo che di lei. Aveva davvero dei pessimi gusti in fatto di uomini.

«Se ne *andrà*. Lo fanno sempre».

«Arrrgggh!» Candy si lasciò cadere su una sedia e si sistemò il maglione con la ghirlanda di Natale: quella donna riusciva a rendere alla moda persino un brutto maglione. «Perché non gli dai la possibilità di spiegare? Non sai se l'ha fatto apposta. Non sai come sia successo. Non sai nemmeno cosa farà. Per quanto ne sai, potrebbe voler trasformare questo parcheggio in un hotel esotico dove i servizi della spa sarebbero la cosa più richiesta dopo la piscina, il campo da golf e il servizio in camera. Essere quarti in classifica non è male, Geen. Be', a meno che tu non sia il principe Harry, ma quello è un altro paio di maniche. Il punto è che devi parlargli per scoprire cosa ha in mente. Se è una cosa orribile, allora potrai odiarlo con cognizione di causa».

Gina sbirciò tra le dita. «Non lo odio».

«Be', ma va? Non mi dire». La mano di Candy si agitava come un pesce fuor d'acqua. «Ed è per questo che la storia del trattamento del silenzio è ridicola».

«*Non* è ridicola. Forse non stai capendo la portata del problema, ma stiamo per chiudere. Quando Darien demolirà l'edificio, significa che lo raderà al suolo. Nel senso, niente muri, niente tetto, niente reception e decisamente nessuna sala per i massaggi». Sollevò una mano. «Lo so. Suite. Quello che vuoi. Il punto è che puoi chiamarle come ti pare, ma crollano tutte allo stesso modo».

«Deve esserci una spiegazione logica».

«Logica e uomini non vanno d'accordo, nel mio mondo».

«Non te l'ha fatto di proposito. Forse ha comprato il centro per salvare la spa».

«Ed è per questo che ha richiesto un permesso di demolizione».

«Oh. Sì, questa non è una bella cosa».

«*È* una brutta cosa».

«E quindi che facciamo?»

«Vorrei saperlo». Scorse la posta. Bolletta, bolletta, posta indesiderata, un'altra fattura, una lettera... Tirò fuori quest'ultima. «C'è qualcosa in quel geniale cervello che hai che possa trovare una soluzione?»

«Se la società di gestione mi avesse chiesto aiuto *prima* di arrivare alla vendita, avrei potuto suggerire una qualche forma di accordo di investimento in capitale di rischio. Ma ora che l'affare è concluso? A meno che Darien e suo padre non siano interessati a vendere, allora no. E non è che sarebbe un'opzione per noi. Voglio dire, posso prestarti dei soldi, ma non ho abbastanza liquidità per coprire il costo di questo posto».

«E non ti sto chiedendo di farlo. Non devi risolvere i miei casini». Tirò fuori il tagliacarte dal cassetto superiore e lo fece scivolare sotto la linguetta della busta.

«Ma lo farei, se potessi».

«Lo so. E io farei lo stesso per te, ma la realtà è che perderò la spa». Tagliò la lettera.

«E Darien», aggiunse Candy.

«Sai una cosa?» Gina puntò l'angolo della busta verso l'amica. «Se un uomo non è sincero con me, se non sa comunicare onestamente e apertamente, allora non è l'uomo che voglio».

«Brava, Gina. Alcune donne non arrivano mai a questa consapevolezza. Ma comunque, pensavo che fosse perfetto per te».

Aprì il biglietto. «A quanto pare, Amalie Cavanaugh la pensa allo stesso modo». Girò il biglietto in modo che Candy potesse leggerlo.

«Un invito a un matrimonio?» Candy si sporse per prenderlo.

Gina annuì. «Per me... e Darien come mio accompagnatore».

* * *

Dare voleva scagliare il suo fottuto telefono contro il fottuto muro. Gli aveva ancora bloccato il numero.

Non sapeva se era più incazzato o ferito.

In realtà, sì, lo sapeva.

Era ferito.

Ma non con Gina. E nemmeno con papà.

Non avrebbe dovuto lasciare che lo scoprisse in quel modo. Avrebbe dovuto dirglielo non appena aveva scoperto cosa aveva fatto papà. Avrebbe dovuto dirle che stava cercando di rimediare.

Ma aveva avuto così paura di perderla, di questo esatto scenario, che aveva cercato di far sparire il problema.

E ora, era *lei* quella che stava per sparire. E con lei, tutte le sue speranze e i suoi sogni per il futuro, qualcosa su cui aveva scherzato con lei, ma che non era più una questione da ridere.

Se solo avesse risposto al telefono. Se solo lo avesse sbloccato. Cavolo, aveva persino messo Candy a fare da guardia del corpo per impedirgli di entrare nella spa.

In qualità di proprietario, avrebbe potuto far valere il suo diritto legale di entrare, ma ciò non avrebbe fatto che peggiorare le cose.

Doveva rimediare.

Ma il problema era come. Aveva passato gli ultimi tre giorni a parlare con il comune, la commissione urbanistica, un avvocato; aveva persino chiamato Jonas, la cui etica era andata in tilt quando gli aveva detto che stava cercando di annullare l'accordo, tutto nella speranza di trovare una soluzione per salvare i soldi di suo padre e l'attività di Gina.

Finora, stava facendo un buco nell'acqua.

Il suo telefono squillò. Non riconobbe il numero, ma sperò che fosse qualcuno con cui aveva parlato di quell'incubo e che avesse una soluzione. «Pronto?»

«Okay, Foster, ascolta bene. E se mai dirai a Gina che abbiamo avuto questa conversazione, negherò fino alla morte».

Candy era l'ultima persona che si sarebbe aspettato. «Vuoi che le menta?»

Lei sbuffò. «Penso che quel vaso di Pandora sia già stato aperto, pezzo grosso».

«Non le ho mentito...»

«Non sei stato sincero con lei. Una bugia per omissione è pur sempre una bugia. Quindi c'è un precedente. Ora, vuoi sentire quello che ho da dire o no? E sono dalla tua parte, a proposito. Be', provvisoriamente. È per questo che ti ho mandato il biglietto, in primo luogo».

Il che spiegava perché la calligrafia non corrispondeva quando l'aveva confrontata con quella che Gina gli aveva lasciato l'altra mattina.

Quella mattina troppo lontana che temeva davvero non si sarebbe mai più ripetuta.

Sì, era disperato e Candy lo sapeva. «Sì, Candy, voglio sentire quello che hai da dire».

«Okay, ascolta bene». Il suo tono cambiò e poté immaginarla raddrizzare la schiena e ruotare le spalle all'indietro. «Hai fatto un'ottima impressione su Amalie Cavanaugh. Abbastanza da volerti al suo matrimonio».

«E tu come lo sai?»

«Frena, frena, cowboy. Ci sto arrivando». Si schiarì la gola. «Secondo l'invito che è arrivato qui a The Gilded Lily, ti vuole al suo matrimonio... con Gina».

Il suo cuore martellò nel petto. «E Gina ha accettato?»

«Diciamo solo che sa bene che non è il caso di inimicarsi un ottimo contatto».

«Ti ha detto lei di chiamarmi?»

«E allora perché ti avrei fatto giurare di mantenere il segreto? Sveglia, cerca di seguirmi».

Bussò sul telefono e Dare allontanò il suo dall'orecchio. Che dolore.

«Ti sto dando l'opportunità di parlarle in un posto dove non vorrà fare una scenata. Quindi è meglio che trovi le parole e la soluzione giuste se vuoi avere una possibilità di far funzionare le cose».

«Perché lo stai facendo, Candy?»

Lei sospirò. «Perché voglio bene a Gina. Proprio come te. E in realtà penso che tu sia l'uomo giusto per lei. Be', lo pensavo prima che succedesse questo casino, ma sono disposta a darti il beneficio del dubbio. Ho fatto qualche ricerca e ho visto la firma di tuo padre su tutti i documenti, quindi immagino che volesse che fosse la sua piccola sorpresa».

Dare espirò. «Sì, è così».

«Bella sorpresa». Sbuffò. «Quindi... come dicevo, stavo facendo qualche ricerca e penso di aver trovato una soluzione».

«Stai scherzando».

«Fidati di me, fenomeno, non scherzo sul cuore della mia migliore amica, né su questo genere di soldi. Ma ti costerà. La domanda è: quanto sei disposto a perdere finanziariamente per conquistare Gina emotivamente?»

«Sono pronto a tutto, Candy. Che cosa hai in mente?»

Capitolo Ventiquattro

«Non puoi evitare la sposa per tutta la sera, Gina». Candy salutò con la mano Nellie mentre entravano in hotel per il ricevimento di Amalie. Anche Candy aveva ricevuto un invito, ma senza accompagnatore. Il che, secondo Candy, la diceva lunga sull'importanza della presenza di Darien all'evento. «Qualcuno chiederà del tuo accompagnatore e sarebbe meglio che la spiegazione venisse da te».

Gina si lisciò il vestito verde dopo aver consegnato il cappotto all'addetto. «Lo so, lo so. Devo solo capire cosa dire».

«Che ne dici di: "Sono una testarda cocciuta e non riesco a vedere ciò che è meglio per me"?» Candy fece un cenno col capo ad alcuni uomini che la stavano squadrando. Il suo abito color foglia di tè era perfetto per lei.

«Perché siamo amiche, già che ci penso?»

Candy le strinse una spalla mentre entravano nella sala da ballo. «Fidati, finirai per baciarmi la terra dove cammino».

Gina inarcò un sopracciglio. «Cosa hai in mente?»

«Io? Niente. Assolutamente niente. Oh, guarda... champagne». E, come una farfalla, Candy volò via dietro al cameriere.

Le farfalle nello stomaco di Gina si misero in allerta. Candy stava tramando qualcosa.

Aveva bisogno di un drink.

Al bar, ordinò un Cosmopolitan... no, un momento. Optò per una Grey Goose e cranberry. L'ultimo Cosmopolitan lo aveva bevuto al BeefCake, Inc. e non aveva bisogno di quel ricordo.

«Signorina?» Qualcuno le picchiettò sulla spalla.

Gina si voltò e vide uno dei camerieri in smoking. «Sì?»

«La signorina Carson le chiede di raggiungerla al guardaroba».

«Sta andando via?»

«Non saprei. Ha solo detto che aveva bisogno di vederla».

Fantastico. Doveva essere successo qualcosa perché Candy mandasse qualcuno a fare le sue veci a un evento del genere. Probabilmente si era rovesciata lo champagne su tutto il vestito e aveva bisogno che Gina le procurasse un cambio.

Sospirando, posò il drink. Almeno aiutare Candy avrebbe ritardato l'inevitabile momento in cui si sarebbe finalmente congratulata di persona con Amalie e avrebbe dovuto spiegare l'assenza del suo accompagnatore.

Non aveva ancora la minima idea di cosa avrebbe detto.

L'addetto al guardaroba le fece cenno di andare verso una delle piccole stanze accanto al bancone. «Le ha chiesto di andare lì dentro».

Gina aprì la porta ed entrò...

E si bloccò di colpo.

«Darien».

«Gina».

«Ammazzo Candy». Si girò di scatto...

Ma la porta che dava sull'atrio fu richiusa di scatto con un fruscio di tessuto color foglia di tè.

«Ti prego, ascoltami».

«Perché? Così puoi dimenticarti di menzionare un paio di cose?» Non si sarebbe voltata. L'averlo intravisto in smoking era più di quanto volesse vedere.

Odiava il fatto che le fosse mancato.

Odiava che lui le avesse dato motivo di odiare quella mancanza.

«Non sapevo come dirtelo».

«Davvero?» A quelle parole si voltò. E sì, era uno schianto in smoking. E sì, questo non faceva che aumentare la sua rabbia perché si era innamorata di lui...

Diavolo, *si era* innamorata di lui. Si era innamorata di lui.

Beh, di chi *credeva* che fosse.

Ma quella era stata una menzogna.

«Perché da quello che ricordo, *Rospetto*», si piantò le mani sui fianchi, «dire le cose è il tuo forte, non importa quanto siano inopportune. Quindi il fatto che tu abbia tenuto la bocca chiusa sui miei affari puzza lontano un miglio di premeditazione e sotterfugi. E non posso nemmeno iniziare a parlare del fatto che tu...» Dannazione, stava per piangere.

«Gina, mio padre ha comprato la proprietà. Pensava di fare una buona cosa».

Tirò su col naso e distolse lo sguardo. «Caspita, sei proprio un bel tipino, a dare la colpa a tuo padre».

«Ti sto dicendo cos'è successo. Ha scoperto che uno dei suoi amici immobiliaristi stava per mettere in vendita la proprietà e l'ha comprata in blocco. Non me l'ha detto finché l'affare non è arrivato a un punto di non ritorno».

Tornò a guardarlo. «E vorresti dirmi che pensa anche che demolirla sia una buona idea? Mandarmi in rovina è una buona cosa? A quel punto non mi aveva nemmeno conosciuta per potermi odiare. O è una specie di vendetta per la tua punizione?»

«Certo che no». Darien tese le mani. «Ti prego, possiamo parlarne?»

Lei lo respinse con un gesto della mano. «Non voglio parlarti. Mai più. Hai già detto abbastanza».

«E se ti dicessi che ho una soluzione?»

Quanto era patetica che un barlume di speranza germogliò dentro di lei?

In realtà, *non era* patetica. Se non altro, la storia con John le aveva insegnato che era forte, capace e in grado di risolvere le cose senza dover dipendere da un uomo che la salvasse. «Ti direi di andare a raccontarlo a qualcun altro».

«Sono serio, Gina».

«Anch'io». Espirò e lo indicò col dito. «Mi hai delusa, Darien. Proprio come John».

«Non sono come quello stronzo. Non ti farei mai del male».

«Ah sì? Perché hai dimostrato di poterlo fare vent'anni fa, ed eccoti di nuovo a farlo». Si diede una manata sulla fronte. «Devo proprio imparare dai miei errori».

Lui sfilò una mazzetta di fogli dalla tasca interna della giacca dello smoking. «Tieni».

«Cos'è?»

«Leggi. Se non vuoi ascoltare me, forse vedere le parole su un documento legale ti entrerà in testa».

Lui la fissò, senza battere ciglio... Aspetta. I suoi occhi erano un po' lucidi?

Scosse la testa. Darien Foster *non* stava per piangere.

Poi guardò il fascicolo che aveva in mano.

Tremava leggermente.

Era possibile che stesse dicendo la verità?

Mordicchiandosi il labbro inferiore, prese i documenti e li aprì lentamente. «È un atto di proprietà».

«Continua a leggere».

Scorse le parole, il gergo legale si accavallava. Ciò che riuscì a decifrare, tuttavia, furono le parole *edificio della spa*, e il suo nome con la parola *concessionaria* accanto.

La sua indignazione vacillò. «Io... non capisco».

Darien fece un respiro profondo. «È tuo. L'edificio della spa».

«Mi stai regalando un edificio».

«Sì».

«Perché?» Non aveva alcun senso. La gente non regalava edifici per cui aveva pagato fior di quattrini. Doveva avere un secondo fine.

«Così non dovrai mai più preoccuparti di perderlo».

«Non accetto niente da te, Foster».

«Smettila di fare la testarda del cavolo, donna, e ascoltalo!» sibilò Candy attraverso i pochi centimetri della porta che aveva improvvisamente aperto, prima di richiuderla.

Darien trasalì. «Non doveva rimanere ad ascoltare».

«Oh, è fantastico». Gina gli sbatté i fogli sul petto. «Prima tu e tuo padre complottate contro di me, ora tu e la mia migliore amica. Non posso più fidarmi di nessuno».

«Sì, che puoi. Puoi fidarti di me. Questi», sollevò i documenti, «ne sono la prova. I proprietari avrebbero venduto comunque, Gina. Il fatto che l'abbia comprato papà è in realtà una buona cosa. E questi», scosse le pagine, «risolvono tutti i nostri problemi».

«Forse risolvono i tuoi sensi di colpa, ma come dovrei gestire un'attività di successo che dipende dalla clientela di passaggio quando non ce n'è? Quando sono circondata da un terreno vuoto?»

«È proprio questo il punto, non rimarrà vuoto. Io e papà costruiremo degli appartamenti intorno. Letteralmente su tre lati. Farà parte del pacchetto di servizi che offriremo, quindi riceverai una percentuale sulle spese mensili dei nostri inquilini».

«Quindi la tua grande soluzione è che io regali i nostri servizi per una frazione del prezzo attuale? Il personale non può sopravvivere così, neanche *con* un edificio gratis».

«Gli inquilini avranno diritto a un massaggio al mese. Pagheranno la tariffa normale per qualsiasi altro servizio. Non tutti approfitteranno dell'omaggio, e mi offro volontario per occuparmi di quelli che lo faranno. Quindi non ti costa nulla *e* hai una clientela di passaggio già pronta».

«Ma costa tempo e denaro *a te*. Perché? Cosa potresti mai ricavarne?»

«Te». Darien si schiarì la gola. «Ricavo te».

«Come, scusa?»

Una smorfia attraversò il suo viso. «Scusa, non è uscita bene». Fece un respiro profondo. «Sono andato su tutte le furie quando ho scoperto cosa aveva fatto papà, perché sapevo come avresti reagito. E avevo ragione: non hai voluto parlarmi. Quindi ho passato tutta la settimana a cercare di trovare una via d'uscita per evitare che si mettesse tra di noi. Per fortuna, Candy, con la sua mania di andare a fondo e il suo amore per te, ha trovato la soluzione. La proprietà non era destinata a uno sviluppo puramente commerciale come tutti pensavamo, ma era stata classificata come a uso misto anni fa. Una volta ottenuta quell'informazione, abbiamo trovato la soluzione».

Uso misto significava commerciale *e* residenziale. Spazio abitativo e commerciale.

Quello di cui parlava poteva essere possibile.

Gina represse quella speranza nascente. La gente non regalava edifici, anche se andava a letto insieme.

Cosa che loro non facevano, di questi tempi.

Non hai detto "mai"...

«Ma Darien ha dovuto sborsare un sacco di soldi per mettere in ordine le scartoffie, altrimenti non sarebbe mai successo», intervenne di nuovo Candy attraverso la porta socchiusa.

«Candy», alzò la voce Darien, «potremmo avere un po' di privacy, per favore? Posso cavarmela da solo da qui».

«Certo, certo. Io mi occupo del lavoro sporco e tu arrivi all'ultimo per prenderti il merito», brontolò Candy, la sua voce che si affievoliva mentre si allontanava dalla porta.

Darien guardò Gina. «Ti prego, dimmi che possiamo risolvere questa situazione».

Gina lasciò che un po' di speranza si liberasse. «Non puoi semplicemente regalare un edificio a qualcuno».

«Sì che posso». Scosse le pagine. «Ti amo, Gina. Ti ho sempre amata, solo che non sapevo come gestire la cosa quando eravamo ragazzi. Ma ora sì. So che hai bisogno di sicurezza, sia nella tua attività che nell'uomo con cui scegli di passare la vita. Non voglio che tu ti senta mai in debito con me o che ti preoccupi che io possa fare qualcosa come vendere la proprietà di nascosto o che non sia interamente affar tuo. *Ecco* perché te la sto regalando».

«Anche papà. Pensava che questo ti avrebbe resa felice».

Gina scosse la testa. «Non capisco il suo ragionamento su questo punto».

Darien schioccò la lingua. «Papà è un romanticone. Voleva che avessimo questo come... come regalo di nozze».

«Un re... *regalo di nozze?*»

Darien annuì. «Gina, devi sapere che ti amo. Che stavo facendo tutto il possibile per risolvere la situazione. Ti do l'edificio perché non voglio che la tua attività faccia parte di chi siamo o del motivo per cui stiamo insieme. Voglio che tu stia con me perché lo vuoi, perché mi ami. E penso che tu mi ami, ed è *per questo* che non mi hai voluto ascoltare. Perché finalmente ti eri permessa di fidarti di nuovo e hai pensato che avessi abusato di quella fiducia».

Trattenne un singhiozzo. «Mi hai ferita».

«In realtà stavo cercando di risparmiarti del dolore».

«Come quando non mi hai ferita intenzionalmente a scuola?»

Lui sospirò e scosse la testa. «No. Allora, non ragionavo. Ma ora? Sei l'unico mio pensiero».

Si mise in ginocchio. «Ti amo, Gina. E voglio far funzionare le cose tra noi. Ma non posso essere l'unico a volerlo. Devi volerlo anche tu». Si leccò le labbra. «Allora... lo vuoi, Gina? Vuoi far funzionare le cose con me?»

Gina lo guardò, la speranza che risvegliava il resto di quelle farfalle e le liberava.

«A una condizione».

Il luccichio negli occhi di Darien scomparve. «Dimmi».

«Non l'hai nemmeno sentita».

«Non importa. Qualunque cosa debba fare, la farò. Non ti perderò. Non questa volta».

Si morse il labbro per nascondere il sorriso. «Sei in debito con me».

Piegò la testa. «Che altro vuoi? Ti ho regalato un edificio».

«Quel ballo che ho perso quella sera al club. Non me l'hai ancora concesso».

Darien ridacchiò, il sollievo che si diffondeva sul suo viso, e si alzò in piedi, tirandola a sé. Dove voleva davvero stare. «Se è quello che ci vuole per farti sposare con me, ballerò per te ogni sera».

«Matrimonio?» Si tirò indietro per fulminarlo con lo sguardo... sorridendo interiormente. Certo che l'avrebbe sposato. Non le stava chiedendo di andare al ballo di fine anno. Cosa che non aveva fatto, ma quella era una conversazione per un'altra volta. «Chi ha parlato di matrimonio?»

«Tuo padre. Perché ho parlato anche con lui. E mi ha promesso che se non avessi fatto di te una donna onesta, il pestaggio che mi hanno dato Bryan e i suoi amici tanto tempo fa non sarebbe stato niente in confronto a quello che mi farebbe lui».

Le sollevò la mano e gliene baciò il dorso. «Allora, Gina Maria Teresa Taormina, mi farai l'onore di essere mia moglie e il mio pubblico di una sola persona? Perché, tesoro, nell'istante in cui dirai di sì, Bryan dovrà trovarsi un nuovo ballerino. L'unica donna per cui voglio spogliarmi d'ora in poi sei tu».

«Sì, Darien. Ti sposerò».

Si protese a metà strada per baciarlo...

Solo per essere interrotti da Candy che aprì la porta. «Per l'amor di Dio, era ora. Adesso possiamo *per favore* andare a goderci il ricevimento?»

Epilogo

La grande riapertura del Gilded Lily si trasformò nell'evento mondano della stagione. Candy pensava che avrebbe dovuto esserlo il matrimonio di Gina e Darien, ma Gina era più che felice di non avere i riflettori puntati su di sé.

I suoi affari erano tutta un'altra faccenda, e anche se non avesse voluto le luci della ribalta, il servizio che Sophie Cavanaugh aveva realizzato sul complesso che Darien e suo padre stavano costruendo vi avrebbe posto fine. Sophie aveva aggiunto la sua esperienza personale alla spa, e gli affari erano schizzati alle stelle, letteralmente. Gina aveva dovuto aggiungere un secondo piano. La nuova area ora ospitava tutte le suite per massaggi, con vista sulla piscina, sui giardini e sui campi da tennis che Darien stava facendo installare.

«E un altro successo.» Candy brindò a Gina con la sua coppa di champagne. Nel suo abito a tubino dorato lungo fino ai piedi, Candy *sembrava* una coppa di champagne. «Anche se penso che dovremo fare un discorsetto a Nica. Non si sta esattamente ricordando quale sia il suo ruolo.»

Con indosso la polo color pesca del Gilded Lily, Nica, che Gina aveva assunto per sostituire Candy — la quale aveva deciso che il settore immobiliare sarebbe stata la sua prossima avventura — stava intrattenendo gli ospiti. Purtroppo, parlava solo con gli uomini e più di qualche moglie non ne era esattamente entusiasta.

«Le sguinzaglio contro Darien. È l'unico che sembra avere qualche effetto su di lei.»

«Oppure Nonna. Da quando si è alzata da quella sedia, è diventata una forza della natura.»

Nonna si era alzata da quella sedia dopo che Darien le aveva fatto il suo primo massaggio. Affermò di averla curata, ma Gina lo attribuiva al fatto che Nonna voleva ballare al loro matrimonio. Cosa che aveva fatto.

Con più di qualche ex collega di Darien.

«Allora, qual è il prossimo passo per la squadra Foster-Taormina? Conquisterete i centri commerciali? I country club? I paesi del terzo mondo?»

«Mmm... no. Stiamo lavorando a qualcosa, ma non siamo ancora pronti ad annunciarlo.» Gina prese un sorso dal flûte di champagne che teneva in mano da un'ora.

Peccato che contenesse solo acqua frizzante.

Beh... Non *così* un peccato.

Candy fece tintinnare il suo bicchiere contro quello di Gina. «Sai, Geen, puoi rilassarti. Goditela un po'. Nessuno ti guarderà male se bevi più di un bicchiere di champagne. Dai, dovresti festeggiare.»

«Sto festeggiando.»

Lei e Darien avevano festeggiato alla *grande* la notte prima, quando gli aveva dato la notizia.

Lui la guardò in quel momento e sorrise, quel sorriso che gli faceva risaltare le fossette. E che le faceva battere forte il cuore.

«Oh, mamma mia, voi due siete così stucchevoli che sento che mi sta venendo il diabete.» Candy tranguggiò il resto del suo champagne. «È come se aveste un vostro linguaggio segreto, vi inviate questi messaggini...»

Candy abbassò il bicchiere.

E la mascella.

Strappò il bicchiere dalla mano di Gina. «Omioddio, tu non...»

Annusò il contenuto. «Omioddio, invece sì!»

Poi afferrò Gina nel più forte degli abbracci e le squittì in un orecchio.

Che si trovava proprio vicino al microfono di Sophie.

Tanto per non essere pronti ad annunciare il prossimo passo per la squadra Foster-Taormina.

Ancora una volta, Gina sarebbe stata sulla bocca di tutti a causa di Darien.

E, questa volta, era più che felice di esserlo.

* * *

Grazie per aver letto! Mi aiuterebbe molto se potessi lasciare una recensione dove hai acquistato questo libro, così altri lettori potranno scoprirlo più facilmente. E se vuoi leggere altre mie storie, gira la pagina!

QUELLO CHE UNA DONNA VUOLE
JUDI FENNELL

Serata tra ragazzi... più una

Sean Patrick Manley fissò la scala colore, al nove, che aveva in mano. Odiò davvero l'idea che stava per vincere quella partita. Oh, non gli importava di spennare i fratelli, ma portare via i soldi alla sorella, che sgobbava tanto, non era cosa da menarne vanto. Però... lei *aveva* insistito...

«All in.» Mantenne il volto da poker e spinse il resto delle sue fiches al centro del tavolo.

Bryan e Liam alzarono le sopracciglia, ma Sean non disse una parola. Mary-Alice Catherine aveva voluto giocare «come uno dei ragazzi» e loro giocavano così: senza pietà. Niente sconti perché fosse una principiante a poker—o la loro sorellina.

Bryan diede un'occhiata alle carte, sfarfallandone i bordi come al solito. Un'andatura distrattiva, ed era ovvio che Bryan l'avesse coltivata apposta. «Ci sto.» Accatastò le sue fiches rimaste accanto alla pila di Sean.

Sean trattenne un sorriso. Prendere i soldi a Bryan non gli pesava.

Liam si appoggiò allo schienale della sedia e tamburellò con l'indice sul dorso delle carte, imperscrutabile come sempre. «Mary-Alice, sei sicura—»

«Non farlo, Liam,» disse Mac, irritandosi come al solito per l'uso del suo nome di battesimo. «Gioca la mano come faresti normalmente.»

Liam tamburellò sulle carte. «Bene.» La sua pila si unì al mucchio.

Sean la scrutò, poi guardò il fratello. Con Liam non ci azzeccava mai.

Mac si morse il labbro inferiore e si agitò sulla sedia. Sean quasi provò pena per lei. Quasi. Ma li aveva tormentati abbastanza per entrare nella loro partita. Avevano cercato di dirle che non poteva permettersi quelle puntate, ma lei non aveva voluto ascoltare. Così, per farla tacere una volta per tutte, l'avevano fatta entrare, pensando che, una volta persa la camicia in senso figurato, avrebbe smesso di dar loro noia. C'erano cose di cui le sorelle non dovevano far parte.

«Okay, e come faccio a rilanciare se non ho abbastanza fiches?»

«Mac, metti dentro il resto delle tue. Non alzare la posta. Non puoi permetterti di perdere altro.» Sean le sorrise.

Rimase sorpreso quando lei gli lanciò uno sguardo di pura rabbia. Chi sapeva che ce l'avesse dentro? Da bambina li aveva sempre blanditi per ottenere ciò che voleva. Il fatto che l'avessero trattata come una principessa per tutta la vita, loro cavalieri senza macchia e senza paura, probabilmente c'entrava qualcosa, perciò quel comportamento stonava con lei.

«Rispondi e basta. Che regole avete per questo?»

Bryan arruffò di nuovo le carte. «Mettiamo sul piatto qualcosa di grosso. Tipo la casa di Sean per una settimana o la mia Maserati o il rifugio sull'isola di Liam. Visto che tu non hai niente di paragonabile, limita a vedere.»

Mac riguardò la sua mano, mordicchiandosi ora l'angolo opposto della bocca. Si scostò una ciocca da dietro l'orecchio. «Vi rilancio tutti.»

Sean stava per protestare, ma Bryan alzò una mano. «Qual è la posta, Mac?»

Mac posò le carte a faccia in giù sul panno verde davanti a sé. «Se perdo, il vincitore avrà quattro settimane di pulizie gratis.»

«E se vinci?» chiese Liam.

Mac intrecciò le mani sopra le carte. «Se vinco, ognuno di voi mi deve quattro settimane di lavoro, gratis, per la Manley Maids.»

«Cosa? Sei fuori? Io non farò la donna delle pulizie di nessuno per quattro *ore*, figurati per quattro settimane.» Bryan balzò all'indietro con la sedia come se qualcuno avesse dato la scossa al tavolo da poker.

«Oh, beh, se non pensi di riuscire a battermi...» Guardò Liam.

Liam la studiò con gli occhi socchiusi. «Quattro settimane, eh?» Tamburellò sulle carte. «Vedo. E ci metto la casa di Kiawah per lo stesso periodo.»

Sean studiò Liam. Un bluff? Macché. L'affitto della casa vacanze non avrebbe mandato in rovina il fratello, ma Liam non avrebbe rischiato la servitù. Doveva avere una mano vincente. Se fosse stata migliore della sua scala colore, Sean ci avrebbe rimesso solo i contanti e il soggiorno in hotel, senza rischiare il grembiule. «Anch'io. Una settimana al resort quando sarà aperto e funzionante.» *Se* fosse partito davvero, ma non aveva intenzione di perdere. Non con quella mano. E neppure il resort.

Bryan li guardò come se fossero impazziti. «Quindi, uno di noi finirà con due vacanze, servizio di pulizia e l'uso di una Maserati per quattro settimane?»

«A meno che non vinca io,» disse Mac, tamburellando le unghie sul panno. Tipica reazione da novellina. Era troppo ansiosa.

«Vedi?» Sean diede una gomitata a Bryan.

«Eccome.» Bryan lanciò un full sul tavolo. «Vieni da papà.» Allungò la mano verso il mucchio di fiches.

«Aspetta, Bry.» Liam schioccò la mano sul tavolo. Quattro tre li fissarono. «Mi dispiace, Mac.» Liam si alzò.

A Sean non sorprese non ricevere scuse da Liam. I fratelli si erano alternati a vincere. I soldi erano irrilevanti; si divertivano a superarsi a vicenda e a rivedersi una volta al mese. Ma Mac...

Comunque, doveva rimettere in riga Liam. «Bella mano, Lee, ma non abbastanza.» Sean sfoderò la scala colore.

«Merda.» Liam si risiedette.

«Figlio di puttana.» Bryan pretendeva sempre di avere l'ultima parola.

Solo Mac non reagì. Ma almeno non ci sarebbe stato più il problema di farla giocare con loro.

Sean iniziò ad ammucchiare le fiches, già programmando quando avrebbe potuto staccare abbastanza a lungo per la vacanza che aveva appena vinto dal fratello. Prima che poi, dato che non c'era molto che potesse fare sul progetto Martinson finché tutta la faccenda dell'eredità non si fosse sistemata.

Un silenzio calò sul tavolo mentre impilava le fiches. Oltre 3.000. Niente male.

I fratelli cercavano di non guardare Mac. Anche Sean, ma colse il tremito delle sue labbra. Probabilmente stava cercando di non piangere. Sì, un migliaio era una bella cifra per Mac, soprattutto ora che riversava tutto quello che aveva nella sua impresa di pulizie. Magari glieli avrebbe fatti avere di nascosto, quando Liam e Bry non guardavano.

«Spiacente, Mac, ma è così che si gioca.»

«Già, Mac. Ti avevamo avvertita,» aggiunse Bryan.

«Lo so.» Si schiarì la voce. «È solo...»

«Che c'è, Mac?» Liam appoggiò un gomito al tavolo.

«È solo che... un fante non batte un nove?»

«Fante?» La faccia di Liam diventò verdognola.

Lo stomaco di Sean si gelò. «Fante?»

La bocca di Bryan si aprì, ma, per una volta, rimase senza parole.

«Sì. Fante.» Mac spiegò le carte sul tavolo. Cinque cuori, in ordine crescente.

Fante alto.

«Credo, cari fratelli, che abbiate tutti bisogno di farvi prendere le misure per le uniformi della Manley Maids.»

Royally Sunk

Con l'acqua alla gola

Reel è un tritone senza coda, ed Erica è terrorizzata dall'oceano. Solo una cosa potrebbe convincerla a entrare in acqua: una pistola. E solo una cosa potrebbe farcela restare: il sexy tritone che le salva la vita, solo per poi rischiare la propria.

Profondo blu selvaggio

Valerie è una principessa sirena bloccata nel cuore del paese. Rod è il principe che parte per salvarla. Ma riusciranno a sventare il complotto di un usurpatore e a tornare nell'oceano prima che la sua coda, e la sua pretesa al trono, svaniscano per sempre?

La pesca perfetta

Logan è fuggito dal circo; tutto ciò che vuole è una vita normale. La donna nuda che compare sulla sua barca è tutto fuorché normale. Soprattutto quando Angel si rivela essere una sirena... con un'arrabbiata creatura marina alle calcagna.

Amore tra gli scogli

La principessa Mariana non finge, è un'artista per davvero, e sta per dimostrarlo con la statua che sta scolpendo su un'isola deserta. Il problema è che Jace si sta nascondendo proprio lì, quindi l'unica cosa che libererà Mariana dalla sua prigione dorata è la stessa che farà uccidere Jace. L'amore è già abbastanza complicato, ma quando le previsioni del tempo annunciano uno tsunami, l'amore è davvero sugli scogli.

Smuovere le acque

Leggete dell'Incidente che ha reso Erica terrorizzata dall'oceano, del motivo per cui Valerie, la principessa perduta, fu ritrovata, e di come Michael, il giovane figlio di Logan, trovò una sirena. Le storie dietro le storie.

Bottled Magic

Sogno un genio

La fortuna di Matt è finalmente cambiata quando la genio Eden fugge dalla sua bottiglia e gli finisce letteralmente in grembo. E giura di non tornarci mai più. Sfortunatamente per entrambi, il tizio che ce l'aveva rinchiusa la rivuole indietro e non si fermerà davanti a nulla per riaverla.

Il genio ha sempre ragione

Samantha eredita la tenuta di suo padre, con tanto di genio che deve servire un ultimo padrone prima che la sua schiavitù abbia fine. Sam è più che disposta a liberare Kal, finché il suo avido ex non decide che se non può avere Sam, non l'avrà nessuno.

Il mio adorabile genio

Zane ha ereditato la villa di famiglia, di cui non vede l'ora di sbarazzarsi per mettere a tacere le voci sulla folle storia della sua famiglia. Peccato che la genio, causa di quelle voci, sia stata liberata per scatenare ancora il caos. Solo che questa volta, è con il suo cuore che sta giocando.

Ogni tuo desiderio è un suo ordine

Scoprite come Kal finì imprigionato nella sua lanterna e perché deve servire 1001 padroni. È la storia dietro la storia...

<u>Once-Upon-A-Time Romance</u>

La bella e il migliore

Di giorno Jolie è una chef a domicilio, di notte una scrittrice di romanzi rosa. Così, quando ottiene un ingaggio per il sexy e solitario artista Todd, ha l'eroe perfetto per il suo libro. Finché Todd non lo scopre e la caccia dalla sua cucina, dalla sua casa, e dal suo cuore.

Se la scarpetta calza

C'era una volta, tanto tempo fa, in una terra lontana, una ragazza di nome Cenerentola. Questa non è la sua storia. Questa è la storia di Lucinda Isabella Casteleoni, che, come la sua omonima, ha una matrigna cattiva, due sorellastre pacchiane e innumerevoli ore di duro lavoro che la aspettano (senza entusiasmo). Ma a differenza di quella principessa delle fiabe, il Principe Azzurro di Bella non si vede da nessuna parte. Finché un vecchietto dagli occhi verdi scintillanti non apre un negozio di scarpe in fondo alla strada. E allora la magia ha inizio...

Attraverso il vetro piombato

Un viaggio accidentale nell'Inghilterra medievale costringe Kate, dirigente pubblicitaria, a cercare freneticamente un modo per tornare a casa... Ma potrà portare con sé il sexy cavaliere dall'armatura scintillante di cui si è innamorata?

<u>Beefcake, Inc.</u>

Figo e Frittella

Lara vuole che i suoi cupcake abbiano successo. All'esotico spogliarellista Gage non dispiacerebbe assaggiarli, ma i suoi turni di lavoro per pagare le spese mediche del nipote non gli lasciano il tempo di farlo. Finché, a una festa, muscoli e cupcake non si incontrano e, *oh*, che delizia!

Figo e Fraintendere

Quando Bryan scambia Jenna per una prostituta e lei si rende conto che lui è il padre di suo figlio adottivo, gli equivoci e le incomprensioni iniziano a moltiplicarsi. Ma tra loro sta crescendo anche qualcos'altro. A volte, una svolta sbagliata può rivelarsi quella giusta...

Figo e La Fiamma

Tanner vuole che la sua ex moglie esca per sempre dalla sua vita, ma quando la nonna di lei ha un ictus e lui deve fingere di essere ancora innamorato di Juliet, può rischiare di riprovarci con l'unica donna che non ha mai smesso di amarlo?

Figo e Fiocco di Neve

Gina ha una cotta per Darien da sempre, fino al giorno in cui lui l'ha umiliata a scuola. Quindici anni dopo, lui la lascia indifferente. Darien, spogliarellista esotico, è tornato in città per sistemare alcune cose. Una è il casino che ha combinato con Gina anni prima... e *magari* riaccendere la fiamma che un tempo ardeva tra loro. Ma l'unico modo per sciogliere il ghiaccio attorno al cuore di Gina è alzare la temperatura, sia sul lavoro... che fuori.

<u>Manley Maids – Italiano</u>

Cosa succede quando tre fratelli irresistibilmente sexy perdono una scommessa a poker contro la loro intraprendente sorella? Vengono assunti per la sua impresa di pulizie. Ora, i Manley Maids sono al vostro servizio. Soddisfazione garantita.

Quello che una donna vuole

Sean, proprietario di un resort, progetta di acquistare una tenuta storica per farsi un nome e guadagnare milioni, così vi si trasferisce con il pretesto di ripulire il posto per aggirare l'unica condizione dell'eredità. Ma l'erede Olivia e il suo serraglio gli entrano sotto la pelle, e scopre che la scommessa a poker che l'ha messo in questo guaio non è l'unica a cambiare le carte in tavola.

Quello che una donna ha bisogno

La star del cinema Bryan vuole fama e fortuna, non una replica della sua infanzia "normale" e squattrinata. Dopo il clamore mediatico che ha circondato la morte del marito, Beth ha bisogno di una vita normale per sé e per i suoi figli, e la star del cinema che ha perso una scommessa e deve pulirle casa, con i paparazzi al seguito, non fa al caso suo. Ma mentre il flirt si trasforma in seduzione, Bryan deve convincere Beth di essere più uomo che domestico. O attore. Perché sta interpretando il ruolo del protagonista in una Cenerentola al contrario, e potrebbe essere il ruolo di una vita.

Quello che una donna merita

Liam non ha pazienza per le donne che spendono i soldi di un uomo senza pensare minimamente a un vero lavoro. Ma per onorare la scommessa, Liam non solo deve tollerare la socialite Cassidy, ma dovrà anche ripulire dopo di lei quando suo padre le taglierà i fondi. Senza soldi e senza una casa da pulire per Liam, Cassidy non ha altra scelta che accettare un'offerta di lavoro: come nuova domestica di Liam. Ma quando tra loro scoccherà la scintilla, sarà vero amore o solo un'altra relazione complicata?

Che donna

MaryAlice Catherine è pronta a pulire la casa dell'amica di sua nonna, solo per scoprire che il presuntuoso nipote della donna, per cui aveva una cotta da ragazzina (e lui l'aveva sempre saputo), vive lì, e lei è mortificata. Jared la ricorda diversamente; Mac era sempre stata una tipetta autoritaria, ma non le permetterà di dettare legge adesso. Ma con due di loro che vivono nella stessa casa, non si sa chi avrà la meglio.

Quello che un figo vuole

Beckett è pronto a pagare il debito per la sua scommessa a poker persa. Solo che non si era reso conto che avrebbe dovuto farlo con il suo cuore. Jennifer è quella che gli è sfuggita e ora è proprio lì, davanti a lui. A casa sua. Che lui è lì per pulire. Jennifer non può credere che il cattivo ragazzo del liceo per cui aveva una cotta pazzesca sia in casa sua, ma se c'è una cosa che il suo ex marito le ha insegnato, è che non può fare affidamento sui cattivi ragazzi. Finché Beckett non mette tutte le sue carte in tavola e si rivela essere qualcuno su cui, dopotutto, Jennifer può scommettere.

Ecco Judi!

L'autrice pluripremiata e bestseller Judi Fennell ama ridere e ama l'amore, quindi non sorprende che ci sia un po' di entrambi in ogni libro che scrive. Date un'occhiata alle sue fiabe con un tocco originale per assaggiare le sue commedie romantiche e paranormali leggere e ironiche. Dai tritoni al largo della costa del Jersey Shore, ai geni con tappeti magici, agli spogliarellisti à la Magic Mike, e ai domestici virili il cui motto è *Soddisfazione Garantita*, c'è sempre una risata e un amore da vivere.

E, nel suo abbondante (?) tempo libero, aiuta gli autori con tutti gli aspetti della scrittura e dell'autopubblicazione con la sua azienda di formattazione, design di copertine e promozioni, servizi editoriali, consulenza e audiolibri, www.formatting4U.com.

Judi vive nella periferia di Philadelphia con un serraglio di amici a quattro zampe, e il giorno in cui queste creature inizieranno A) a cantare, B) a cucire vestiti o C) a pulire la casa sarà il giorno in cui si ritirerà dalla scrittura...!

www.ingramcontent.com/pod-product-compliance
Lightning Source LLC
Chambersburg PA
CBHW061229210726

48293CB00003B/712